MAGGIE ROBB

SEITE AN SEITE

Roman

nach einer Geschichte von Gigi Levangie
Drehbuch von Gigi Levangie
und Jessie Nelson & Steven Rogers & Karen Leigh Hopkins
und Ron Bass

Aus dem Amerikanischen
von Marion Koppelmann

Deutsche Erstausgabe

WILHELM HEYNE VERLAG
MÜNCHEN

HEYNE ALLGEMEINE REIHE
Nr. 01/20024

Titel der Originalausgabe
STEPMOM

Umwelthinweis:
Das Buch wurde auf
chlor- und säurefreiem Papier gedruckt.

Redaktion: Rolf Thiessen

9. Auflage

Printed in Germany 2000

Umschlaggestaltung: Atelier Ingrid Schütz, München
Satz: Buch-Werkstatt GmbH, Bad Aibling
Druck und Bindung: Presse-Druck Augsburg

ISBN 3-453-15438-X

http://www.heyne.de

Prolog

Wenn sie in ein paar Jahren auf diese Zeit zurücksehen werden, wird es ihnen so vorkommen, als seien es nur ein paar aufeinanderfolgende Monate gewesen, nur ein Sommer, der in den Herbst überging und dem dann der Winter folgte. Als sei es nur die Jahreszeit gewesen, in der sich das Licht rar macht und die Dunkelheit überall lauert – jene Dunkelheit, die Lektionen bereithält.

Wenn Anna erwachsen ist und sich an diese Zeit erinnert, wird sie überrascht sein, daß es sich lediglich um Monate gehandelt hat. Damals schienen es ihr Jahre gewesen zu sein: Weil sich eine Stunde hinziehen kann wie ein Tag, ein Tag wie eine Woche und eine Woche wie ein Jahr, wenn man erst elf ist – und sich das Leben für immer verändert. Sie wird sich nicht nur an die Worte und Bilder erinnern können, sondern auch daran, wie sich diese Monate, die sich ihrem Gedächtnis eingeprägt haben, angefühlt haben. Und sie werden wieder vor ihrem geistigen Auge erscheinen, wenn sie mit der Hand über die Patchworkdecke fährt oder das weiche Fell eines Welpen berührt oder auch die ersten Schneeflocken des Winters auf ihrer Stirn spürt.

Bei Ben wird es anders sein. Die Fotografien werden zum größten Teil seine Erinnerungen bestimmen. Natürlich wird er die Daten und Fakten kennen, weil man es ihm erzählt hat. Er wird wissen, was geschehen ist. Aber in seiner Erinnerung liegt diese Zeit im Dunkeln, und die einzigen beleuchteten Szenen sind die von den Fotografien oder den Videoaufnahmen, die Isabel gemacht hat.

Lange Zeit, viele Jahre lang, wird er glauben, daß es stimmt, daß er sich selbst kaum an etwas erinnern kann. Aber beim Aufwachen oder Einschlafen wird er manchmal etwas so deut-

lich vor Augen haben, daß er es beinahe auch hören kann. Er wird seine Mutter sehen, die »Ain't No Mountain High Enough« singt und dabei einen Lockenstab als Mikrophon benutzt, oder das Gesicht des Polizisten, der ihn anstarrt, oder Isabel an seinem Bett im Krankenhaus, die ihm ein Lied vorsingt – in dem es darum geht, daß sie ihn niemals verlassen wird.

Und später, wenn er Isabel das nächste Mal mit seiner Schwester besuchen kommt, wird er sie um einen Abzug des Fotos oder eine Kopie der Videokassette von diesem speziellen Ereignis bitten, und Anna wird sagen, daß es davon weder ein Foto noch eine Videokassette gibt. Daß überhaupt nichts davon aufgezeichnet worden ist.

Allmählich wird Ben dann begreifen, daß es einige Augenblicke in dieser dunklen Jahreszeit gegeben hat, die so einschneidend waren, daß er sich doch an sie erinnert, obwohl er damals noch so klein war. Er wird begreifen, daß es damals Momente gab, die ihr eigenes Licht warfen.

ISABEL

Der Radiowecker schaltete sich ein, aber Isabel ignorierte ihn erst einmal.

Die Morgensonne schien ins Zimmer, und hinter geschlossenen Augen wirkte das Licht zitronengelb. Ein Lüftchen wehte durch das geöffnete Fenster und strich über ihre nackten Arme. Es war angenehm, unter der leichten Sommerdecke zu liegen und die morgendliche Kühle zu genießen. Es würde sicher wieder ein heißer Tag werden.

Im Radio spielten sie gerade ein Lied von Pete Townsend. Nur noch ein paar Minuten, dachte sie. Ihr schlechtes Gewissen würde sie noch rechtzeitig genug aus dem Bett treiben.

Sie wollte sich nur noch einmal kurz zu Luke hinüberrollen und sich an ihn schmiegen, und sie freute sich schon darauf, daß er die Augen öffnete und sie wieder so ansah wie nach ihrer ersten Nacht. Dann fiel ihr ein, daß Luke heute früher ins Büro mußte und bestimmt schon aufgestanden war. Und daß heute ja auch ihr großer Tag war mit den Aufnahmen für Valentino. Duncan war sicher schon sehr nervös.

Schade, daß Luke nicht da war. Er hätte sie noch einmal in den Arm genommen und wäre dann aufgestanden, um die Kinder zu wecken…

Die Kinder! Mit einem Schlag war sie hellwach. Die Kinder hatte sie total vergessen. Luke war schon weg, und heute mußte *sie* die beiden für die Schule fertigmachen. Sie sah auf den Wecker. Es war 7 Uhr 45. Jetzt aber schnell raus!

Sie setzte sich auf, schwang die Beine aus dem Bett

und rannte zur Tür – unterwegs schnappte sie sich nur noch schnell ihren Morgenrock, der auf einem Stuhl lag. Sie schlief immer in einer von Lukes Boxershorts und einem weiten T-Shirt. Das hätte ihr gerade noch gefehlt: die Kinder mit einem Blick auf ihre nackte Haut zu erschrecken.

Sie zögerte und überlegte, wen von beiden sie zuerst wecken sollte – verlor dadurch aber schon wieder kostbare Sekunden. Sie mußte sich ins Gedächtnis rufen, daß es nur Kinder waren: *Schreihälse, Quälgeister, Racker, eine Rasselbande.*

Sie stürmte die Treppe hinauf, wodurch ihr Körper augenblicklich mit Adrenalin vollgepumpt wurde, und auf Bens Zimmer zu. Mit sieben war er der Jüngere von beiden. Isabel war der Meinung, daß diese Tatsache ihn zugänglicher machte, obwohl es nicht immer danach aussah.

»Ben«, rief sie der länglichen Erhebung im Bett zu, »du hast schon wieder verschlafen!«

Sie kämpfte sich durch das Chaos am Boden, das so aussah, als sei bei einem seiner Zaubertricks irgend etwas mittem im Raum explodiert. Dann wühlte sie sich durch den Kleiderberg auf dem Stuhl, um noch etwas zu finden, das ordentlich genug für die Schule war. Deshalb hatte Luke ihr gesagt, sie solle ihnen die Kleider für den nächsten Tag beim Zubettgehen hinlegen.

»Leg ihnen alles hin, wenn sie schlafen gehen«, hatte er eines Abends erklärt, während er sich einen Spaß daraus machte, Bens Hemd über die Rückenlehne und seine Hose auf den Sitz zu legen und die Socken in die Schuhe zu stecken, so daß es wie eine leere Hülle von Ben aussah, die nur noch darauf wartete, daß ihr jemand Leben einhauchte.

Wenn sie auf ihn gehört hätte, würde sie jetzt nicht so dastehen: zu spät dran und absolut unfähig, irgend etwas Sauberes zu finden, das auch noch zu den anderen Sachen paßte. »Steh auf, steh auf, steh auf!«, war alles, was ihr einfiel.

Ben rührte sich nicht. Er wollte sie bestimmt nur ärgern. Niemand konnte bei der Lautstärke ihres Radioweckers weiterschlafen. Soviel also dazu, daß er der Zugänglichere von beiden war.

»Ben, du bist spät dran. Ich meine es ernst. Schau mal, was ich für ein ernstes Gesicht mache!«

Er bewegte sich nicht – nicht einmal, um sich davon zu überzeugen, daß das auch stimmte.

»Ich zähle jetzt bis drei.«

Keine Reaktion.

»EINS.« Sie zog am Ärmel eines Hemdes, das auf einem Stuhl lag, und ein Strauß Blumen sprang heraus. Hastig warf sie ihn über die Schulter. »ZWEI.« Und was steckte bloß wieder in der Hemdtasche – ein dreckiges Taschentuch? So konnte sie ihn wirklich nicht aus dem Haus gehen lassen. Das würde sie ewig zu hören kriegen. Ewig! Sie zog an dem Taschentuch, und heraus kam ein Taschentuch nach dem anderen, zuerst ein blaues, dann ein rotes, dann ein orangenes und dann ein purpurnes – wieder einer von seinen Tricks. »Wenn ich drei sage, passiert was«, sagte sie in Richtung Bett. »Ich sage gleich drei. DREI!«

Er rührte sich nicht. Und sie fragte sich, wie Luke ihr das antun konnte. Obwohl sie sich gleich dafür hätte ohrfeigen können, Luke die Schuld zu geben und sich von einem kleinen Jungen aus der Fassung bringen zu lassen. Es war doch ganz einfach. Sie mußte nur streng mit ihm sein und ihm zeigen, wie sehr sie die Situation und ihn unter Kontrolle hatte. Also beugte sie sich über ihn und riß ihm die Zudecke weg, als sei das einer ihrer Zaubertricks. Aber auch das entpuppte sich schließlich doch wieder als einer von Bens Tricks: Im Bett lag Bens aufblasbarer Dinosaurier, aber nicht Ben.

»Ben«, sagte sie zu dem allgemeinen Durcheinander im Zimmer. »Ich mach' keinen Spaß. Du kommst jetzt *sofort* raus!«

Etwas berührte ihren Fuß. Ach, er hatte sich schon wieder unter dem Bett versteckt. Das hatte er allein letzte Woche schon zweimal gemacht; sie hätte daran denken können. Sie setzte ein strenges Gesicht auf, kniete sich hin, um ihn hervorzuziehen – und schrie erschrocken auf. Es war nur das blöde weiße Kaninchen, daß Ben für seine Zaubertricks brauchte. Dieses verdammt flinke Kaninchen, das man nie in seinen Käfig sperren konnte und das deshalb ein wahres Talent dazu entwickelt hatte, überall dort hinzumachen, wo Isabel als nächstes mit bloßen Füßen hintrat.

»Du findest das wohl lustig? Aber es ist *nicht* lustig«, sagte sie sowohl zu dem Kaninchen als auch zu dem Jungen, wo auch immer er sich versteckt haben mochte.

Sie sah im Schrank nach, gab dann auf und sprang über das Kaninchen und tausend Spielsachen in Richtung Tür. Als sie versuchte, einem an die Wand gelehnten Bücherstapel auszuweichen, stieß sie sich den kleinen Zeh an. Vor Schmerz humpelte sie weiter in Richtung Treppe, auf die Tür zu, an der in Großbuchstaben die ermutigende Begrüßung ALLE DRAUSSENBLEIBEN! prangte. Isabel wußte, daß damit ganz besonders sie selbst gemeint war, oder womöglich nur sie. Trotzdem öffnete sie die Tür. *Quälgeister, Racker.*

Die elfjährige Anna saß schon auf der Bettkante.

»Wie schön«, sagte Isabel lächelnd, »du bist ja schon auf.«

Anna erwiderte ihr Lächeln nicht. Vielmehr sah sie so wütend drein, daß Isabel kaum noch etwas von der Sanftheit, die der Schlaf sonst üblicherweise hinterläßt, entdecken konnte. Dabei wußte Isabel, wie sanft Anna aussehen konnte. Manchmal, spät abends, wenn die Kinder schon im Bett waren, sah Isabel noch einmal nach ihnen und betrachtete sie im Lichtschein, der durch die geöffnete Tür fiel. Sie sah dann, wie bezaubernd sie waren, sah ihre sanfte Schönheit und Verletztlichkeit. Sie sah, was sie ihr sonst nie preisgeben würden – und sicherlich sah Luke genau das immer in ihnen. Aber nun war davon nichts mehr zu erkennen. Anna hielt ihr nur stinksauer ihr purpurfarbenes T-Shirt hin.

Verdammt – Isabel wurde schlagartig klar, daß sie total vergessen hatte, die Wäsche zu waschen.

Anna sagte wütend: »Du hast mein purpurnes T-Shirt nicht gewaschen. Ich habe dir hundertmal gesagt: Heute ist PURPUR-T-SHIRT-TAG in der Schule.«

Isabel versuchte, sich aus der Affäre zu ziehen, indem sie eine Notlüge erfand: »Ich habe es nicht vergessen. Ich war die ganze Nacht auf und habe darüber nachgedacht...«

Aber das Mädchen kaufte ihr das nicht ab. »Na klar«, sagte Anna, und Isabel konnte nicht glauben, wieviel Sarkasmus man in zwei Worte packen konnte, fuhr aber unbeirrt fort: »... und ich kam zu dem Schluß, daß du etwas ganz Besonderes bist und nicht aussehen solltest wie alle anderen.« Dann warf sie Anna ein T-Shirt zu, das die Farbe einer Blutorange hatte. »Orangerot. Das ist deine Farbe. Nur ganz wenige können das tragen. Bitte hilf mir jetzt, deinen Bruder zu suchen. Ich geb's sonst auf.«

»Hast du ihn etwa verloren?«

»Natürlich nicht. Er hat sich wieder irgendwo versteckt«, sagte Isabel und verließ Annas Zimmer – besser gesagt, zog sich daraus zurück. Auf dem Weg in die Küche rief sie immer wieder nach dem Jungen. Aber auch in der Küche war er nicht. Er war noch nicht einmal an den Donuts oder den Frühstücks-Sachen gewesen – den Froot Loops, Cocoa Puffs und Cheerios. Luke hatte die Schachteln auf der Anrichte für die Kinder hingestellt, bevor er aus dem Haus gegangen war, um im Job seinen Mann zu stehen. Auch wenn er mit einem großen Fall beschäftigt war, dachte er immer noch an das Frühstück für die Kinder. Wo lag dann also ihr Problem?

Sie öffnete eine Dose Cola Light – das erste positive Ereignis des Tages – und riß dann die Tür zur Speisekammer auf. Aber da war Ben auch nicht. Diese Situation setzte ihr wirklich zu. War es für sie nicht schon schwer genug, ohne daß die Kinder daraus einen Hindernislauf machten, den sie niemals bewältigen konnte, weil...

Anna kam herein und setzte sich mürrisch auf einen Hocker. Wenigstens hatte sie das orangerote T-Shirt angezogen. Aber was blieb ihr auch anderes übrig? Das T-Shirt war wahrscheinlich der einzige noch saubere Fetzen, den das arme Kind dahatte. Der Gedanke daran brachte Isabel nur noch mehr auf, und zwar sowohl gegen sich als auch gegen die Kinder. Sauer sagte sie: »Komm schon, Ben. Verdammt noch mal.«

»Du hast geflucht«, bemerkte Anna.

Die Toasts waren fertig. Isabel griff sich eine Scheibe und versuchte, steinharte Butter darauf zu schmieren. Dadurch wurde der Toast natürlich nur zerfleddert und zermatscht. Auf der Küchenuhr war es mittlerweile 7 Uhr 56. In Panik klatschte Isabel die Scheibe Toast vor Anna hin, die jammerte: »Nein, ich hab' dir doch gesagt, ich mag Apfel-Butter auf meinen Toast, nicht Butter-Butter.«

Isabel hielt ihr einen Apfel hin.

»Vergiß es«, sagte Anna, »ich werde einfach mein Mittagessen essen.«

Mittagessen! Isabel war wie vor den Kopf geschlagen, daß sie auch vergessen hatte, ihnen ihre Lunchpakete vorzubereiten. Sie öffnete den Kühlschrank, griff nach Fleisch und Mayonnaise und zog dann das Brot auf der Anrichte zu sich heran.

Als Anna das sah, sagte sie: »Du hast vergessen, mein

Mittagessen zu machen.« Am Ende des Satzes klang ein Fragezeichen nach. Aber dem Tonfall des Kindes war nichts von einer Frage anzumerken. Isabel überlegte, ob es wohl irgendwo auf der Welt einen Richter gab, der noch härter urteilen konnte als eine Elfjährige? *Puh*, es war leichter, mit Duncans übergroßem Nervensägen-Ego klarzukommen als mit Anna.

»Nein«, verteidigte sich Isabel und stritt ab, was offensichtlich war. »Ich bin fast damit fertig.«

»Lüg nicht! Ich werd' etwas Warmes zu Mittag essen.«

»Ich schaffe es schon«, sagte Isabel und schmierte weiter Brote, während sie gleichzeitig ins Leere sprach und hoffte, daß Ben sie hören würde: »In Ordnung, Ben. Schön, du wirst deinem Lehrer erklären, warum du zu spät kommst. Du wirst dir selbst eine Entschuldigung schreiben. Dein Vater hat dir gesagt, daß er heute morgen einen wichtigen Fall hat und daß er früh aus dem Haus muß, und daß wir eigentlich…« Sie riß ein Stück Alufolie ab, drehte sich auf einem Bein herum, um ein Buttermesser zu holen, schwang dann wieder zurück, um eine Küchenschranktür zu öffnen – und schrie erschrocken auf.

Da war Ben und hielt ihr die Erdnußbutter hin.

»Mist«, rief sie.

Sein Lachen explodierte, und er fiel fast aus dem Hängeschrank. Seine kleinen Augen glühten vor Begeisterung über die gelungene Überraschung. Wenn sie nicht Luke in diesem dummen Grinsen wiedererkannt hätte – ganz deutlich sogar-, hätte sie den kleinen Schreihals da rausgezerrt und und mit dem Kopf nach unten fallen gelassen.

»Ben«, sagte sie, »das ist nicht komisch. Du bist zu spät dran. Viel zu spät. Komm jetzt da raus und iß ein paar Cornflakes!«

»Nein!«

»Schön, iß im Schrank!« Sie gab ihm eine Schale voll

Cornflakes und kümmerte sich weiter um Annas Lunch. Aber im Augenwinkel sah sie Ben da oben sitzen, wie er enttäuscht in der Schale herumstocherte.

»Nein«, beharrte er herrisch, »Cocoa Puffs oben, Froot Loops unten.«

Isabel griff sich die Schale – sie hatte jetzt wirklich die Nase voll – und drehte sie über der Arbeitsfläche auf den Kopf, um die Schichten der Cornflakes zu ändern. Dann schob sie den Inhalt wieder in die Schale und gab sie Ben zurück. In diesem Augenblick klingelte das Telefon.

»Du hast sie angefaßt«, beschuldigte er sie.

»Dann nimm dir ein Donut.«

»Es gibt nur Gelee. Ich hasse Gelee!«

»Dann verhunger'«, sagte sie und wußte sofort, daß es sich nicht mehr cool anhörte, sondern ziemlich grob. Aber sie war jetzt wirklich mit ihren Nerven am Ende, weil sie alle zu spät dran waren und weil das verdammte Telefon immer noch klingelte.

»Ich piepe Daddy bei der Arbeit an«, rächte sich Anna.

»Er verhört eine Zeugin«, sagte Isabel. »Iß jetzt deinen Toast!«

»Aber du hast gesagt, daß wir verhungern sollen.«

Isabel nahm den Hörer ab. Es war Duncan – ihr Chef – und er war ziemlich kurz angebunden.

»Die Werbeagentur ist schon da?«, wiederholte Isabel wie ein Echo, um Zeit zu schinden und außerdem einen Weg zu finden, ihn gnädig zu stimmen. »Ich bin schon unterwegs«, sagte sie dann.

Ben zielte mit einem Froot Loop nach ihr.

»Laß den Quatsch«, sagte sie zu ihm und dann zu Duncan, daß er sich keine Sorgen machen solle, und: »Es wird alles wunderbar laufen.« Dabei legte sie besonders viel Zuversicht in ihre Stimme.

Ben schoß wieder mit einem Froot Loop nach ihr.

Isabel hielt den Telefonhörer zwischen Kinn und

Schulter geklemmt, während sie bei der Lunchproduktion Vollgas gab. Sie verwarf die Sandwich-Idee und setzte den Plan mit den Essensresten in die Tat um. Sie verteilte alles, was von der kalten Pizza, dem Essen vom Chinamann und den Doritos noch übrig war, auf die einzigen Tüten, die sie finden konnte – eine Plastiktüte aus der Drogerie, vom Vortag, als sie Tampons gekauft hatte, und eine große braune Tüte mit Fettflecken. Aber, *c'est la vie*, die Uhr zeigte immerhin schon 8.00.

Während Duncan am Telefon seine Besorgnis darüber kundtat, ob das Kreativteam – damit meinte er Isabel – auch mit der nötigen Ruhe an die Sache herangehen könnte, fragte Anna gleichzeitig: »Hast du an meinen Eierkarton gedacht?«

»Einen Augenblick«, sagte Isabel zu Duncan und fragte Anna: »Was für einen Eierkarton?«

»Ich hab' dir doch gesagt, daß ich heute einen Eierkarton für die Schule brauche. Wir wollen was säen.« Dabei hielt Anna die Arme in die Hüften gestemmt.

Isabel heuchelte weiter Aufmerksamkeit ins Telefon, um Duncan zu zeigen, daß sie noch dran war. Sie sagte mal »ja« und mal »nein« und beruhigte so seine neurotischen Ängste. Als sie den Kühlschrank öffnete und einen Eierkarton herauszog, sagte sie zu ihm: »Ganz bestimmt, Duncan. Ich habe alles im Griff.«

Mit einem Schwung wollte sie die Eier im Spülbecken entsorgen, zielte aber daneben, und die Eier landeten mit einem schmatzenden Patsch-Patsch-Patsch auf dem Boden. *Verdammt*, dachte sie, als sie Anna den leeren Karton hinschob und zu Duncan sagte: »Ei... einverstanden, ich zieh' mir nur noch meinen Mantel an.«

Als sie den Hörer auflegte, überfiel sie Panik: In ihren Adern floß pures Adrenalin. »Wir sind spät dran. Wir sind wirklich spät dran. Das heißt, junger Mann, wir müssen dich jetzt anziehen.«

Ben sprang aus dem Schrank und versuchte davonzurennen, aber Isabel hatte es jetzt so satt, daß sie ihn sich schnappte und im Schwitzkasten hielt. Er drehte und wand sich, während sie versuchte, ihm den Pyjama auszuziehen. Sie mußte ihn dazu zu Boden ringen, und als sein Kopf sich gerade heillos im Oberteil verheddert hatte, sah sie, daß seine Sachen für die Schule in den Eiermatsch gefallen waren.

Isabel hatte das Gefühl, jeden Augenblick zu explodieren. Sie glaubte sogar, den Lärm ihrer eigenen Detonation zu hören, aber es war nur das Klopfen an der Tür. Das feste, dreimalige Klopfen, das sie mit Schrecken erwartet hatte, seit das schlechte Gewissen in ihr sich gegen Pete Townsend im Radio durchgesetzt hatte.

Anna beeilte sich, die Tür zu öffnen, und da stand Jackie Harrison. Isabel konnte nichts daran ändern, daß Jackie sie so sah: auf dem Boden, mit dem halbnackten Ben im Schwitzkasten, der sich wie ein Wurm wand. Isabel schaute hoch, um sich Jackies mißbilligendem Blick zu stellen.

Jackie Harrison war eine Frau, die Gelb tragen konnte – ein gelber Pullover war um ihre Schultern gebunden, eine gelbgestreifte Bluse steckte in einer Hose mit akkuraten Bügelfalten. Und dabei sah sie immer noch so aus, als ob sie sich in einem grauem Flannelkostüm mit Lacklederpumps noch wohler gefühlt hätte. Auch ihr Lächeln war strahlend, doch dahinter verbarg sich Mißkredit und Neid. Auch wenn es die anderen nicht bemerkten – für Isabel war das ganz offensichtlich.

»Mami, Mami!«, riefen beide Kinder begeistert, und Anna rannte in Jackies Arme, als wäre sie immer brav wie ein Engel.

»Amüsierst du dich gut, Ben?«, fragte sie ihren Sohn, aber ihre Stimme klang ein wenig zu freundlich.

Er grinste triumphierend aus dem Schwitzkasten hervor, in dem Isabel ihn immer noch hielt. »Mami«, berichete er, »Isabel hat gesagt, wir sollen verhungern.«

Kleine Schreihälse, Quälgeister, Racker, dachte Isabel und ließ ihn los. *Verdammte Rasselbande.*

»Ich übernehme dann mal«, sagte Jackie kühl und effektiv. Sie scharte die beiden um sich, als wolle sie sie vor dieser Frau in Männerunterwäsche beschützen, an deren Schienbeinen auch noch Eiweiß hing.

Isabel rappelte sich auf und hetzte davon, um sich etwas anzuziehen – wo sie doch viel lieber wieder ins Bett gegangen wäre, um zu schlafen und dorthin zurückzukehren, wo man keine Kompromisse eingehen muß, um glücklich zu sein. Und dann hielt sie sich vor Augen, daß Jackie noch so makellos gekleidet und noch so intelligent sein mochte – sie war doch Lukes Ex-Ehefrau, mit der Betonung auf *Ex*.

Luke war jetzt mit Isabel zusammen.

Und sie würde alles für ihn tun, da war sie sich ganz sicher, als sie sah, wie Jackie die Kinder an die Hand nahm und zum Aufzug bugsierte. Sie würde weiter morgens aufstehen und mit Ben darum kämpfen, daß er sich anzog, und sich weiter das Rollen von Annas Augen gefallen lassen, das sie sogar spüren konnte, wenn sie ihr den Rücken zudrehte. Und ihr war auch klar, daß sie den Kindern weiterhin Pizzareste in Alufolie packen würde, damit sie in der Schule etwas zu Essen hatten, und daß sie sich zermatschte Eier von den Beinen wischen und sich selbst in genau zehn Minuten fürs Büro fertig machen würde. Selbst wenn es der bisher wichtigste Morgen ihrer Karriere sein sollte. Sie würde es immer und immer wieder tun, jeden Dienstag und Donnerstag und jedes zweite Wochenende. Sie wollte das tun und noch viel mehr, um Luke zu beweisen, daß sie in der Lage war, mit seinen Kindern klarzukommen. Weil sie ihn liebte.

JACKIE

Im Fahrstuhl, auf dem Weg nach unten zum Auto, schmiegte sich Anna an ihre Mutter, und Jackie sog tief den salzigsüßen Geruch ein, der vom Haar ihrer Tochter ausging – der von der widerspenstigen Stelle aufstieg, die sich nie mehr hatte bändigen lassen, seitdem man Anna das erste Mal die Haare geschnitten hatte. Es war der Geruch von ihrem Baby. Und während sie diesen süßlichen Popcornduft einatmete, konnte sie zum ersten Mal, seitdem Luke am Vortag die Kinder geholt hatte, wieder tief durchatmen. Und tief in ihrem Inneren gelangte die Luft schließlich an die Stelle, an die sich ihre Gelassenheit zurückgezogen hatte, um auf die Rückkehr der Kinder zu warten – auf den Beweis harrend, daß sie wohlauf waren.

Als sie Bens kleine Hand drückte, spürte sie seine Schwielen vom Zauberstab, mit dem er jeden Abend nach der Schule übte. Der vertraute Geruch von Annas Haar und diese kleine rauhe Hand gaben ihr ein Gefühl der Sicherheit. Sie waren wieder bei ihr.

An der nächsten Straßenecke warf sie die Lunchpakete weg, die Isabel gemacht hatte. Wie konnte man Kindern bloß chinesisches Essen und kalte Pizza zum Mittagessen einpacken? Das war auch etwas, worüber sie mit Luke sprechen mußte. Schon wieder. Letzte Woche war es das S-Wort gewesen, das plötzlich in Bens Wortschatz aufgetaucht war, und die Woche davor Annas neue Leidenschaft für Cola Light. Wo doch Cola für Kinder im Wachstum überhaupt nicht gut ist. Nein, darüber konnte sie nicht einfach hinwegsehen.

Als sie die Kinder sicher in den Volvo verfrachtet hatte, war die Straße gerade dabei, ihre frühmorgendliche Trägheit abzuschütteln, um allmählich den üblichen New Yorker Verkehr aufzunehmen. Selbst hier unten in SoHo, wo es sich die Reichen und Schönen leisten konnten, eine

Art kalifornische Leichtigkeit an den Tag zu legen – sowohl im Privatleben als auch im Beruf –, sogar hier war der Moloch New York spürbar. Und Jackie fühlte, wie sich die Hitze der Stadt um sie legte, sie erwärmte und dem heißen Drängen näherbrachte: schneller, intelligenter, reicher, schlanker und jünger zu sein. Sie konnte die Anziehungskraft spüren, die die Stadt immer noch auf sie ausübte. Dieses Gefühl war so gegenwärtig, wie dieser unerklärliche Geruch nach verbranntem Kaffee, der hier an manchen Tagen so stark war. Und gleichzeitig sah sie auch all die Gründe, die dafür sprachen, New York zu verlassen und mit den Kindern in die Vorstadt zu ziehen – wo sie Narzissen pflücken durften, wenn sie wollten, weil ihre Mutter sie gepflanzt hatte und nicht die Verwaltung des Central Park.

Jackie war aus der Stadt gezogen, weil sie nicht wollte, daß ihr alter Ehrgeiz wieder aufkam, der ihr ins Ohr säuselte, während sie in der U-Bahn saß und der Buggy zwischen Aktentasche und Cello zweier Fremder eingeklemmt stand. Sie wollte nicht, daß ihre beruflichen Ambitionen mit der Liebe zu ihren Kindern konkurrierten. Bei Annas Geburt hatte sich ihr Ehrgeiz verwandelt: Sie war zu dem Schluß gekommen, daß es nicht ihre Bestimmung war, einen amerikanischen Proust zu finden und zu publizieren, sondern stattdessen ihren Kindern die wirklich wunderbaren Dinge des Lebens zu zeigen, wie etwa Schneeglöckchen, die ihre Köpfe durch die letzten Schneewehen steckten oder Pferde, die gerade schnell genug traben, damit der Wind einem das Haar flattern läßt, oder morgendliches Vogelgezwitscher.

Und kein Hupen. Dieser Verkehr war ein einziges Chaos und ganz furchtbar. Warum hatte Luke bloß hierher zurückkommen wollen? Warum hatte er die Kinder hierher zurückgebracht, und dadurch notwendigerweise auch sie? Jeden zweiten Tag!

Jahrelang war Jackie in dem alten grauweißen viktorianischen Haus in Nyack zufrieden gewesen; mit dem Hof, in dem große alte Bäume standen und in dem es mit Moos bewachsene Winkel gab. Sie war zufrieden mit eingezäunten Vorgärten und Schulwegen und Eiskrem im alten Drugstore auf der Hauptstraße. Sie war zufrieden, die Stimmen der Kinder zu hören, während sie auf der Veranda spielten und sie ihnen das Abendessen zubereitete, so wie sie es gerne mochten.

Jackie steuerte den Kombi hinaus auf den West-Side-Highway, und für einen Augenblick bestanden die Autoschlangen nicht mehr aus unbeweglichen Bremsleuchten. Sie war erleichtert, daß es endlich voranging. Sie fuhren flußaufwärts am glänzenden Hudson entlang, auf dessen Wasseroberfläche das Sonnenlicht spielte. Vielleicht kamen die Kinder nach all dem doch nicht so viel zu spät, obwohl sich dieses junge Ding, mit dem ihr Vater jetzt lebte, wirklich alle Mühe gegeben hatte. Dieses Mädchen war eindeutig nicht dazu in der Lage, sich um die Kinder zu kümmern – nicht einmal, wenn es um die einfachsten Sachen ging. Luke mußte endlich nachgeben und ein Kindermädchen engagieren, das sich um Ben und Anna kümmerte, wenn er nicht da sein konnte. Er mußte sich endlich eingestehen, was jedem anderen klar war: Isabel war dieser Aufgabe nicht gewachsen.

Das war sicher auch Anna und Ben nicht entgangen. Selbst jetzt noch starrte Anna nur aus dem Fenster, und Wellen der Verzweiflung schienen von ihr auszugehen wie Hitzewellen vom Asphalt im August. Ihre Tochter war immer so gewesen: Sie schmollte nicht etwa, sie betrachtete alles nur von allen Seiten.

Jackie gab ihr das Lunchpaket, das sie für sie vorbereitet hatte: Sonnenblumenkernebrot mit Erdnußbutter und Aprikosen-Gelee, eine geschälte, in drei Stücke geschnittene Karotte, ein Dutzend rote Weintrauben, vier Grahamkekse und einen Hershey-Kiss – so wie es Anna gern hatte. Und Ben kreischte vor Vergnügen, als Jackie auf den Rücksitz griff, um auch ihm sein Lunchpaket zu geben. Sie hatte einige Aufkleber mit Zauberern draufgeklebt, die sie gestern in der Apotheke entdeckt hatte. Dann wandte sich Jackie wieder dem Lenkrad zu – gerade noch rechtzeitig, um einem herrenlosen Einkaufswagen auszuweichen, der auf ihrer Spur stand.

Ben fragte: »Warum trägt Isabel Papas Unterhosen? Hat sie keine eigenen?«

Jackie lächelte ihm im Rückspiegel zu. Sie glaubte zu wissen, warum ihre Tochter heute morgen so in sich gekehrt war, deshalb galt ihre Antwort eher ihr als Ben. »Ich habe einen riesigen Wäscheberg auf der Waschmaschine gesehen«, sagte sie, »vielleicht war Isabels Unterwäsche auch dabei.«

»Ja, genau neben meinem purpurfarbenen T-Shirt«, stieß Anna hervor.

Aha, dachte Jackie.

Anna klang richtig frustriert, als sie noch hinzufügte: »Ich rede nie wieder ein Wort mit ihr.«

»Man soll nie nie sagen.« Jackie wußte besser als Anna, daß es nun einfach zum Leben gehörte, mit Lukes neuer Frau auszukommen. Luke hatte es verfügt, einfach nur dadurch, daß er Isabel liebte – oder scharf auf sie war oder was auch immer. Jackie wußte, daß es ihre Pflicht war, ihre Gefühle im Zaum zu halten, wenn sie mit den Kindern darüber sprach. Feindseligkeit führte zu nichts. Und trotzdem gelang es ihr nicht immer, ihrer Stimme die Schärfe zu nehmen, wenn es um Isabel ging. Was hatte Luke sich eigentlich dabei gedacht?

»Sie bringt immer mein Leben durcheinander«, sagte Anna.

»Es ist nicht fair, immer zu sagen.«

»Ich hasse sie. Sie ist eine Hexe.«

»Sprich nicht so. Drück' dich anständig aus.«

»Ich hasse es, wenn du das sagst.«

»Gut, Haß ist ein akzeptables Wort«, sagte Jackie zu ihrer Tochter und versuchte dabei, ein Auge auf den Verrückten im weißen Lexus vor sich zu haben, der ständig die Spur wechselte. »Aber das Wort Haß sollte man mit Bedacht verwenden. Nur für Dinge, die man wirklich ablehnt.«

Ben beugte sich nach vorn. »Wie was zum Beispiel?«

Jackie dachte einen Augenblick nach und sagte dann: »Wie den Planeten Uranus. Ich hasse ihn. Es ist ein schrecklicher Name für einen Planeten.« Und Jackie fuhr fort: »Oder den ganzen Hokuspokus.«

Das brachte Ben erst richtig in Fahrt und weckte Annas Aufmerksamkeit.

»Hokuspokus«, rief Ben aus.

»Ich hasse es, Hokuspokus um etwas zu machen«, erklärte Jackie und fügte hinzu: »Besonders bei Hochzeiten. Schrecklich.«

Ben sagte: »Ich hasse Honigmelonen.«

Und Jackie: »Das hab' ich ja gar nicht gewußt!«

In diesem Augenblick mußte Ben rülpsen, und Anna sah ihn angewidert an und sagte: »Ich hasse es, wenn du das tust. Ich kann riechen, was du zum Frühstück hattest.«

»Guter Einwurf«, stimmte ihr Jackie zu und rümpfte die Nase. Und dann mußten sie alle lachen.

Ben fuhr fort: »Ich hasse es, bei Onkel Stan auf dem Schoß zu sitzen. Er piekst.«

Und Anna fügte hinzu: »Ich hasse es, mit Leuten zu sprechen, die Essensreste zwischen den Zähnen haben, und daß ich es ihnen nicht sagen kann.«

»Ich hasse Schlafanzüge, die wie Strampelanzüge sind, und angetrocknete Stückchen in meiner Zahnpasta«, sagte Ben.

Sie waren mittlerweile bei der Schule angekommen,

und Jackie parkte den Wagen. Dann sagte sie: »Ich hasse es, mich verabschieden zu müssen.« Und es stimmte. Besonders, wenn sie nur dreißig Minuten mit den Kindern verbringen konnte – eine gute halbe Stunde, in der sie beinahe einen auf der rechten Fahrspur stehengelassenen Einkaufskorb gerammt hätte, ausweichen mußte, um nicht einen Fußgänger mitzunehmen und sich falsch eingeordnet hatte, so daß der Straßenzoll nicht elektronisch abgebucht werden konnte.

Sie hatte eine halbe Stunde auf dem West-Side-Highway vergeudet, obwohl sie die Kinder viel lieber zu Fuß von Zuhause aus zur Schule gebracht hätte. Dabei hätten sie entdecken können, daß der Goldschleier unten am Bach schon gelbe Blätter bekam und daß sechzehn Distelfinken an Mrs. Tates Vogelfutter pickten. Und sie hätte gesehen, daß unter Bens Hosenbeinen schon wieder die Socken hervorschauten, obwohl er zu Beginn des Sommers noch auf den Saum getreten war. *Oh Luke,* dachte sie, *wie konntest du nur?*

Sie beugte sich nach hinten, um sich von den Kindern zu verabschieden. Ben legte ihr die Arme um den Hals und küßte sie – wie üblich – erst auf die eine und dann auf die andere Wange. »Benimm dich«, rief sie ihm nach, als er aus dem Auto gestiegen war.

Anna hatte die Hand auf dem Türgriff. Sie betrachtete die anderen Kinder aus ihrer Klasse, die alle purpurfarbene T-Shirts trugen.

Jackie versuchte, sie zu trösten und sagte: »Es ist wirklich nicht so schlimm, Anna. Du trägst Rot und Blau, und das ergibt Purpur. Von der Farblehre her gesehen, gehörst du zur Purpur-Familie.«

Anna schenkte ihr ein winziges Lächeln, das ihrer Mutter zeigen sollte, daß sie nicht ganz überzeugt war, stieg dann aber trotzdem aus.

Jackie fuhr nicht sofort los, sondern sah ihren Kindern

noch nach. Ben rannte zum Spielplatz des Kindergartens. Er war begierig wie ein Welpe, wieder bei seinen Freunden zu sein. Anna war da zögerlicher. Jackie konnte sehen, wie sie langsam die Stufen zur Schultür hinaufging: der einzige orangerote Fleck in all dem Purpur. Aus ihrem kleinen Mädchen wurde allmählich ein befangener Teenager. Das war das schwierigste Alter. Aber da mußte jeder durch.

Erst als Anna ganz aus ihrem Blickfeld verschwunden war, ergriff Jackie wieder das Steuer und fuhr den Volvo vom Bordstein, wobei sie über etwas nachdachte, das sie schon immer nur schwer akzeptieren konnte. Schon seit dem Tag, als sie Anna auf die Welt gebracht hatte.

Damals, an dem Morgen, als die Schwestern ihr das Baby wieder wegnahmen, um es zu baden und »zu registrieren«, wie Luke sich ausdrückte, hatte Jackie nicht nur vor Erschöpfung und Freude geweint, sondern auch, weil ihr das erste Mal bewußt wurde, wie die harte Wirklichkeit aussah. Es gab da einige Orte, wo ihre Kinder allein hingehen mußten, einige Orte, an die sie ihnen nicht folgen konnte. Und es gab Verletzungen, die nicht einfach mit einem Kinderpflaster zu heilen waren. Ihr schien es, als sei sie schon an jenem Morgen mit einer Tatsache konfrontiert worden, die normalerweise erst viel später auf eine Mutter zukommt: daß ihre Kinder eines Tages allein zurechtkommen müssen. Im Fall ihrer Kinder nicht nur mit einem Vater, der die Familie verlassen hatte, sondern auch mit dessen unfähiger Lebensgefährtin. Oder mit noch Schlimmerem.

Jetzt schien es Jackie, als ob ein Teil von ihr schon damals erkannt hatte, daß Ben lernen mußte, daß man mit keinem Zaubertrick der Welt unangenehme Dinge ungeschehen machen konnte. Und daß Anna lernen mußte – und zwar allein –, daß Orangerot eine ganz eigene Schönheit besaß und daß ihr diese Farbe gut zu Gesicht stand.

ISABEL

Isabel kam natürlich zu spät ins Studio. Sie stürmte durch die Eingangstür, riß sich die Jacke herunter und hastete sofort weiter in die Höhle des Löwen. Wenn sie nun wirklich ohne ihren allmorgendlichen Spezial-Cappuccino zurechtkommen mußte, sollte es eben so sein. Sie bemühte sich, nicht gehetzt auszusehen, und hielt den Kopf leicht in den Nacken, so als sei ihr Zuspätkommen einkalkuliert, um ihr einen gebührenden Auftritt zu verschaffen: die Allüren einer kapriziösen Fotografin.

Obwohl Duncan am anderen Ende des Raumes stand, war nicht zu übersehen, daß sie ihm nichts vormachen konnte. Aber er sah trotzdem erleichtert aus, daß sie endlich da war. Sie hatte ihn wirklich hängen lassen. Wie auch immer, ihre coole Show galt eigentlich eher den unruhigen Kunden, die um Duncan herumstanden – den Schlipsträgern –, und sie vermochte wirklich nicht zu sagen, ob sie darauf ansprangen. Sie wirkten genauso dezent zurückhaltend wie ihre Maßanzüge.

Isabels Assistent Cooper kam auf sie zu und sah sie durch seine kleine Nickelbrille an, eine Augenbraue fragend erhoben – zu cool, um sie direkt anzusprechen.

Sie sagte: »Als ich schon an der Tür war, habe ich erst gemerkt, daß ich einen schwarzen BH unter einer weißen Bluse trug. Also dachte ich: ›Zieh dir besser eine schwarze Bluse an.‹ Aber ich konnte keine finden. Also mußte ich schließlich den schwarzen BH gegen einen weißen tauschen. Das alles hat einen Moment gedauert.«

Cooper zuckte mit keiner Wimper. Er zeigte nie eine wirkliche Reaktion, deutete jetzt nur so etwas wie ein Lächeln an. Er war sehr gewissenhaft. Einer von ihnen mußte es schließlich sein.

Isabel verschaffte sich erst einmal einen Überblick über die Lage. Der gute Cooper – ein wahres Organisationstalent, das ihren Kopf schon öfter aus der Schlinge gezogen hatte, als sie sich eingestehen wollte –, hatte den Models schon ihren Platz angewiesen: sechs hinreißende Frauen, die rote Cocktailkleider von Valentino trugen. Sie waren ungeduldig. Das war nicht zu übersehen, und außerdem machte ihnen die Hitze der Schweinwerfer zu schaffen. »Weniger Licht«, rief Isabel Cooper zu, als sie durch die Kamera blickte. »Ich brauche mehr Schatten.«

Okay, sie fühlte sich gut. Sie war in ihrem Element. Das war *viel* einfacher, als zwei Kinder für die Schule fertigzumachen. Cooper neigte sich zu ihr und sagte vertraulich: »Du hast einen Froot Loop im Haar.«

»Du sagst das, als ob ich es nicht wüßte.«

Er grinste hämisch, als sie sich den Froot Loop aus dem Haar fischte, und fügte hinzu: »Ich habe meiner Stiefmutter einmal eine ganze Schüssel Kartoffelsalat an den Kopf geworfen.«

Isabel war gerade dabei, Kameraobjektive zu wechseln und fragte: »Und wann hat das aufgehört?«

»Eigentlich nie«, gab Cooper zu. »Ich habe sie immer gehaßt. Auch jetzt noch. Ich glaube, es gibt ein Gen, das das auslöst.«

Sie warf ihm einen zweifelnden Blick zu und konzentrierte sich dann voll auf die Kamera. Durch den Sucher sah sie jetzt einen Mann vom Catering-Service, der bei den Models stand und auf beiden Händen Tabletts mit kleinen Leckereien und kühlen Getränken balancierte. Der arme Kerl bekam schon eine Glatze, war klein und übergewichtig: eine Witzfigur von einem Mann. Aber er war umgeben von Fotomodellen, die genau das wollten, was er hatte: gekühltes Mineralwasser, saure Äpfel und süßen Kuchen. Sein T-Shirt war zu eng und zu seinen Turnschuhen trug er schwarze Socken. Aber er war ein glücklicher Mann. Die überhitzten, durstigen Models schwirrten um ihn herum wie Bienen um den Honig und griffen begierig nach den Erfrischungen.

Voilà, dachte Isabel, *das ist es. Ein wunderbares Motiv!* Sie richtete den Ausschnitt ein und drückte auf den automatischen Filmtransport.

Duncan schien sich endlich davon losreißen zu können, den Schlipsträgern den Hintern zu küssen, und kam zu ihr herüber. Dabei versuchte er mit Hilfe seiner Körpersprache Nonchalance zu signalisieren – für die Leute von der Werbeagentur –, während er ihr zu verstehen gab, daß er jetzt wirklich die Nase voll hatte. Als er bei ihr ankam, sagte er nur: »Isabel!«

Sie arbeitete weiter.

»Wir haben mehr als eine Stunde gewartet…«

Ohne das Auge vom Sucher zu nehmen, sagte sie: »Es tut mir leid. Es wird nicht wieder vorkommen.«

»Warum fotografierst du diesen Mann?« Als er das sagte, zitterte seine Stimme vor Ungeduld, als ob seine Stimmbänder ein Saiteninstrument wären, das man zu fest gespannt hatte.

»Ich sehe was, was du nicht siehst«, antwortete sie. Und das war nicht gelogen.

»Wir haben mehr als eine Stunde gewartet.« Er machte eine diskrete Bewegung mit dem Kopf in Richtung der Schlipsträger. »Die Kunden mußten warten.«

»Duncan, bitte geh zur Seite!«

Er stand ihr im Weg, und jetzt war genau der richtige Moment. Es wäre der richtige gewesen… Er beugte sich weiter zu ihr hinunter und wartete auf eine Erklärung.

Schließlich grinste sie und sagte zu ihm: »Dieses Shooting wird dich daran erinnern, warum du mich eingestellt hast. Auch wenn ich nicht mit dir schlafe.« Beim letzten Satz hatte sie ihre Stimme ein wenig gedämpft, aber nicht so sehr, als daß er sich nicht doch fragen würde, ob jemand es gehört hatte. Sie ließ sich nicht ablenken, und er ging zur Seite. Wenn sie ihn gut genug kannte – und nach all dem, was sie schon mit ihm durchgemacht hatte, kannte sie ihn gut genug –, lächelte er jetzt bestimmt selbstgefällig vor sich hin.

Das war's! Fertig! Sie spulte schnell den Film zurück und ließ die Kassette auswerfen.

»Danke, Leute. Das ist im Kasten«, rief sie aus und wandte sich dem Ausgang zu.

Im Raum wurde es plötzlich ganz still. Alle – die Crew, die Models, Cooper, Duncan, die Schlipsträger – sahen sie völlig entgeistert an. Der arme Duncan hatte wirklich Mühe, sich sein Vertragsabschluß-Lächeln zu bewahren. »Du machst Witze«, sagte er. »Bitte sag', daß es ein Scherz ist.« Er versuchte, alle mit einzubeziehen, so als ob es nur wieder eine ihrer Künstlerallüren sei, als ob sie sich wieder aufspielte. Jeder wartete gespannt auf die Pointe.

»Nein«, sagte sie, »ich hab's. Es ist großartig.«

Duncan sah sie so eindringlich an, als wolle er sie mit seinem Blick aufspießen. Aber sie hielt seinem Blick stand. Voll Selbstvertrauen. »Wir treffen uns in einer Stunde im Konferenzraum«, sagte sie zu ihm.

Sie griff sich Cooper und rauschte davon in die Dunkelkammer, um erst einmal den Film zu entwickeln und dann die Fotos abzuziehen. Das war der Teil ihrer Arbeit, den sie besonders liebte. Und als sie schließlich vor dem Computer saß, fühlte sie sich wie damals, in der ersten Klasse: als sie die Sterne purpurn und den Mond kobaltblau gemalt und alle anderen dazu gebracht hatte, den Nachthimmel so zu sehen wie sie. Und damit hatte sie dann den ersten Preis des Kunstwettbewerbs der Grover-Cleveland-Grundschule gewonnen. Damals hatte sie gelernt, daß alles, was sie ausmachte – all das Schöne und das Traurige – dazu beitrug, daß sie die Dinge etwas anders sah als die anderen. Damals hatte sie damit begonnen, nach einem Weg zu suchen, den anderen zu zeigen, wie sie die Welt sah.

Sie hatte das beste Foto eingescannt und öffnete nun am Bildschirm die Datei mit den Bilddaten, die den Catering-Mann im Kreise der Models zeigte. Dann entfernte sie die Tabletts mit den Erfrischungen von seinen Händen und lud eine Fotoserie über eine Kollektion, die sie am Vortag aufgenommen hatte. Da war Cooper in einem topmodischen Valentino-Outfit. Sie kopierte einfach Jackett und T-Shirt von seinem Foto und verschob es auf den Körper des Catering-Mannes – dehnte und kürzte es, bis es paßte. Es war, als ob man mit kleinen Anziehpüppchen spielte oder den Comic-Seiten der Sonntagszeitung.

»Wollen mal sehen, ob ich unsere Jobs nicht retten kann«, scherzte sie, weil sie merkte, wie Cooper wartend hinter ihr stand, während sie das Foto bearbeitete.

Sie fühlte, daß er allmählich anfing, es so zu sehen wie sie. Seine Bewunderung beflügelte sie nur noch mehr. Und als es soweit war, eilten sie beide zum Konferenzraum. Und Isabel war gespannt, wie die anderen auf ihre Fotomontage reagieren würden.

Es war ganz still im Raum und es herrschte eine angespannte Atmosphäre. Duncan wußte wohl nicht mehr, was er sagen sollte, und die Kunden halfen ihm da nicht raus. Ohne ein Wort der Erklärung zeigte Isabel das fertige Foto: Der pummelige Mann vom Catering-Service in der Mitte des Bildes trug nicht mehr sein viel zu enges T-Shirt und die schwarzen Socken, sondern einen Anzug von Valentino und elegante Schuhe. Ohne die Tabletts auf den Händen sah es so aus, als ob er die Achseln zuckte – als Kommentar zu seinem Glück, von sechs wundervollen Models angehimmelt zu werden, die ihn alle anfassen wollten. Isabel hatte auch noch einen Werbetext plaziert, der wie folgt lautete: VALENTINO: KLEIDER MACHEN LEUTE.

Duncan, der nie den Mut hatte, zu seiner Meinung zu stehen (außer wenn es darum ging, eine Frau rumzukriegen), drehte sich zu den Kunden um, um zu sehen, wie sie reagierten. Mittlerweile sahen sie sich alle das Foto ganz genau an, und keiner sagte etwas. Duncan sah wieder zu Isabel und konnte seine Angst nur mühsam verbergen.

Aber Isabel lächelte nur und wartete darauf, daß ihr der Erfolg wieder einmal recht gab. Und daß Duncan wieder einmal feststellte, was sie schon wußte, seit sie sechs Jahre alt war und die Sterne pupurfarben ausgemalt hatte – lange bevor sie sich in Luke verliebt und seine Ex-Ehefrau und ihre beiden kleinen Quälgeister kennengelernt hatte. Sie wartete darauf, daß Duncan begriff, was die Schlipsträger genau in diesem Augenblick durch ihr Lächeln und Nicken bestätigten. Daß es etwas wert war, wie sie die Welt sah.

LUKE

Luke startete den Wagen und dachte, daß ihn eigentlich nichts mehr überraschen konnte. Gar nichts. Er hatte sich einen eigenen Set von Murphys Gesetzen eingerichtet, und eines dieser Gesetze lautete, daß an seinen wichtigsten Tagen im Gericht irgendetwas mit den Kindern passierte und er zwischen seinen Verpflichtungen hin- und hergerissen wurde. Das war regelmäßig so, besonders seit seiner Scheidung. Entweder mußte er sich zwingen, Dienstag und Donnerstag abends zeitig das Büro zu verlassen, um die Kinder abzuholen, oder er mußte jemanden engagieren, der da war, wenn Jackie sie brachte. Oder ein Taxi nach ihnen schicken, wenn sie sie nicht bringen konnte. Es war alles so kompliziert. Aber er hatte hart dafür gekämpft, daß Jackie ihm einen Platz in Annas und Bens Leben ließ. Und er beabsichtigte nicht, wegen logistischer Probleme seine Bemühungen um das halbe Sorgerecht zunichte machen zu lassen. Natürlich hatte Isabel dazu beigetragen, daß sich die Situation entspannte. Mit ihrer warmen Großherzigkeit, die er so an ihr liebte, hatte sie regelrecht darauf bestanden, sich um die Kinder zu kümmern, wenn er nicht da war. Aber auch Isabel konnte nicht mit allem klarkommen. So sehr sie es auch versuchte.

Heute war er schon um 6 Uhr 30 im Büro gewesen, weil der Richter damit gedroht hatte, das Verfahren, an dem er gerade arbeitete, wegen eines Fehlers niederzuschlagen. Und natürlich hatte mittags Annas Schulrektorin angerufen. Der Termin konnte selbstverständlich nicht verschoben werden. Jackie habe man schon Bescheid gesagt, hatte die Rektorin erklärt, und das Treffen sei auf 14 Uhr 30 anberaumt worden. Ob er nun kommen könne oder nicht.

Selbstverständlich würde er da sein!

Als Luke stadtauswärts den West-Side-Highway entlangfuhr – den der Bürgermeister vielleicht besser in West-Side-Parkplatz umbenennen sollte –, dachte er, daß sicher Jackie der Grund dafür war, warum dieses Treffen nicht warten konnte. Wenn es irgendein Problem gab, egal wie belanglos es auch sein mochte, mußte man sich ihrer Meinung nach sofort darum kümmern, am besten schon gestern. Pronto! Hätte sie ihn nicht wenigstens selbst anrufen können, um mit ihm einen Termin auszumachen, der ihnen beiden paßte? Denn nun hatte er wieder einmal keine andere Wahl, als sich nach ihren Bedürfnissen zu richten – ganz egal, wie er das mit seinen Partnern deichselte. Aber Jackies Gemütszustand war in letzter Zeit zu labil, als daß man damit hätte spaßen können: Die Sache mit Isabel ging ihr wirklich an die Nieren.

Sein Handy klingelte, und er nahm den Anruf entgegen. Aber das Telefonat mit seinem Büro lenkte ihn so ab, daß er sich nicht rechtzeitig einordnete und nur durch geschickte Ausweichmanöver, die ihn wichtige Zeit kosteten, schließlich doch noch auf die Abbiegespur gelangte. Als er dann endlich ins Schulgebäude kam, saß Jackie schon im Wartebereich, und die Rektorin stand an ihrer Bürotür und sah auf die Uhr.

Die Rektorin hieß Ruth Franklin, und um den Hals hatte sie einen Schal geknotet. *Immer ein schlechtes Zeichen*, dachte Luke. Sie hatte dunkle Augen und sah ernst aus – ganz bei der Sache. Als sie Jackie und Luke bedeutete, vor ihrem Schreibtisch Platz zu nehmen, hatte Luke beim Anblick dieser autoritären Frau für einen Augenblick das Gefühl, als seien Jackie und er nur zu großgewachsene Kinder, die sagen konnten, was sie wollten: Ruth Franklin würde immer recht behalten. Er hatte jeden Tag mit Richtern zu tun. Aber keiner von ihnen hätte ihn so aus der Ruhe bringen können wie diese energische, kleine Frau mit ihren marineblauen Pumps. Was um alles in der Welt hatte sie nur dazu gebracht, sie wegen ihrer Anna hierher zu bestellen. Anna war eine Einser-Schülerin und eine vielversprechende kleine Künstlerin. Und sie nahm die Schule so ernst, daß sie jedes Buch aus der Bibliothek, das sie kriegen konnte, verschlang – nur um noch bessere Noten zu bekommen.

»Mr. und Mrs. Harrison«, begann die Rektorin, als ob sie eine Rede halten wollte, »während Veränderungen für Erwachsene meist belebend wirken, können sie einem Kind eine Menge abverlangen.«

Lukes Pieper meldete sich, und im Geist spielte er sofort alle Möglichkeiten durch, die Grund für die Meldung sein konnten: daß ein offizieller Bescheid gekommen war oder es Probleme mit einem Zeugen gab oder... Aber er gestattete sich nicht, auf das Display zu sehen, um zu überprüfen, wer ihn da anrief. Er mußte es im Augenblick ignorieren und sagte: »Ich nehme es nicht entgegen. Es ist schon in Ordnung.« Dabei grinste er erst Jackie an, um ihr zu zeigen, daß er es ernst meinte und blickte dann wieder zu Mrs. Franklin, um ihr zu zeigen, daß er wieder bei der Sache war. »Veränderungen... wir sprachen gerade von Veränderungen«, nahm er den Faden wieder auf.

Mrs. Franklin nickte und sagte: »Die Tatsache, daß Sie beide wieder heiraten wollen, des war einfach zuviel für Anna...«

Luke heftete die Augen auf Jackie, die genauso verblüfft zu sein schien wie er. Sie sahen beide unangenehm berührt Mrs. Franklin an, warteten auf eine Erklärung und versuchten dabei zu lächeln. Aber Mrs. Franklin fuhr unbeirrt fort und bemerkte gar nicht, wie schockiert sie waren: »... und daß Sie planen, in die Schweiz umzuziehen, regt sie auch sehr auf.«

Jackie hob abwehrend die Hand und unterbrach sie: »Sie hat gesagt, daß wir wieder heiraten?«

Mrs. Franklin nickte und sagte: »Ich befürchte, daß Anna ihre Arbeit vernachlässigen wird, wo sie doch weiß, daß sie uns verläßt, bevor das Schulhalbjahr zu Ende ist.«

»Mrs. Franklin,...«, fing Jackie wieder an, und noch bevor sie aussprechen konnte, fügte Luke hinzu: »Wir planen nicht...«

»...wieder zu heiraten«, brachte Jackie den Satz zu Ende – direkt und endgültig. »Und es gibt keinen Umzug.«

»Tatsächlich?« Die Rektorin versuchte, sich ihr Erstaunen nicht anmerken zu lassen. »Nun gut, meine Bedenken, was...«

Wieder meldete sich Lukes Pieper. Jackie blitzte ihn an, obwohl sie versuchte, es mit einem kleinen Lächeln zu überspielen – dieses falsche kleine Lächeln, das ihn nicht mehr täuschen konnte und wohl nie getäuscht hatte. Das Lächeln schien zu schreien: *Bist du nicht Manns genug, dieses blöde Gerät zu bändigen?* Aber sie sagte nur: »Bist du mit deinen Gedanken auch bei uns?« Sie sagte es in diesem anklagenden Ton, den er so gut kannte.

»Ja, ich bin hier«, sagte Luke bestimmt.

»Ich dachte nur, weil es nicht so aussieht, als ob du mit den Gedanken bei der Sache bist«, sagte sie und lächelte ihn dabei an. Sie versuchte immer noch, alles mit einem Lächeln zu überspielen, als ob er sie nicht durchschaute.

»Ich bin mit meinen Gedanken dabei«, erwiderte er und versuchte seinerseits, die Situation mit einem Lächeln zu retten. Er hatte immerhin alles darangesetzt, um hier zu sein. Aber sie kannte kein Pardon. Deshalb erklärte er: »Ich bearbeite gerade einen Fall, bei dem sie *so* kurz davor sind, die Geschworenen zu entlassen. – Aber habe ich vielleicht dem Pieper geantwortet?«

Es war ihm sehr unangenehm, daß die Rektorin Zeugin dieser Auseinandersetzung wurde. Er versuchte, Jakkie mit den Augen zu bedeuten, daß sie sich ein wenig zurücknehmen sollte.

Ihre Antwort war wieder einmal typisch. Sie sagte nur: »Dann stell ihn ab.«

Luke versuchte zu grinsen, obwohl es eher aussah, als wolle er sie mit seinem Blick aufspießen. Aber er stellte den Pieper ab, nur um sie abzuschütteln. Jackie konnte genauso hartnäckig sein wie dieser alte Hund, den er mal hatte, und der sich mehr als eine Stunde in eine Socke verbeißen konnte, die man ihm vor die Nase hielt. Einfach nur, um einem zu beweisen, daß er ausdauernder war als man selbst. Jackie war genauso stur.

Schließlich sahen sie beide die Rektorin an, die ihre Fassung wiedergewonnen hatte und jetzt sagte: »Ich frage mich, ob es irgendetwas bei Ihnen zu Hause gibt, das Annas Bedürfnis Nahrung geben könnte, diese Phantasien weiter auszubauen?«

Oh nein, dachte Luke. Jackie würde sofort darauf anspringen. Er betrachtete seine Hände, ignorierte Jackies Blick und kam allem zuvor, was seiner Ex-Frau zu diesem Thema einfallen mochte, indem er ruhig erklärte: »Ich bin seit etwas mehr als einem Jahr mit einer anderen Frau zusammen. Und war zunächst nicht der Ansicht, daß es angemessen sei, sie zu schnell bei mir einziehen zu lassen. Aber nachdem ich lange darüber nachgedacht und ruhig mit ihr und den Kindern – wie ich hinzufügen möchte – gesprochen habe, ist sie letzten Monat bei mir eingezogen.«

Jackie atmete tief durch. Dann sagte sie zu Mrs. Franklin: »In den drei kurzen Jahren, die seit unserer Scheidung vergangen sind, hat sich Luke mit einer ganzen Reihe von Frauen getroffen. Und ohne die Kinder besonders darauf vorzubereiten, lebt er nun mit einer Frau zusammen, die halb so alt ist wie er…«

»Isabel ist nicht halb so alt wie ich.«

»Es geht hier nicht um *dein* Alter.«

»Warum erwähnst du es dann?« Er versuchte, es beiläufig klingen zu lassen, wollte die sanfte, freundliche Fassade für die Rektorin aufrechterhalten.

»Wir reden über die Kinder«, sagte Jackie. »Und sie wollen mit dir zusammensein. Sie kommen in dein Haus, um mit ihrem Vater zusammenzusein.«

»Sie kommen zu mir, um Teil meines Lebens zu sein. Auch Isabel ist Teil meines Lebens.« Er wurde jetzt deutlicher. Er hatte keine andere Wahl. Sie hatte es wieder einmal zu weit getrieben. Er hatte immer versucht, ein guter Vater zu sein. Er hatte sich wirklich alle Mühe gegeben. Das wußte sie doch auch. Er liebte seine Kinder, und sie liebten ihn. Verdammt noch mal, er war ein überarbeiteter Anwalt in New York City, der es gerade mit einem häßlichen Fall zu tun hatte, der einflußreiche Leute betraf – und doch saß er hier in Nyack im Büro der Rektorin. Für Anna. Wollte Jackie das denn nicht begreifen?

Und glaubte sie wirklich, daß es angemessen war, ihn wieder mit diesem ewigen Hin und Her zu provozieren. Vor Annas Schulrektorin – vor dieser selbstgefälligen Person – diese Streitereien auszutragen, die sie beide nun schon seit Jahren führten? Wie sollte das ihrer Tochter helfen? Ging es hier überhaupt noch um Anna?

Die Rektorin schaltete sich wieder ein: »Mr. Harrison, ich höre Sie immer von Ihrem Leben und Ihren Bedürfnissen sprechen. Aber wissen Sie denn auch, was Anna braucht?«

Er konnte es nicht fassen. Hatte seine Anwesenheit hier denn gar nichts zu bedeuten? Dachten die beiden etwa, daß er nur aus Jux und Tollerei an einem Tag, an dem sich im Büro die Arbeit stapelte, nach Nyack gefahren war?

Aber er ließ sich nichts anmerken. Er hatte nicht Jahrzehnte im Gerichtssaal verbracht, ohne dabei zu lernen, wie man eine Situation unter Kontrolle bekam. »Sie braucht ein Zuhause, wo sie sich sicher und geborgen fühlt. Das versuche ich ihr zu geben«, erklärte er Mrs. Franklin ruhig.

»Ist das nicht genau das, was sie schon einmal hatte?« Jackie klang bitter, als sie das sagte. Es hörte sich vielmehr so an, als ob es um sie selbst ging und nicht mehr um Anna.

Er wurde emotional – was ihm im Gerichtssaal nie passierte, weil ihm dort nichts so naheging. Und er erinnerte Jackie an etwas, das sie verdammt gut selber wußte, als er sagte: »Ich würde für Anna und Ben durchs Feuer gehen. Mit Freuden. Jeden Tag.« Um seine Aussage zu bekräftigen und damit Mrs. Franklin auch etwas davon hatte, schlug er heftig mit der flachen Hand auf ihren Schreibtisch.

In Jackies Augen war Empörung zu lesen, als sie ihn anblitzte und sagte: »Mit Ausnahme von letztem Donnerstag, als Isabel vergessen hat, sie abzuholen.«

Da war sie wieder, die Fehlerliste, die Jackie über ihn führte.

»Jackie!« Es gelang ihm nicht ganz, den Ärger in seiner Stimme zu unterdrücken. »Isabel war nur fünf Minuten zu spät.« Er lächelte Mrs. Franklin an und versuchte, alles wieder ins Lot zu bringen.

Die Rektorin schaltete sich jetzt ein, indem sie sagte (und dafür hätte er sie küssen können – Schal hin oder her): »Ich frage mich, ob Anna nicht vielleicht auf die unterschwellige Feindseligkeit reagiert, die zwischen Isabel und Mrs. Harrison herrscht.«

Das brachte Jackie augenblicklich zum Schweigen. Und Luke verpaßte die Gelegenheit nicht und sagte ruhig: »Natürlich reagiert sie darauf. Glauben Sie denn, daß es für einen von uns einfach ist? Glauben Sie denn etwa, daß es leicht für Jackie ist, zu sehen, daß sich jemand um ihre Kinder kümmert, der wirklich keinerlei Erfahrung mit Kindern hat? Natürlich ist Jackie verärgert und verhält sich feindselig und defensiv.«

Während er das sagte, sah er Mrs. Franklin direkt in die Augen, bekam aber im Augenwinkel mit, daß Jackie der Mund offenstand.

»Danke, Luke«, sagte sie schließlich, klang aber nicht wütend, sondern eher niedergeschlagen.

Und so endete alles damit, daß er sich wieder einmal schuldig fühlte. Wenn sie ihn doch nur in Ruhe lassen könnte. Warum mußte sie ihn auch jedes Mal derartig provozieren?

JACKIE

›*Diese Sache mit Luke in der Schule hat mich wirklich mitgenommen*‹, dachte Jackie, als sie den Bürgersteig entlangging, vorbei an all den friedlichen Häusern mit den weißen Zäunen und Steinmäuerchen, den großen schattenspendenden Bäumen und den knorrigen alten Fliederbüschen, die so hübsche herzförmige Blätter hatten. Alles war ihr so vertraut. Normalerweise beruhigte es sie, das kurze Stück von Zuhause bis zur Schule der Kinder zu Fuß zu gehen. Deshalb war sie nach dem Treffen mit der Rektorin noch einmal nach Hause gefahren, obwohl es kurz vor Schulschluß war. Sie hatte in der Auffahrt geparkt und sich dann gleich wieder zu Fuß auf den Weg zur Schule gemacht, um rechtzeitig dazusein, wenn die Schulglocke das Ende der letzten Stunde ankündigte. Sie wollte nicht im Schulgebäude warten müssen, um darüber nachzugrübeln, was gerade passiert war. Sie hatte gehofft, daß ein kleiner Spaziergang sie auf andere Gedanken bringen würde.

Zum Teufel mit Luke.

Seit der Scheidung versuchte sie verzweifelt, die Frau in sich zurückzudrängen, die sich immer noch nach ihm sehnte. Aber sie kam einfach nicht von ihm los. Und heute, als die Rektorin ganz unverhofft angerufen hatte, hatte sie nur einen Wunsch gehegt: Sie wollte, daß Luke herkam und sich darum kümmerte, egal worum es ging. Denn selbst wenn sie den Alltag mit den Kindern souverän meisterte, hatte das Ganze für sie doch immer noch etwas von einer Ausnahmesituation. Und es gab Momente, in denen sie Luke ganz besonders vermißte und ihn ganz schnell bei sich haben wollte. Zum Beispiel, wenn die Schulrektorin aus heiterem Himmel anrief.

Wäre er doch nur rechtzeitig gekommen! Es war doch wohl nicht zuviel verlangt, wenn man seinen Ex-Mann vor einer Unterredung mit der Schulrektorin noch einmal unter vier Augen sprechen wollte. Nach fünfzehn Jahren Ehe hatte seine Nähe für sie immer noch etwas Beruhigendes. Egal wie sehr der bloße Gedanke an ihn sie auch manchmal aufbrachte. Wenn sie doch nur ein paar Worte hätten allein wechseln können, bevor sie sich anhören mußten, was die Rektorin zu sagen hatte. Es hätte geholfen, wenn sie gleiche Ausgangsbedingungen gehabt hätten. Vielleicht hätten sie es dann gemeinsam durchgestanden.

Aber das war ja wohl nicht der Fall gewesen. Tatsache war, daß sie nie mehr etwas gemeinsam durchstanden. Vielleicht hatten sie das nie.

Nein, jetzt war sie ungerecht: Luke war ein guter Ehemann gewesen und ein fürsorglicher Vater. Er war nur zeitlich so völlig in Anspruch genommen. Natürlich hatte er sich sehr viel Mühe gegeben, nachdem sie sich getrennt hatten. Denn sie wußten beide ganz genau, daß die gemeinsame Verantwortung für die Erziehung der Kinder weiterbestand, auch wenn ihre Ehe nun beendet war. Und wenigstens waren sie sich darüber einig, daß sie diese Aufgabe nur bewältigen konnten, wenn sie es gemeinsam versuchten. Sie waren Freunde gewesen, bevor sie sich ineinander verliebt hatten, auch wenn ihre Ehe dann schiefgelaufen war. Es mußte doch möglich sein, daß sie Freunde blieben – wenigstens den Kindern zuliebe.

Aber es war schwierig, eine freundschaftliche Beziehung aufrecht zu erhalten, bei den stetig wachsenden Verpflichtungen, die Lukes Anwaltstätigkeit mit sich brachte und die seine Zeit immer mehr in Anspruch nahm; ganz zu schweigen von der Zeit, die er bereitwillig dieser jungen Frau widmete, die bei ihm eingezogen war. Und natürlich wurde die Zeit zuerst bei Jackie abgezogen. Aber so war es wohl immer noch besser, als wenn es zu Lasten von Anna und Ben ging. Zumindest verbrachte er nach wie vor jede freie Minute mit ihnen. Deshalb war er auch um 14 Uhr 30 in der Schule erschienen, obwohl sein Terminkalender heute so voll war, daß er die Kinder am Morgen Isabels Aufsicht überlassen hatte. Eins mußte sie ihm zugestehen: Er war immerhin erschienen.

Trotzdem zum Teufel mit ihm.

Während sie so ihren Gedanken nachhing, hielt sie die Augen auf die Steinplatten des Bürgersteigs gerichtet. Und als sie schließlich aufblickte, sah sie vor sich schon die Ziegelsteinfassade des Schulhauses.

Einige andere Mütter standen am Fahnenmast der Schule beisammen und waren eifrig dabei, sich zu unterhalten. Jackie bemerkte, wie sich das Verhalten der Frauen änderte, als sie auf sie zukam.

Jackie beteiligte sich gern an gemeinsamen Aktionen für die Schule. Sie war die letzte, die nein sagte, wenn es darum ging, Geld zu sammeln, Kostüme für die Theateraufführungen zu nähen oder Kuchen zu backen. Aber sie beteiligte sich nie an den Gesprächen hinter vorgehaltener Hand, die so viele Mütter verbanden. Jackie verbrachte nur wegen Ben und Anna soviel Zeit in der Schule – nicht zu ihrer persönlichen Unterhaltung. Sie wußte, daß die anderen Frauen sie für hochnäsig hielten, ja, daß sie ihnen vielleicht sogar Angst machte. Viele von ihnen hatten auch im Beruf gestanden, bevor die Kinder kamen, und ihre Karriere hatte ihnen genauso viel abverlangt wie Jackies. Aber nur ganz wenige waren immer noch so diszipliniert wie früher. Jackie vertat ihre Zeit nicht damit, an jeder Ecke ein Schwätzchen zu halten. Das wäre ihr nie in den Sinn gekommen.

Luke hielt das natürlich für einen Fehler. Er sagte immer: »Du lebst nur für die Kinder und weigerst dich, mit anderen Menschen Kontakt zu halten.« Und als Beweis führte er an, daß Jackie nach über zehn Jahren in Nyack nur eine einzige Freundin gefunden hatte. Und zwar Colleen, die nebenan wohnte, von einem Künstlerfonds lebte und Aquarelle malte. Immer und immer wieder das gleiche Motiv: den Hudson. Aber bei allen erdenklichen Lichtverhältnissen: morgens bei Sonnenaufgang; nachmittags, wenn die Sonne schon über den Zenith hinausgewandert war, und abends bei Sonnenuntergang; im Hochsommer, wenn das Licht gleißend war; im Herbst, wenn die Sonne schräg stand, oder im kalten Winterlicht.

Jackie hatte nicht einmal versucht, Luke zu erklären, daß sie Colleen deshalb in ihrem Leben willkommen hieß, weil sie sich nicht einmischte. Hin und wieder rief ihr Colleen einfach über die Fliederbuschhecke zu, ob sie nicht Lust auf eine Tasse Pfefferminztee hätte. Dann plauderten sie ein Stündchen miteinander, zum Beispiel darüber, was für Sonnenblumen Monet wohl in seinem Garten gehabt hatte. Und danach kehrte jede wieder in ihr eigenes Leben zurück. Manchmal kam Colleen auch nur kurz vorbei, um Ben auf der Schaukel anzuschubsen oder mit Anna kleine Zweigenmännchen zu basteln. Aber Colleen drängte sich nie auf, war eher wie ein Schatten, der an einem Sommernachmittag allmählich über den Rasen wandert. Sie war ruhig und ausgeglichen und einfach nur da. Sie drängte sich nicht zwischen Jackie und die Kinder. Sie verstand, daß die Kinder für Jackie die einzige Gesellschaft waren, an der ihr wirklich etwas lag.

Bei den Müttern am Fahnenmast war auch die umtriebige Sprecherin des Elternbeirats, die so gern lange telefonierte. Als Jackie zu ihnen kam, fragte die Elternsprecherin, ob sie nicht den Kostümausschuß für die Thanksgiving-Parade betreuen wolle. Und Jackie sagte, daß sie selbstverständlich gerne dazu bereit sei. Und dann sprachen sie darüber, was man für dieses Jahr plante. Aber trotzdem war Jackie froh, daß die Schulglocke endlich läutete und sie dem freundlichen Geplauder der anderen Frauen entging. Bald schon drängten sich Scharen von Kindern durch die Türen und Anna und Ben stürmten begeistert auf Jackie zu. Das tat ihr gut. Sie nahm ihre Kinder und ging mit ihnen den Fußweg entlang, zurück nach Hause.

Jackie war froh, daß die Kinder heute abend bei ihr waren. Das Treffen mit der Rektorin hatte sie doch sehr beunruhigt. Sie dachte immer noch darüber nach und suchte den Fehler bei den anderen. Schließlich bekam Luke nicht umsonst dreihundert Dollar in der Stunde dafür, daß er jede Art von kriminellem Verhalten rechtfertigte. Da war es für ihn doch ein Leichtes, sich und sein neues, angenehmes Leben zu rechtfertigen. Außerdem hatte Isabel nicht das Recht, sich auf Annas und Bens Kosten ein bißchen als Mutter auszuprobieren. Aber ganz egal, wie falsch Luke sich auch verhalten hatte, und unabhängig davon, wie unfähig diese Isabel war, sie selbst war auch nicht ganz unschuldig. Sie warf sich vor, daß sie immer noch soviel für Luke empfand. Das war *ihr* Fehler.

Trotz allem war es ein wunderschöner Sommertag. Das wurde ihr erst in dem Augenblick so richtig bewußt, als sie Bens dunkles Haar in der Sonne glänzen sah. Er lief vor ihnen her, und hin und wieder fiel ein Sonnenstrahl durch Blätter der großen Bäume, so daß sein Haar bläulich schimmerte. Einen solchen Tag sollte man nicht mit Selbstmitleid vergeuden. Die spätsommerliche Wärme wurde schon von einigen kühlen Luftschwaden durchzogen, die den Herbst ankündigten. Die erste Asterknospe im Beet am Zaun hatte heute morgen ihren gezackten Blütenkopf entfaltet. Und im Hudson spiegelte sich ein so blauer Himmel wie seit dem Frühjahr nicht mehr.

Zu dritt schlenderten sie gemütlich nach Hause, die Wege entlang, deren Pflaster schon hier und da von den

Wurzeln der alten Bäume aufgebrochen wurden. Ben sammelte unterwegs viele Eicheln und stopfte sie alle in die Hosentaschen, so daß sie an den Hüften richtig ausbeulten. Und Anna erzählte ihr umständlich und ausführlich von einem Skandal, der sich im Speisesaal ereignet hatte, an dem Peter Bingley beteiligt war. Er hatte versucht, Jessie Tate dazu zu bringen, einen Keks zu essen, obwohl der Keks Erdnußbutter enthielt, und Jessies Hals doch von Erdnußbutter immer zuschwoll. Sie hätte daran ersticken können.

Zu Hause angekommen, setzten sich Jackie und die Kinder erst einmal in die weißen Holzstühle auf dem Rasen und sahen dem Sonnenuntergang zu, der den Fluß nach und nach in ein Orangerot tauchte, bevor die Sonne ganz hinter dem Horizont verschwand. Später, als Jackie gerade dabei war, das Abendessen vorzubereiten, legte sich Ben seinen Zaubererumhang um, mischte die Karten und übte an einem neuen Trick. Anna saß am Tisch und malte mit ihren Pastellkreiden. Das war eine ihrer neuen Lieblingsbeschäftigungen. Und Jackie war der Ansicht, daß ein gewisses Talent unverkennbar sei. Die Zeichnungen ihrer Tochter hatten etwas von der humorigen Malweise eines Chagall und auch von der naiven Schönheit der Bilder eines Ludwig Bemelmans.

›Das ist wahres Mutterglück‹, dachte sie, ›wenn man sieht, wie das eigene Kind die Welt um sich herum wahrnimmt und was es daraus macht.‹ Als Anna als kleines Mädchen zum ersten Mal mit Wachsstiften ein Bild von der Familie gemalt hatte, mußte sich Jackie schnell abwenden, damit ihre Tochter die Tränen nicht bemerkte, die ihr vor Rührung in die Augen gestiegen waren. An der kindlichen Zeichnung hatte sie besonders berührt, wie alle auf dem Bild lächelten – Mamma, Papa und die kleine Anna –, ganz breit mit ihren großen Mündern, die aussahen wie Orangenschnitze. Sie war überwältigt davon zu sehen, was Glück für ihr Kind bedeutete. Und das Bild war der Beweis dafür, daß Anna wirklich glücklich war.

Aber Annas Einfallsreichtum hatte mittlerweile eindeutig eine dunklere Komponente bekommen. Und das konnte Jackie genauso deutlich erkennen, wie das Orangenschnitz-Lächeln von damals. Jetzt erfand sie Geschichten in der Schule. Und diese Geschichten sagten etwas darüber aus, wie es tief in Annas Innerem aussah. Diese Geschichten erzählten davon, was sich Anna wirklich wünschte, was sie aber allein nie erreichen konnte. Nur wenn sie sich etwas vormachte – oder wenn sie log.

Als Jackie soweit war, den Tisch zu decken, erzählte sie Anna, wovon die Rektorin ihnen an diesem Tag berichtet hatte.

»Das habe ich nie behauptet«, sagte Anna, ohne von ihrem Bild aufzusehen. »Warum sollte ich denn rumerzählen, daß ihr wieder zusammenseid?«

Jackie hatte noch nie erlebt, daß Anna sie so einfach anlog, und war überrascht, daß ihr eigenes Kind überhaupt dazu fähig war.

Vielleicht war ihr bisher gar nicht bewußt gewesen, wie sehr ihre Kinder unter der Scheidung und dem, was danach kam, litten. Sie hatte gedacht, sie könnte die ganzen Unannehmlichkeiten von ihnen abhalten – indem sie selbst einen Schutzwall gegen das Schlimmste bildete. Sie hatte geglaubt, wenn sie ihre Trauer nicht zeigte, würden die Kinder ihre eigene Trauer nicht bemerken, und nicht sehen, wie nahe es ihrer Mutter ging.

Aber da hatte sie sich wohl geirrt, und deshalb sagte sie zu Anna: »Daddy und ich haben uns überlegt, daß man manchmal einfach Geschichten erfindet, die von den Dingen handeln, die man sich am meisten wünscht.«

»Ich will nicht, daß ihr wieder heiratet. Warum sollte ich das wollen?« Anna nahm ein Stück blaue Kreide und malte den Bildhintergrund aus, während Ben seiner Mutter einen Stoß Karten hinhielt und sagte: »Zieh eine! Irgendeine!« Dabei sprach er mit verstellter Stimme, seiner Zaubererstimme.

Jackie nahm eine Karte, sprach aber weiter zu Anna. »Vielleicht bist du wütend darüber, daß Isabel bei Daddy eingezogen ist.«

»Ich bin nicht wütend. Ich werde mich über *die* doch nicht aufregen«, sagte Anna und wandte immer noch keinen Blick von ihrer Zeichnung.

»Nun, sieh mal…«, wollte Jackie an ihren Gedanken anknüpfen, als Ben zu ihr sagte: »O.K., reiß die Karte in der Mitte durch.«

Jackie besah sich die Karte, die sie aus dem Stoß gezogen hatte und riß sie in zwei Hälften. Dabei versuchte sie weiter, mit Anna zu reden: »Falls…«

Wieder wurde sie von Ben unterbrochen: »Noch einmal.«

Jackie riß die Karte in Viertel und fing ihren Satz von vorne an: »Falls…«

Ben ließ nicht locker: »Noch einmal, Mama!« Dieses Mal warf Jackie ihm einen irritierten Blick zu, tat aber, was ihr Sohn von ihr verlangte.

Erst jetzt sah Anna von ihrer Arbeit auf und zu ihrem Bruder hin. »Ben«, sagte sie, »verschwinde.«

Jackie zerriß die Karte in ganz kleine Stücke, und Ben nahm die Schnipsel, um sie auf einen Stapel verschiedenfarbiger Umschläge zu verteilen. Und Jackie nutzte die Gelegenheit, um sich wieder ihrer Tochter zuzuwenden: »Ich wollte sagen, falls du jetzt nicht darüber reden möchtest, ist das schon in Ordnung. Aber lüg mich bitte nicht an.«

Anna war kurz davor, die Augen zu verdrehen – so wie sie es immer tat, wenn ihr etwas nicht paßte.

Jackie setzte sich zu ihr und hielt ihrem Blick stand. Es fiel ihr schwer, die Kaltschnäuzigkeit ihrer Tochter zu ertragen. Trotzdem gelang es ihr, unbeirrt zu klingen, als sie weiter versuchte, etwas aus Anna herauszubekommen: »Es gibt nur ganz wenige Menschen, denen man eine Lüge nicht an der Nasenspitze ansieht. Und du siehst aus, wie...« Jackie beendete den Satz nicht, sondern stand auf, um Gläser zu holen.

»Wie wer?« fragte Anna, die neugierig geworden war und ihrer Mutter über die Schulter zusah, wie sie Gläser aus dem Küchenschrank nahm.

Jackie scherzte: »Jetzt, wo er ist nicht mehr Präsident ist, brauchen wir nicht kleinlich zu sein, oder?.«

Ben bewegte seinen Zauberstab über die eingetüteten Papierschnitzel, um den Zauber wirken zu lassen, und murmelte dabei ein Abrakadabra.

Plötzlich sah Anna Jackie ganz offen an – alle Barrieren waren gefallen. »Es tut mir leid, Mama, daß ich das gesagt habe. Es ist mir einfach so rausgerutscht. Ich glaube manchmal,... manchmal wünsche ich mir einfach, daß du und Daddy wieder... Du weißt, was ich meine!«

Jackie legte ihr die Hand auf den Arm. »Ja, ich weiß schon,« sagte sie.

»Ich dachte, wenn ich es laut sage, würde es vielleicht... in Erfüllung gehen.«

Ben war immer noch eifrig mit seinen Karten beschäftigt. Jackie hatte ihre Tochter in den Arm genommen und hörte sie ganz leise sagen: »Was passiert, wenn er Isabel mehr liebt als uns?« Wobei die Angst davor ganz deutlich in ihrer Stimme mitschwang.

Jackie antwortete: »Das wird nie der Fall sein.«

»Sag niemals nie«, entgegnete Anna düster.

Jackie wußte nicht, was sie darauf sagen sollte. Sie konnte ihren geliebten Kindern die Angst davor nicht nehmen, weil sie sich selbst nicht sicher war, ob es wirklich nie passieren würde.

»Trara«, schrie Ben. »Da ist deine Karte!« Er berührte

noch einmal den Stapel mit den vielfarbigen Umschlägen, öffnete sie und gab Jackie den Karokönig.

Jackie sah auf die Karte und dann wieder zu Ben. »Das ist nicht meine Karte.«

»Was?«

»Ich hatte die Kreuzsieben.«

Ben verzog erstaunt das Gesicht und sagte: »Das kann nicht sein.«

»Doch.«

Anna fragte ihre Mutter: »Ist Daddy auch böse auf mich?« Sie schien wirklich besorgt.

»Schatz, niemand ist böse auf dich. Wir wollen nur mit dir darüber reden.«

»Zieh eine Karte. Irgendeine.« Ben hielt seiner Mutter wieder die aufgefächerten Karten hin.

Sie nahm eine und sagte zu ihrer Tochter: »Daddy und ich werden immer für euch da sein.«

Anna erwiderte: »Es ist nicht fair, immer zu sagen.«

Jackie mußte unwillkürlich lächeln. Sie lächelte darüber, daß dieser Augenblick ihr wieder einmal bewies, daß die Kinder alles in sich aufnahmen: was man tat oder sagte, wovon man träumte und was man fühlte – ob sie es einem nun zeigten oder nicht. Und irgendwann verwendeten sie es dann selbst und hielten einem so den Spiegel vor.

»In diesem Fall bedeutet immer ausnahmsweise wirklich immer«, versicherte sie ihrer Tochter.

Aber ihr Lächeln hatte ihre wahren Gefühle nicht verbergen können, denn Ben wollte sie plötzlich verzaubern. »Trara!« sagte er und berührte seine Mutter ein weniger forsch mit dem Zauberstab – der kleine Racker. »Trara!« wiederholte er und sagte: »Jetzt bist du wieder glücklich.«

›Trara. Wenn es nur so einfach wäre‹, dachte Jackie, als sie sich ihn schnappte, zu sich heranzog und solange kitzelte, bis er wild lachte und sich zu befreien suchte. Seine sonst rosigen Wangen waren ganz rot, und er strahlte über das ganze Gesicht. Und dann wurde ihr auf einmal bewußt, daß es vielleicht wirklich so einfach war. Manchmal zumindest. In diesem Augenblick. Trara! Und Jackie war glücklich.

ISABEL

Diese Stunde nach Feierabend liebte Isabel besonders. Auf dem Heimweg ging sie oft noch zu dem Koreaner in der Houston Street, um Sonnenblumen zu kaufen. Danach bog sie um die Ecke in die Greene Street und sah zu den geschwungenen Loft-Fenstern hinauf, in denen dann meist schon Licht brannte. Und sie wußte, daß Luke Zuhause war. Es war die Stunde, in der sich das Gefühl bestätigte, das sie schon den ganzen Tag über begleitet hatte – auch wenn sie sich auf das Computerprogramm konzentrierte und wenn sie die Blende an der Leica einstellte. Zu dieser Tageszeit konnte sie sich selbst beweisen, daß es endlich jemanden gab, zu dem sie nach Hause kommen konnte.

Isabel hatte es nichts ausgemacht, allein zu leben. Nach der Arbeit, falls sie nicht wieder bis Mitternacht im Studio geblieben war, ging sie zu ihrer Wohnung und hörte erst einmal den Anrufbeantworter ab. Dann entschied sie, was sie noch unternehmen wollte. Manchmal ging sie mit Matt in eine Filmvorführung nach Tribeca*, begleitete Glory zu einer Vernissage oder ging mit Guy

---

* Anmerk. d. Übers.: Tribeca ist ein beliebtes Künstlerviertel von New York, das zwischen dem Hudson und dem Stadtteil SoHo liegt. In den Kinos dort finden häufig Filmpremieren statt.

Sushi essen. Und wenn sie all diese Möglichkeiten verpaßt hatte, weil sie zu spät nach Hause gekommen war, wartete bei Tonino's um die Ecke immer noch ein Tisch auf sie. Bei Tonino gab es deftiges italienisches Essen, aber er behauptete immer, daß er sie liebte und für sie alles fettfrei zubereitete. »Für dich, bella Isabella«, pflegte er zu sagen, »werde ich das Fett einfach rauswringen.« Das versprach er zumindest, obwohl sie da so ihre Zweifel hatte. Wie auch immer, sie saß gerne bei Tonino's im Hinterzimmer, mit einer Flasche gekühltem Pinot Grigio auf dem Tisch. Und die Kellner waren genauso aufmerksam wie ihre Großmutter Celie, und reagierten auf die kleinste Kleinigkeit. Es war wie damals zu Hause, mit sechs, als die Welt noch in Ordnung war und sie darauf wartete, daß es Abendessen gab.

Und jetzt hatte sie wieder ein richtiges Zuhause. Bei Luke. Sie konnte sich darauf verlassen, daß jeden Morgen seine Bartstoppeln im Waschbecken lagen. Und nachts im Dunkeln, wenn sie noch wachlag und darüber nachgrübelte, was man im Leben alles verlieren konnte, brauchte sie nur den Arm nach ihm auszustrecken, und schon fühlte sie sich getröstet. Und wenn es Samstagabends einmal regnete, lagen sie engumschlungen auf der Couch, während unten auf der Straße ein Taxi nach dem anderen losfuhr und hupte. Dann drehte sie die Musik auf, bis sie jedes Geräusch übertönte, und sie nur noch spürte, wie ihr Herz schlug, wenn Luke sie küßte.

Isabel hätte nie gedacht, daß ihr so etwas einmal passieren würde, daß sie so eine Liebe erleben durfte. Sie hatte angenommen, daß es immer so weiterginge wie bisher. Daß sie im Dachgarten des Hauses, in dem sie wohnte, Sex mit dem Hockey-Spieler aus dem Erdgeschoß hatte. Daß sie es weiter mit dem jungen Mann aus Paris unter der Dusche tat, der jeden zweiten Monat in die Stadt kam, und der immer anrief und sie zum Lachen brachte. Oder daß sie es weiter mit Charley auf dem Küchenfußboden trieb. Er war der erste, der ihr damals in der Junior-High-School einen Zungenkuß gegeben hatte. Und bei ihm fühlte sie sich immer noch wie das unerfahrene zwölfjährige Mädchen, wenn er danach aufstand, seine Hose anzog und ging. Sie hatte geglaubt, daß sie schon irgendwann lernen würde, sich mit einem dieser Typen zufriedenzugeben. Sie hatte gedacht, daß es sich bei einer dieser Beziehungen vielleicht um Liebe handelte. Liebe, wie sie sie bisher kennengelernt hatte.

Sie war sich nicht einmal sicher gewesen, ob sie überhaupt mit einem einzigen Mann glücklich sein konnte. Mit einem Familienleben, Erwartungen und Verantwortung. Aber das war, bevor sie Luke kennengelernt hatte – bei Dean & DeLuca's.

Sie konnte dieses Geschäft nicht ausstehen, weil dort nur Leute einkauften, die behaupteten, einen Unterschied zwischen dem zartgelben und dem dunkelgrünen Olivenöl in den hübschen Flaschen auf dem Ladentisch festzustellen. Für Isabel war Olivenöl Olivenöl und Essen ein Energielieferant, sonst nichts. Sie interessierte nur, ob es einfach zuzubereiten war. Und je weniger Fett es enthielt, desto besser. Dean & DeLuca's war nichts für sie; es war nur etwas für Leute, denen Essen wichtig war.

Aber das Geschäft hatte auf ihrem Heimweg gelegen, als sie an jenem Abend von einem Fotoshooting, das in der Dämmerung stattgefunden hatte, nach Hause ging. Sie war total ausgehungert und viel zu erledigt, um an etwas anderes zu denken, als so schnell wie möglich nach Hause zu kommen und sich auszuruhen. An Tagen wie diesem, die zu früh begannen und zu lange dauerten, aß sie oft nur Mikrowellen-Popcorn, Schokoladeneis von Häagen-Dazs und ein Stück Obst. Sie wollte nur noch schnell einen Apfel kaufen, aber die Auswahl war zu groß. Sie hatte mit einem grünen Apfel in der Hand dagestanden und einen mit rotgrünen Backen betrachtet – unfähig, sich zu entscheiden –, als ein Mann sagte: »Was erwarten sie denn von ihm?«

Sprach er etwa mit ihr? Sie sah hoch, und da stand dieser große, breitschultrige Mann. Sein Haar wurde schon licht, und zwar rundum. Er sah sehr korrekt aus und war überhaupt nicht ihr Typ – viel zu alt. Aber er lächelte jungenhaft, und seine Augen waren blau, ganz tiefblau. Und die Art, wie er sie ansah, ging ihr unter die Haut und brachte eine Saite in ihr zum Klingen.

Er lächelte immer noch, als er seine Frage wiederholte: »Was erwarten sie von ihm?«

»Was ich von *wem* erwarte?«

Er bedeutete ihr mit einer Bewegung des Kopfes, daß er den Apfel meinte, den sie in der Hand hielt. »Wenn Sie Apfelmus machen wollen, ist dieser hier unschlagbar. Er wird ganz weich, wenn man ihn kocht und zergeht dann auf der Zunge.« Dabei hielt er einen kleinen Apfel mit grünen Backen hoch, die ins Rötliche spielten. »Und wenn Sie einen Apfelkuchen machen wollen, sollten Sie diesen nehmen, weil er sich wunderbar schneiden läßt und fest bleibt – auch im Ofen, wenn der Zucker darüber allmählich karamelisiert.« Der Apfel, den er dabei hochhielt, war hellgrün. »Für einen Waldorf-Salat...«

»Ich will ihn essen«, fiel sie ihm ins Wort, allergisch gegen diese Feinschmecker. »Aus der Hand.«

»Mögen Sie lieber süße oder saure Äpfel? Soll es richtig krachen, wenn Sie reinbeißen oder wollen Sie, daß Ihre Zähne ganz leicht hineingleiten?

»Ich weiß es nicht.«

Er lachte und sagte: »Nun, Sie müssen schon wissen, was Sie wollen, oder Sie bekommen es nie.«

Es geschah in diesem Augenblick. Sie hätte schwören können, daß es so schnell ging. Es dauerte nur solange, wie er brauchte, um sein Wissen über Äpfel vor ihr auszubreiten und damit seine Lebensphilosophie: *Man muß wissen, was man will, oder man bekommt es nie.* Sie wußte sofort, daß sie ihn haben wollte – Feinschmecker hin oder her. Und sie hatte ihn bekommen. Nun gehörte er ihr.

Es roch schon nach Essen, als sie durch den Vordereingang den Loft betrat. Und Luke rief ihr von der Küche aus zu, um sie zu begrüßen. Obwohl er schon so lange auf den Beinen war, wollte er unbedingt noch für sie kochen. Es war seine Art, ihr zu zeigen, wie wichtig sie ihm war – und es sah so aus, als ob es ihm auch noch Spaß machte.

Daß sich ein Mann ihretwegen Mühe gab, war für sie neu und ungewohnt. Der Gedanke daran erwärmte sie wie ein guter Wein. Nachdem sie sich umgezogen hatte, setzte sie sich in Leggins und Sweatshirt auf die Anrichte in der Küche und sah ihm zu, wie er Kräuter und Zwiebeln hackte.

Dabei nippte sie an einem Glas Chardonnay und zwang sich, nicht nur auf das Spiel seiner Armmuskulatur zu achten, während er mit dem Messer Knoblauch kleinschnitt. Da er immer noch davon überzeugt war, daß sie eines Tages selber kochen würde – was das anging, war er unverbesserlich –, beschrieb er ihr jeden einzelnen Arbeitsschritt. Obwohl sie ihm schon oft gesagt hatte, daß sie sehr wohl kochen könne, es nur nicht wolle. Aber er kommentierte weiter jede seiner Bewegungen wie eine männliche Julia Child. Es war einfach süß.

»Frische Kräuter, ein wenig Basilikum und Petersilie und Hühnerfonds. Dann umrühren«, sagte er und sah hoch, um sich zu vergewissern, daß sie ihm auch zuhörte. »Mach du weiter…«

Sie beugte sich vor, nahm den Kochlöffel und begann in der Soße zu rühren, während er mit den Augen die Anrichte absuchte. »Wo ist der Weißwein?«, fragte er schließlich.

Sie nahm einen kleinen Schluck von dem Chardonnay in ihrem Glas, prostete ihm mit dem Rest zu und sagte: »Hättest du den etwa gebraucht?«

Er schenkte ihr dieses Lächeln, das sie so an ihm mochte. Sie erwiderte es, probierte mit dem Finger die Soße und sagte: »Das schmeckt gut. Wenn du im Bett genauso gut wärst, würde ich dich heiraten.«

Anstelle einer Antwort zog er sie an sich und begann, sie leidenschaftlich zu küssen, genauso wie sie es gern hatte. Sie konnte sich in seinen Küssen verlieren. Seine Küsse waren wie eine Tür, die in ihn hineinführte. Sie hätte ewig so weitermachen können. Ihm ging es nicht anders. Und sie waren gerade auf dem besten Weg… als das Telefon klingelte.

Isabel seufzte. Widerstrebend entzog sie sich seiner Umarmung und griff nach dem Hörer.

»Hallo?«

Nichts.

»Hallo?«

Am anderen Ende der Leitung wurde aufgelegt. Auch Isabel legte den Hörer auf und wollte sich wieder Luke zuwenden. Aber der Zauber des Augenblicks war vorbei, und Luke war schon wieder mit seiner Soße beschäftigt.

»Ach, übrigens«, sagte er, »die Gerichtsverhandlung Hanson gegen McAlpine ist verschoben worden. Das heißt, daß ich noch mehr Arbeit in Pittsburgh habe. Ich werde vor Sonntag nicht zurücksein.«

Sie war enttäuscht, ließ es sich aber nicht anmerken und tat stattdessen entsetzt: »Dann muß ich mich ja ganz allein um alles kümmern?«

»Nun, da wir die Kinder am Wochenende haben, dachte ich, daß ihr mich vielleicht begleiten wollt…«

»Nach Pittsburgh!«, rief sie ensetzt. »Ich liebe dich zwar, aber so sehr nun auch wieder nicht.«

Er grinste und sagte: »Komm schon. Wir nehmen uns

ein großes Hotelzimmer. Gehen mit den Kindern in den Zoo und zu einem Baseball-Spiel...«

»Bloß nicht. Wir kommen schon klar.« Wenigstens hoffte Isabel das. Und besann sich darauf, daß die Kinder mit ihren sieben und elf Jahren zusammen immer noch jünger waren als sie. Natürlich würde sie mit ihnen klarkommen.

»Gut«, sagte Luke, »aber dann könnte ich wenigstens... während ich weg bin... Vielleicht werde ich eine Hilfe engagieren.«

Sie brauchte einen Moment, um zu begreifen, was er damit sagen wollte. Das tat weh! Sehr weh! Nach all dem, was sie an diesem Morgen auf sich genommen hatte, was sie an anderen Morgen und Nachmittagen und Abenden getan hatte – und beim Zubettbringen der Kinder.

»Wofür?« fragte sie leicht gereizt.

»Nur einen Babysitter. Du sollst das nicht alles allein machen müssen.«

»Du meinst, daß ich es nicht machen *kann*.«

Er hatte Glück, daß das Telefon in diesem Augenblick wieder klingelte. Sie nahm ab und sagte: »Hallo?«

Nichts.

»Wer ist da?« fragte Isabel.

Kein Ton.

»Hallo?«

Isabel vernahm ein Klicken in der Leitung und knallte den Hörer auf. Aber ihre Wut galt nicht nur dem anonymen Anrufer, sondern dieser Sache mit Luke.

»Du traust mir nicht zu, daß ich mit deinen Kindern allein klarkomme«, beschuldigte sie ihn.

»Doch, natürlich. Aber...«

»Aber was?«

»Ich bin einfach der Meinung, daß du dich nicht ganz allein um sie kümmern mußt.«

Manchmal konnte sie den Anwalt in ihm hören, der sie genau dahin brachte, wo er sie haben wollte, indem er am richtigen Punkt ansetzte. Und das konnte sie nicht leiden. »Luke«, sagte sie, »wenn du mich von deinen Kindern fernhältst, ist das genauso, als ob du ihnen sagst, daß sie mich weiter hassen sollen.«

»Sie hassen dich nicht.« Während er mit ihr darüber sprach, rührte er unablässig die Soße um, als ob sie verderben könnte, wenn er sich nicht voll darauf konzentrierte – als ob es eine schwierige französische Kreation sei. Dabei war es nur ein Rezept, auf das er als Jurastudent gestoßen war, und mit dem er Jackie ab und zu eine Freude gemacht hatte, als sie sich nichts anderes leisten konnten als einfache Hausmannskost.

»So, meinst du?«, forderte ihn Isabel heraus und ärgerte sich dabei über sich selbst. Sie liebte ihn. Sie liebte ihn sogar sehr. Aber warum mußte es diese Probleme geben? Warum mußte es diese Kinder geben? Ach, das hatte sie nicht so gemeint! Aber warum konnte er die Situation nicht so sehen, wie sie war? Daß sie sich alle Mühe gab, und seine Kinder und seine Ex-Frau gar keine? Dann sagte sie:

»Du mußt ihnen nur einmal in die Augen sehen, und du weißt Bescheid. Achte einmal auf die Blicke, die mir deine Ex-Frau zuwirft..«

»Sie beschützt ihre Kinder. Was erwartest du? Es ist kompliziert. Das verstehst du nicht.«

»Ach so, für dich und Jackie ist es also kompliziert. Und für mich ist es wohl sehr einfach, weil ich keine Kinder habe?«

Damit hatte sie ihn getroffen. Das war nicht zu übersehen. Sie war zu weit gegangen. Sie hatte ihm nicht wehtun wollen. Sie wollte nur, daß er erkannte, daß die Situation auch für sie nicht leicht war. Sie hatte ihm nur die Wahrheit sagen wollen.

Bevor sie sich in Luke verliebt hatte, bestand ihr einziger Kontakt zu Kindern darin, daß sie Kinderwagen auf dem Bürgersteig auswich und Kindern in Aufzügen zuwinkte. Und sie war der Ansicht, daß sie in Anbetracht dessen ganz gute Fortschritte machte.

Luke sagte: »Ich versuche doch nur... euch ein bißchen Zeit zu geben, damit ihr euch aneinander gewöhnen könnt.«

»Dann gib uns auch die Zeit. Wir brauchen keinen Babysitter.«

»Sieh mal, die Kinder sind doch auch schon so verwirrt genug, ohne daß...«

»Ohne daß was?« So hatte sie ihn vorher noch nie in die Enge getrieben.

»Ohne daß sie zwei Tage lang ganz ohne Vater und Mutter auskommen müssen. Ich will es ihnen nicht noch schwerer machen, als es ohnehin schon ist.«

Sie hatte verloren. Sie zählte weder als Muttterersatz noch als Vaterersatz. Aber sie kümmerte sich doch auch um die Kinder. Deshalb sagte sie zu ihm: »Ich brauche nicht noch eine Person in dieser Familie, die mich behandelt, als sei ich ein Idiot. Was das angeht, gibt sich deine Ex-Frau wirklich alle Mühe, und ich darf mir das jeden Dienstag und Donnerstag und jedes verdammte zweite Wochenende angucken. Wenn du mir deine Kinder nicht anvertrauen willst, sag es einfach.« Sie wartete, wie er wohl darauf reagieren würde.

»Nein«, sagte er. »Ich...«

»Dann gib nach. Gib mir eine Chance. Bitte!«

Wieder klingelte das Telefon, und dieses Mal riß sie es fast von der Wand, als sie den Anruf entgegennahm.

»Was hast du eigentlich für ein Problem, du Arschloch?«, schrie sie in die Muschel.

»*Du* bist mein Problem«, sagte eine Stimme. Eine Mädchenstimme. Annas Stimme. Und dann legte sie auf.

Isabel hielt den Telefonhörer wie ein Beweismittel in der Hand, als sie Luke ansah und ruhig zu ihm sagte:

»Nein, du hast ganz recht. Deine Kinder hassen mich nicht. Ich bin nur etwas überdreht.«

Luke sah erst Isabel an und blickte dann auf den Telefonhörer in ihrer Hand.

»Ruf deine Tochter an«, sagte sie nur.

Er nahm ihr den Hörer aus der Hand und wählte die Nummer seiner Ex-Frau. Die Nummer, die auch einmal seine Nummer gewesen war und die das Telefon in dem schönen Haus am Hudson zum Klingeln brachte, wo er mit seiner Frau und den Kindern gelebt hatte. Wo er aber nicht glücklich und auch nicht zufrieden gewesen war.

Isabel hörte, wie er mit seiner Tochter sprach, wie er sie beschwichtigte und übers Telefon zu trösten versuchte. Der Klang seiner Stimme machte Isabel traurig, sehr traurig. Er gab sich so viel Mühe.

Aber das tat sie doch auch.

Sie ging zu den Fenstern auf der Südseite des Lofts. Von dort aus konnte sie die Zwillingstürme des World Trade Centers ganz deutlich erkennen. Seit dem Frühjahr war die Luft in New York nicht mehr so klar gewesen. Daran konnte man sehen, daß der Sommer allmählich vorbei war und der Herbst schon vor der Tür stand.

Ob Luke jetzt wohl glücklich war, fragte sie sich. Oder wäre er es eher, wenn die…? Wenn nur… Aber sie zwang sich, diesen Gedanken nicht weiterzuspinnen. Seine Kinder existierten. Sie waren eine unumstößliche Tatsache. Und er liebte sie. Sie konnte kein Happy-End wie im Märchen erwarten, nicht, wenn es um Scheidung ging und um Liebe, die nicht funktioniert hatte, und insbesondere nicht, wenn davon auch Kinder betroffen waren.

Warum konnten die Kinder sie nicht einfach mögen? Oder wenigstens akzeptieren?

Sie hatte doch immer versucht, die Kinder für sich zu gewinnen. Von Anfang an war sie bereit gewesen, ihnen entgegenzukommen – sie nicht nur zu akzeptieren, sondern zu lieben. Schon am ersten Abend, als Luke mit ihr im Starbucks zusammen Kaffee getrunken hatte, hatte er ihr von seinen Kindern erzählt. Er hatte sie ganz genau beobachtet, als er Anna und Ben erwähnte. Und sie hatte nur gelächelt und gesagt: »Wie schön.« Das war es ja auch. Es war ein schöner Zug von einem Mann, zu seinen Kindern zu stehen und zuzugeben, wie sehr er sie mochte. Es war schön und ehrlich.

Wochen später, als ihre Beziehung sich vertieft hatte und über die körperliche Anziehungskraft und die wundervollen Stunden zu zweit hinausging, als sie allmählich anfingen, ein Wir-Gefühl zu entwickeln, hatte er ihr offenbart, daß die Kinder sein ein und alles seien und immer Teil seines Lebens bleiben würden. Und dann hatte er sie gefragt, ob sie bereit sei, ihn mit Anna und Ben zu teilen.

Als sie ihm darauf antwortete, hatte sie ihn nicht belogen oder etwas verheimlicht. Sie hatte »ja« gesagt, »von ganzem Herzen, ja.« Und seitdem hatte sie ihm auch noch auf viele andere Arten zu verstehen gegeben, daß sie es bejahte. An jenem Nachmittag zum Beispiel, bei Serendipity*, als sie einander vorgestellt wurden, hatte sie darüber hinweggesehen, daß Anna sich weigerte, mit ihr zu reden. Obwohl die Atmosphäre so eisig war, daß selbst die Heiße Schokolade gefror, die vor ihnen stand.

Sie hatte es ihm auch später immer wieder bewiesen, indem sie darüber hinwegsah, daß Ben sich von ihr kein Pflaster auf sein aufgeschürftes Knie kleben lassen wollte, und Luke deshalb extra das Internet verlassen mußte. Sie hatte es ihm dadurch bewiesen, wie sie die Blicke seiner Ex-Frau ertrug, die sie wie eine Löwin beäugte und ihr mit jedem Blick einen Tatzenhieb zu versetzen schien.

* Bekanntes New Yorker Caféhaus im viktorianischen Stil.

Wenn es Isabel irgend möglich war, holte sie die Kinder gern von der Schule ab. Deshalb hatte sie schon viele Stunden von ihrer Arbeitszeit abgezweigt und so getan, als sei es nichts Besonderes.

Denn sie konnte sich noch gut daran erinnern, wie sie sich als Kind gefühlt hatte. Auch bei ihr hatten zwei Parteien das Sorgerecht übernommen, und man mußte sich irgendwie arrangieren. Und deshalb versuchte sie, einfach nur für die Kinder dazusein. Was konnte sie denn noch tun, um Luke zu beweisen, daß sie ja zu Anna und Ben sagte?

Aber vielleicht stellte sich die Frage auch ganz anders. Vielleicht war es nicht etwas, worauf sie eine Antwort finden mußte, sondern er. Wollte er überhaupt, daß sie ihn sich mit den Kindern teilte? War überhaupt jemand in dieser Familie bereit, ihn mit ihr zu teilen?

LUKE

Luke ging hinter den Kindern her. Sie liefen auf einem Kopfsteinpflasterweg, der sie noch weiter in den Central Park hineinführte. Am nächsten Tag würde er wegen dieses nervenaufreibenden Weis-Falls nach Pittsburgh fahren müssen. Aber heute hatte er ein paar Stunden von seiner Arbeitszeit abgezweigt, um sie mit seinen Kindern zu verbringen. Er kam sich beinahe vor wie Robin Hood, der Zeit anstatt Geld nahm. Und Anna und Ben waren die armen Leute. Aber manchmal wußte ein Mann einfach, wenn er etwas für seine Kinder tun mußte. Und so viele Gelegenheit gab es nicht, mit den Kindern allein zu sein. Sie waren wie Tennisbälle, die schon das Netz, das zwischen ihren Eltern aufgespannt worden war, berührt hatten, aber gerade noch auf die andere Seite fielen. In letzter Zeit schien es ihm manchmal, als sei Isabel dieses Netz. Jackie tat plötzlich so, als sei vor Isabel zwischen ihnen alles in Ordnung gewesen. Als ob es all die Nächte nicht gegeben hatte, die ihre Stimmbänder, ihre Geduld und ihre Liebe strapaziert hatten.

Nächte, die schließlich alles zerstört hatten. So daß sich Luke am Ende gesagt hatte, daß es für die Kinder das Beste sei, wenn sie sich scheiden ließen. Er war bisher immer davon überzeugt gewesen, daß er richtig gehandelt hatte. Es wäre nicht richtig gewesen, die Kinder aufzuziehen und sie jeden Tag mit der Verbitterung zu konfrontieren, die mittlerweile zwischen ihm und Jackie herrschte und in dem Haus in Nyack allgegenwärtig war – beinahe wie ein eigenständiges Wesen. Wenigstens konnte Jackie jetzt glücklich sein – wenn sie dazu noch in der Lage war. Eigentlich konnte er sich kaum noch an die Frau erinnern, die mit ihm zusammen einen Szechuan-Kochkurs besucht hatte, die lange aufblieb, um mit ihm seine Fälle noch einmal durchzugehen, und die gerne im Regen spazierenging.

Jetzt war Jackie so unheimlich selbstgefällig. Diese Jakkie kannte er nicht mehr.

Er war sich nur sicher, daß er selbst glücklich sein konnte. Isabel hatte es ihm bewiesen. Nach der Scheidung hatten Anna und Ben zwar kein richtiges Familienleben mehr, dafür aber das individuelle Glück ihrer Eltern. Zumindest seins. Und dadurch erlebten sie Tage wie diesen im Park.

Das neue Segelboot war wirklich eine gute Idee gewesen. Natürlich wollte er nicht zu den Männern gehören, die sich die Liebe ihrer Kinder erkauften. Nicht wie Kendrickson aus dem Büro, der die ganze Zeit neue Spielsachen bei Hammacher Schlemmer bestellte und sie dann in das Vorstadt-Haus seiner Ex-Frau liefern ließ. Als ob es die Kinder interessierte, daß ihn das Trampolin ein paar

Tausender gekostet hatte. Als ob ihnen das seine Liebe bewies. Aber das Segelboot war etwas anderes. Angefangen damit, daß sie schon beim Kauf alle drei ganz unbefangen darüber diskutieren konnten, welches Boot sie denn nun nehmen sollten. Es ermöglichte ihnen diesen unbeschwerten Spaziergang durch den Park zum Bootssteg. Und dann beugten sie sich alle zusammen über die Bedienungsanleitung, die teilweise auf Deutsch war. Das Boot gab ihnen einfach die Möglichkeit, wieder zueinander zu finden, nach all dem, was am Tag zuvor schiefgelaufen war.

Jackie hatte ihm später noch erzählt, daß sie Anna völlig verstört in ihrem Zimmer entdeckt hatte. Sie hatte gerade versucht, ihn zu erreichen, und dann war Isabel rangegangen.

Dann folgte die Doppelexplosion: die eine in Nyack und die andere in der Küche in SoHo. Luke hatte mit Isabels Ausbruch besser umgehen können. Sie war empfänglich für seinen Charme. Beim Einschlafen an jenem Abend hatte er sich ganz eng an sie gekuschelt und ihr all die großen und kleinen Gründe ins Ohr geflüstert, warum er sie liebte. Und bevor er sich's versah, hatte sie sich umgedreht und ihm gezeigt, wie sehr sie ihn liebte. Eigentlich war es unvernünftig, mitten in einem Prozeß noch so lange wachzubleiben, um mit einer Frau zu schlafen. Aber es hatte ihm gutgetan.

Der Ausbruch seiner Tochter war schlimmer für ihn gewesen. An dem Tag, an dem er Anna das erste Mal auf dem Arm gehalten hatte, als sie zum ersten Mal ihre kleinen Finger um seinen Daumen gelegt hatte, hatte er sich geschworen, niemals zuzulassen, daß ihr irgend jemand wehtat. Er fühlt die Zuneigung für sie tief in seinem Inneren, und wenn er versuchte, dieses Gefühl in Worte zu fassen, klang es einfach nur flach. Als Ben auf die Welt kam, war es nicht anders. Die Liebe für seine Kinder wurde sein Lebensinhalt. Es war das reinste Gefühl, das er jemals empfunden hatte. Es wärmte ihn von innen, wie starker Alkohol. Es war großartig und intensiv. Die Liebe zu seinen Kindern war der Motor, der ihn in seiner Karriere voranbrachte, ihn aber auch stundenlang, der Erschöpfung nahe, an ihrem Bettchen wachen und fünfmal in der Nacht aufstehen ließ, um Mücken in ihrem Zimmer zu jagen. Er hatte Ben vor den Unannehmlichkeiten der Welt beschützen und darüber wachen wollen, daß niemand seiner Tochter etwas zuleide tat.

Und dann hatte er ihnen selbst wehgetan, als er sie verließ. Er hätte vielleicht doch noch mehr dafür kämpfen sollen, daß er bleiben konnte. Vielleicht hätte er doch noch einen Weg finden können, der es ihm irgendwie ermöglichte, mit Jackies Unerbittlichkeit zurechtzukommen. Aber am Ende hatte er sie um seiner selbst willen verlassen, um wieder ein eigenes Leben zu haben. Ein Leben, in dem er sich nicht selbst verleugnen mußte, in dem er sich entfalten und weiterentwickeln konnte. Und das war ihm auch gelungen. Aber er wurde das Gefühl einfach nicht los, daß seine kleine Tochter den Preis dafür bezahlte.

Natürlich hatte sie sich geschämt, weil man sie beim Lügen in der Schule erwischt hatte. Aber Jackie war sich ganz sicher, daß es um mehr ging. Und sie lag selten falsch, wenn es sich um ihre Kinder handelte. Als ihre Mutter konnte sie Gefühlsregungen und Stimmungen wahrnehmen, die ihm als Vater immer ein Buch mit sieben Siegeln bleiben würden. Allein daran, wie sie die Lippen hielten, wie ihr Haar roch oder welche Gutenachtgeschichte sie hören wollten, wußte Jackie, ob es ihnen gut oder schlecht ging.

Am Abend des Telefonfiaskos war sie noch einmal zu Anna ans Bett gekommen und hatte mit ihr zusammen Schokoladenjoghurt gegessen. Und Jackie wußte, nur allein dadurch, daß sie neben ihrer Tochter saß, ohne daß ein Wort gesprochen wurde, daß da noch etwas anderes nicht stimmte. Etwas, das Jackie nicht ändern konnte. »Und wahrscheinlich«, hatte Jackie ernst zu Luke gesagt, als sie ihm davon erzählte, »kannst du es auch nicht.«

Aber er mußte es versuchen. Und die einzige Möglichkeit, die er hatte, bestand darin, mit den Kindern zusammenzusein.

Während sie am Wasser mit dem Segelboot spielten, wartete er darauf, daß Anna den ersten Schritt tat. Er wußte genau, daß sie sich im klaren darüber war, daß er wußte, daß sie etwas auf dem Herzen hatte. Irgendwann würde sie schon damit herausrücken. Das hatte sie immer noch getan. In dieser Beziehung war sie wie ihre Mutter. Und als Ben das Boot am Teichufer fahren ließ, nahm Anna schließlich all ihren Mut zusammen und sprach das Thema an.

»Wie lange wirst du nicht in der Stadt sein?«, fragte sie ihn.

Luke fand ihren unbeholfenen Versuch, es belanglos klingen zu lassen, rührend, sagte aber nur: »Bis Sonntagmorgen.«

Sie spielte mit einem Grashalm. »Ich habe Angst.«

»Warum denn?«

»Ich will nicht das ganze Wochenende mit ihr allein sein.«

Sie sah hoch, um festzustellen, wie er wohl darauf reagieren würde. Er ließ sich aber nichts anmerken. Sie sollte wissen, daß sie mit ihm reden konnte, daß sie mit allem zu ihm kommen konnte, auch wenn es um Isabel ging.

»Und wenn sie das Haus ansteckt?«, fragte Anna.

Er lächelte, um sie zu bestärken, nicht um sich über sie lustig zu machen, und sagte: »Du mußt einfach immer einen Feuerlöscher parat haben.«

Anna mußte grinsen, bohrte dann aber weiter: »Warum ist sie überhaupt bei dir eingezogen?«

Das war es also. Luke versuchte, die richtigen Worte zu finden. »Nun, weil wir uns lieben. Und weil wir unser Leben gemeinsam verbringen wollen.«

Ben war mittlerweile in Hörweite und rief: »Aber du hattest doch schon ein Leben.« Und er fügte hinzu. »Mit Mami.«

Wie konnte man einem Kind etwas erklären, das so kompliziert war wie das zufällige Zusammentreffen seiner Eltern? Daß man nur zufällig als Studienanfänger im Englischliteratur-Kurs neben einem hübschen und zielstrebigen Mädchen gesessen hatte. Und daß man sich in der Mitte des Semesters schon darauf verließ, daß sie einem bei dem Shakespeare-Referat half. Und daß man im folgenden Semester jedesmal mit ihr schlief, wenn der Zimmergenosse beim Schwimmen war. Und daß im Handumdrehen ein paar Jahre vergangen waren. Und daß man plötzlich einen Abschluß hatte und verheiratet war. Und daß man es irgendwie damit vergleichen konnte, einen Hügel hinabzurollen. Wie sollte man einem Kind erklären, daß Liebe so willkürlich passierte? Wie konnte man ihm sagen, daß es nur auf der Welt war, weil zwei Leben eben zufällig nebeneinander den Hügel hinabrollten?

Luke sagte: »Aber wir sind nicht gut miteinander ausgekommen. Es wäre auch euch gegenüber nicht fair gewesen, wenn wir uns die ganze Zeit gestritten hätten.«

»Ich streite mich immer mit Anna. Muß ich deshalb etwa ausziehen?«

Luke dachte: ›Er sollte Anwalt werden‹, und sagte: »Nein, aber ihr beide seid auch Bruder und Schwester.«

Anna schaltete sich wieder ein: »Und ihr beide wart Mann und Frau. Ist das nicht genauso wichtig?«

»Ja«, gab Luke zu, »das ist es. Aber bei Erwachsenen... Wenn man älter wird...«, er versuchte die richtigen Worte zu finden, »werden Beziehungen komplizierter. Es gibt dann eine Menge unterschiedlicher Gefühle, und manchmal geht ein Teil dieser Gefühle verloren.«

»Zum Beispiel die Liebe«, warf Anna schwermütig ein. Und wieder erinnerte sie ihn an Jackie.

»Ja, manchmal.«

»Liebst du Mama nicht mehr?« Es fiel ihr schwer, das zu fragen. Er sah es daran, wie sich ihre Nasenspitze verfärbte. Wann immer sie mit einer Sache kämpfte, ob es nun eine schwierige Mathematikaufgabe war oder ob es um die Trennung ihrer Eltern ging: ihre kleine Nase wurde dann immer ganz rot.

Er versuchte prompt und freundlich zu antworten: »Nun ja, irgendwie ist das schon richtig. Aber es hat sich in eine andere Form von Liebe verwandelt. Eure Mutter ist mir immer noch wichtig. Wir sind schließlich immer noch Freunde...«

Ben sah ihn an. »Kann man irgendwann auch aufhören, seine Kinder liebzuhaben?«

Luke krampfte sich das Herz zusammen: »Nein«, antwortete er ganz schnell und drückte beide ganz fest an sich. »Das ist unmöglich«, versprach er ihnen. Er sah in ihre Gesichter, um festzustellen, ob sie ihm glaubten. Ja, sie glaubten ihm. Ihr Lächeln bewies es. Er hatte den ganzen Tag auf dieses Lächeln gewartet. Den ganzen Tag lang. Vielleicht sogar die ganze Woche.

ISABEL

Isabel war gerade dabei, ein Foto am Bildschirm zu bearbeiten. Aber mit den Gedanken war sie ganz woanders. Was sie wirklich beschäftigte war viel komplizierter als QuarkXPress. Gedankenverloren drehte sie an ihren Silberringen, spielte mit ihren Armreifen, deren Geklapper

Cooper hin und wieder dazu veranlaßte, irritiert zu ihr hinüberzusehen. Aber sie nahm ihn überhaupt nicht wahr.

Zu Hause hatten sie immer gesagt: »Unsere Isabel wird nie richtig erwachsen.« Und ihre Großmutter betonte immer, daß Isabel völlig verzogen sei und sich das nie ändern würde. Aber gerade ihre Großmutter hatte eine Menge dazu beigetragen. Isabel war das jüngste Kind gewesen und durfte sich viel mehr herausnehmen als ihre Geschwister. Nicht nur, weil sie das Nesthäkchen war, sondern auch, weil man Mitleid mit ihr hatte, daß sie schon in ganz jungen Jahren diese Dinge verkraften mußte.

›Vielleicht stimmt es ja, daß ich niemals richtig erwachsen werde‹, dachte Isabel. Wenn ihr Vater sie anrief, sagte er immer noch: »Na, wie geht es meinem kleinen Mädchen?«

Vielleicht konnte sie ihre enorme Jugendlichkeit jetzt zu ihrem Vorteil nutzen. Sie wollte versuchen nachzuvollziehen, wie Kinder empfanden. Vielleicht war sie sogar noch in der Lage, wie ein Kind zu denken? Vielleicht würde sie so an Anna und Ben herankommen.

Während ihre Gedanken immer um dieses Problem kreisten, hackte sie unmotiviert auf der Tastatur herum. Sie wollte Luke unbedingt beweisen, daß er ihr sehr wohl seine Kinder anvertrauen konnte und sie durchaus in der Lage war, mit ihnen ein ganzes Wochenende allein zu verbringen.

Herausforderungen hatten Isabel schon immer gereizt. Sie erinnerte sich noch gut daran, als Wheeler Channing damals in der elften Klasse behauptet hatte, daß er in einer Viertelstunde hundert Körbe werfen könne, und sie nicht, weil sie ein Mädchen sei. Sie hatte ihm beweisen müssen, daß sie es doch konnte. Auch wenn ihr von der Anstrengung so schlecht geworden war, daß sie sich danach hinter einem Fliederbusch übergeben mußte.

Cooper riß sie aus ihren Gedanken. Er wollte unbedingt wissen, was los war. Das war so seine Art. Und da seine telepathischen Übungen zu nichts geführt hatten, versuchte er es nun direkt und fragte, warum sie so abwesend sei. Sie erklärte ihm, sie versuche wie ein Kind zu denken, um besser auf Lukes Kinder eingehen zu können. Cooper reagierte darauf mit einer Grimasse, die ihr zu verstehen gab, daß er der Ansicht war, daß sie es vergessen könne.

Darauf erwiderte Isabel: »Das bringt mich auch nicht weiter. Hilf mir lieber.«

Worauf er antwortete: »Isabel, ich besitze eine Visa-Karte, eine Zweizimmerwohnung und eine Brille, die tausend Mark gekostet hat. Und all das spricht dafür, daß ich nicht mehr wie ein Kind denken kann. Und um ehrlich zu sein, strebe ich das auch nicht wieder an.« Und um ihr zu verdeutlichen, was er damit meinte, fügte er noch hinzu: »Ein Kind, liebe Isabel, ist in der Lage, ungerührt dabei zuzusehen, wie ihm die Nase läuft und fragt sich dann auch noch, wie das wohl schmeckt, was da aus der Nase kommt. Ich will nicht wieder dahin zurück.«

Isabel mußte zugeben, daß ihr das auch nicht erstrebenswert erschien. Es war gar nicht so einfach, sich in Erinnerung zu rufen, wie man als Kind gedacht hatte. Sie war immerhin eine erwachsene Frau. Sie hatte einen Freund, bezahlte pünktlich die Raten für ihr Auto, hatte einen Assistenten, der sich um ihren Terminkalender kümmerte, und dann war da noch diese kostspielige Leidenschaft für Klamotten von Armani. All das unterschied sie schon einmal deutlich von einem Kind.

So gesehen war es doch schon sehr lange her, daß sie ein unbeschwertes Kind gewesen war. Wo es als aufregend galt, nachts auf dem Gelände von Johnny McKees Haus Kröten zu fangen. Noch weiter zurück lag die Zeit, als das Klingeln des Eismanns einen sich sonst endlos hinziehenden Nachmittag zum Abenteuer gemacht hatte, weil man jetzt einen Auftrag hatte, der lautete: ›Bring Oma dazu, dir ein paar Groschen aus dem Glas mit dem Kleingeld zu geben, damit du dir ein Eis kaufen kannst.‹

Es war lange her, daß sie als ganz kleines Mädchen nachts wach im Bett gelegen hatte und die Zeit stillzustehen schien. Wenn sie sich an diese Dinge erinnerte, die sie tagsüber beinahe vergessen konnte. Und an die sie selten denken mußte, wenn sie im Freibad mit angewinkelten Beinen ins Wasser sprang, daß es nur so spritzte, oder wenn sie in Nachbars Garten Himbeeren stibitzte. Von ihrem heutigen Standpunkt aus war es ein langer Weg zurück zu den Nächten, als sie allein im Dunkeln lag und wußte, was es hieß, ohnmächtig gegen die Unbilden des Lebens zu sein. Daß das Leben einem manchmal Dinge – und auch Menschen – wegnimmt, und daß man es nicht ändern kann. Damals war der alte Matt ihr einziger Trost gewesen. Sie hatte ihm dann den Kopf gekrault und versucht, ihr Atmen seinem Schnarchen anzupassen. Und bei dem Gedanken, daß dieser alte Hund wohl immer schon dagewesen war, und deshalb wohl auch immer da sein würde, war sie schließlich doch noch eingeschlafen.

Das war die Idee: ein Hund mußte her! Cooper wurde gar nicht lange gefragt. Ehe er sich's versah, saß er mit ihr im Land Rover auf dem Weg nach Queens. Im Tierheim beschwerte er sich zwar, daß ihn der Gestank krank mache – und es roch wirklich nicht gut –, aber sie brachten den hübschesten Golden-Retriever-Welpen mit nach Hause, den man sich nur vorstellen konnte. Seine Augen hatten die Farbe von Karamelbonbons, und er war so süß, daß man ihn einfach liebhaben mußte. Am Anfang zitterte der kleine Hund zwar noch ein wenig, als Isabel in streichelte, aber schon bald leckte er ihr zutraulich die Hand. Er war perfekt.

An diesem Abend, nachdem Jackie die Kinder gebracht und Luke mit ihnen zu Abend gegessen hatte, um sich dann für das Wochenende zu verabschieden, war Isabel in ihr Schlafzimmer gegangen und hatte den Welpen geholt. Er war wirklich ein süßes Kerlchen. Sie stand noch einen Moment mit ihm vor der Küche und genoß die letzten Minuten, in denen sie ihn ganz für sich allein hatte. Sie konnte hören, wie Anna und Ben in der Küche miteinander sprachen. Sie hatten sich sehr zurückgehalten, seitdem sich ihr Vater auf den Weg nach Pittsburgh gemacht hatte. Als ob sie ihr damit sagen wollten, daß sie sich ganz gut um sich selbst kümmern konnten, und daß Isabel sie in Ruhe lassen sollte. Ben war gerade dabei, einen Zaubertrank vorzubereiten. Isabel konnte ihn hören, wie er mit verstellter, betont tiefer Stimme wiederholte: »Zwei Löffel gemahlenes Eidechsenhirn, drei Messerspitzen geriebenes Werwolfohr, eine Tasse Vampirschweiß.«

»Probier's mal«, forderte er seine Schwester stolz auf. »Das ist ein Zaubertrank.«

»Es ist Kakao.«

»Ich habe ihn verzaubert. Wer davon trinkt, schläft tausend Jahre.«

»Wie auch immer«, sagte Anna, »wenn ein Tropfen davon auf mein Bild kommt, schläfst *du* tausend Jahre.«

Isabel versteckte den Welpen hinter der Couch und ging in die Küche, bevor sich die beiden richtig zankten. Dann bereitete sie sie auf die Enthüllung der Überraschung vor, indem sie sagte: »Ich habe eine große Überraschung für euch. Bitte setzt euch aufs Sofa und macht die Augen zu. Los, macht schon.«

Beide verließen die Küche, um sich aufs Sofa zu setzen. Ben schloß auch brav die Augen. Man konnte ihn immer noch herumkommandieren, besonders wenn eine Belohnung auf ihn wartete. Aber natürlich mußte Anna tief Luft holen und erstmal zeigen, daß sie eigentlich nicht die Augen zumachen wollte, bevor sie es dann doch tat.

Isabel bückte sich, um den Welpen hinter der Couch hervorzuholen. Sie setzte ihn vorsichtig zwischen die beiden Kinder. »Okay, jetzt könnt ihr die Augen wieder aufmachen.«

Die Kinder öffneten die Augen. Ben war begeistert und zog den Welpen sofort auf seinen Schoß. Selbst Anna schien sich zu freuen, versuchte aber krampfhaft, es sich nicht anmerken zu lassen. Sie runzelte die Stirn und rückte demonstrativ von ihrem Bruder und dem Welpen ab.

Isabel hatte sich auf die Rückenlehne der Couch gesetzt und fragte: »Nun, wie findet ihr ihn?«

»Wird er mein Kaninchen fressen?«, fragte Ben, obwohl Isabel daran sehen konnte, wie Ben mit dem Welpen umging, daß das Kaninchen wohl abgeschrieben war.

»Welpen fressen keine Kaninchen«, versicherte sie ihm.

Ben rieb seine Nase an der feuchten Schnauze des Welpen, während Anna immer noch skeptisch in ihrer Ecke saß. Isabel versuchte, sie mit einzubeziehen: »Gefällt er dir nicht, Anna?«

Anna zuckte die Achseln. »Ich bin allergisch gegen Hunde.«

»Dein Vater hat mir nie etwas davon erzählt. Er hat gesagt, du liebst Hunde über alles.« (Tatsächlich hatte Luke, nachdem er den Welpen im Schlafzimmer entdeckt hatte, gesagt: »Du weißt schon, daß du ihnen das Grinsen wieder vom Gesicht ziehen mußt, wenn sie diesen kleinen Kerl sehen?«)

»Er weiß überhaupt nichts von mir«, bemerkte Anna scharf, »er ist ja nie da.«

Isabel fühlte, wie ihr Blut zu kochen begann. Natürlich! Dieses kleine Gör mußte ja so reagieren und jeden Versuch ablehnen, Frieden zu schließen, einander näherzukommen. Daß sie ihre schlechte Laune an ihr ausließ, konnte Isabel ja noch ertragen. Aber daß sie auch noch ihren Vater – Luke – damit reinzog, war einfach die Höhe.

Isabel mußte sich sehr zusammenreißen. Am liebsten hätte sie ihr die Meinung gesagt, aber davon wäre Annas Laune nur noch schlechter geworden. Stattdessen versuchte Isabel das Thema zu wechseln. »Der kleine Hund braucht einen Namen. Irgendwelche Vorschläge?«

»Wir nennen ihn Isabel«, entgegnete Anna völlig kaltschnäuzig.

»Wie bitte?«

»Er riecht irgendwie wie du. Und auf dich reagiere ich auch allergisch. Das paßt doch.«

Wieder hätte Isabel ihr gerne die Meinung gesagt. Aber sie hielt sich zurück. Schließlich war sie hier die Erwachsene, und ganz egal, wie sehr sie auch versuchen mochte, wie ein Kind zu denken, so mußte sie doch wie eine Erwachsene handeln. Deshalb legte sie die Hand auf Annas Arm und sagte zu ihr: »Komm, laß uns jetzt nicht streiten.«

Anna zuckte zurück und fauchte sie an: »Faß mich nicht an. Ich bin allergisch gegen dich, erinnerst du dich noch?« Dann tat sie so, als müsse sie fürchterlich niesen und sich wie wild kratzen. Dabei packte sie ihre Malsachen zusammen und stürzte aus dem Zimmer. Im Flur konnte Isabel sie schreien hören: »Ich muß dieses Bild für den Kunstunterricht fertig machen. Komm mir bloß nicht nach! Ich kann allein ins Bett gehen.«

Isabel war drauf und dran, ihr nachzugehen. Um sich zu beruhigen, sah sie Ben zu, wie er selbstvergessen mit dem Welpen spielte, so wie es nur Siebenjährige können.

Als Anna in ihrem Zimmer die Musik aufdrehte, konnte Isabel ihr Verhalten nicht länger tolerieren. Es war nicht richtig, das Mädchen damit durchkommen zu lassen. Sie stand auf und ging ohne Anzuklopfen in Annas Zimmer. Wenn Anna nicht nett zu ihr sein wollte, konnte

Isabel auch anders. Sie war hier die Erwachsene und würde Anna jetzt erstmal zeigen, wo es langging.

»Paß mal auf, junge Dame...«

Wie sich das anhörte! Isabel kam sich vor wie ihre Großmutter. Während sie nach einer besseren Formulierung suchte, erkannte sie, wessen Musik da aus den Lautsprechern dröhnte. »Ist das Pearl Jam?« fragte sie Anna.

Anna nickte.

»Ihre erste Platte?«

»Die zweite.«

Isabel hörte einen Moment dem Song zu, den sie so gut kannte. Kein Wunder, daß Musik auf die Menschen einen so großen Einfluß hatte. Diese Rhythmen gingen ihr durch und durch. Aber dann erinnerte sie sich, daß sie eigentlich hergekommen war, um Anna zurechtzuweisen.

»Vergessen wir im Augenblick mal die Musik«, sagte sie und wurde wieder ernst, »und laß uns eins klarstellen.«

»Ich brauch' dir nicht zuzuhören. Du bist nicht meine Mutter.«

»Gott sei Dank«, sagte Isabel und verließ türenknallend das Zimmer. Dann fiel ihr ein, daß ihr Verhalten nicht gerade erwachsen war. Außerdem hatte sie den schmerzlichen Ausdruck in Annas Gesicht gesehen, bevor sie das Zimmer verlassen hatte. Es war gemein von ihr und völlig unreif, so zu antworten. Sie ging noch einmal zurück und öffnete Annas Zimmertür etwas weniger forsch.

»Was ich damit sagen wollte«, versuchte sie Anna zu erklären, »und vielleicht habe ich mich da etwas falsch ausgedrückt: Du hast eine tolle Mutter. Du brauchst nicht noch eine. Aber ich würde gerne mit ein bißchen mehr Respekt behandelt werden, wenn du hier bei uns bist.«

»Das ist das Haus meines Vaters.«

»Es ist auch mein Haus,« erwiderte Isabel sehr bestimmt.

»Und das ist mein Zimmer«, sagte Anna bissig, »also geh' raus.«

Isabel war platt. Wenn sie als Kind jemals in diesem Ton mit einem Erwachsenen geredet hätte, hätte man sie an den Ohren gezogen und aus dem höchsten Fenster gehängt, bis sie um Gnade gewinselt hätte. Aber die Loft-Fenster waren dafür doch ein bißchen hoch. Es blieb Isabel nichts anders übrig, als ihren Frust runterzuschlucken und die Tür hinter sich zuzumachen. Anna war bestimmt sehr unglücklich und deshalb benahm sie sich auch so unmöglich. Aber sie war nicht ihre Tochter. Sie war einfach nur Isabels Problem.

Nach diesem Zwischenfall fühlte sich Isabel richtig ausgepowert. Sie hatte den ganzen Tag damit zugebracht, den Kindern eine Freude zu machen, und gehofft, darüber an sie heranzukommen. Aber es war ihr einfach nicht gelungen.

Mit einem Mißerfolg konnte sich Isabel nur schwer abfinden. Im Arbeitsleben passierte ihr das so gut wie nie. Als Fotografin ging sie in ihrer Arbeit auf. Sie konnte stundenlang und sehr hart arbeiten. Aber sie war sich immer sicher, daß sie ihr Ziel erreichte: aus dem Gewöhnlichen etwas Außergewöhnliches zu machen. Sie konnte mit ihrem Handwerkszeug umgehen. Sie wußte, welche Objektive sie benutzen mußte, welche Lichteffekte einzusetzen waren, und welche Tricks sie am Computer draufhatte. Die Arbeit gab ihr immer mehr, als sie ihr nahm.

Es war ganz anders als jetzt. Die Geschichte mit Anna war schlimmer als ein mißglücktes Geschäftstreffen. Je schlechter so ein Treffen lief, desto müder wurde Isabel. Sie interpretierte ihre Müdigkeit als Reaktion ihres Körpers, den Unannehmlichkeiten zu entgehen, indem er sie in den Schlaf schickte, um ihr die Möglichkeit zu geben, sich in ihre Träume zu flüchten, wohin ihr der Gesprächspartner nicht folgen konnte. Und diese Kinder hatten auf sie die gleiche Wirkung.

Sie hatte ihr Bestes gegeben, nur um zu sehen, wie man es ihr ins Gesicht warf, weil es als nicht gut genug empfunden wurde. Natürlich mochte Ben den Welpen, aber das brachte ihn ihr in keiner Weise näher. Als es Zeit war, ins Bett zu gehen, brachte ihr Ben die Tasse Kakao, die er extra für sie gemixt hatte. Natürlich dachte er, sie wüßte von nichts.

›Eigentlich wäre es jetzt gar nicht so schlecht, tausend Jahre zu schlafen‹, dachte Isabel. Im Schlaf gab es keine Kompromisse. Im Traum hatte die Realität keine Bedeutung mehr. Man konnte sich alles so zurechtlegen, wie es einem am liebsten war. Ihr Bruder Marc hatte immer gesagt, daß sie eine Langstrecken-Schläferin sei. Und Großmutter Celie war der Meinung, daß Isabel einen Ein- und Ausschalter besaß: Isabel sei entweder hellwach oder schlief, etwas dazwischen gäbe es nicht. Die ganze Familie hatte sich darüber amüsiert. Aber es stimmte schon, daß sie wahnsinnig gern schlief. Sie liebte es zu träumen. Sie brauchte es. Besonders als sie sechs, sieben und acht Jahre alt war. Und besonders jetzt, wo sie wieder einmal vor einem Problem stand, das sie nicht nur durch Lächeln und harte Arbeit aus der Welt schaffen konnte. Wieder einmal genügte es nicht, nur sie selbst zu sein.

Ben wollte, daß sie ihm als Gutenachtgeschichte »Der stinkende Käsemann« vorlas. Beim Vorlesen bemühte sie sich redlich, ihren Lesefluß der Spannungskurve anzupassen, aber irgend etwas schien an ihren Stimmbändern zu zerren: »Renn, renn so schnell wie du kannst, du kannst mich nicht fangen, ich bin der stinkende Käsemann.«

»Willst du deinen Kakao nicht trinken?« unterbrach Ben sie, »ich habe ihn *extra* für dich gemacht.«

Sie nahm einen besonders großen Schluck, um ihm einen Gefallen zu tun. Er sah ihr aufgeregt zu und wartete darauf, daß sie einschlafen würde und niemals mehr aufwachte, solange er lebte. (Sie wünschte es beinahe selbst.) Trotzdem wollte er, daß sie ihm weiter vorlas. Also las sie weiter, übersprang aber hier und da ein paar Zeilen, dann ganze Seiten, las immer schneller, und hoffte verzweifelt, daß die Geschichte bald zu Ende sei, damit sie ins Bett konnte, um endlich zu schlafen – ganz tief. Sie wollte nicht mehr daran denken müssen, daß sie noch das ganze Wochenende mit den beiden vor sich hatte. Allein. Ohne Luke. Sie mußte gähnen. Vielleicht wirkte der Zaubertrank doch.

»Ein kleiner Junge sah auf und schnüffelte...«

»Du schummelst«, sagte Ben. »Du hast den Teil mit der Kuh übersprungen.«

»Du mußt jetzt schlafen. Wir lesen morgen zu Ende.«

Aber Siebenjährige haben ihre eigenen Regeln, und Ben war davon überzeugt, daß er seine jetzt durchsetzen mußte.

»Nein«, sagte er sehr autoritär. »Nun müssen wir noch einmal von vorne anfangen, und du mußt jede Zeile lesen. Sonst kann ich nicht einschlafen.« Seine Augen waren auf sie geheftet, unbeweglich.

Der kleine Tyrann. Sie legte sich neben ihn, mußte wieder gähnen und blätterte zurück. Widerstrebend begann sie noch einmal von vorne.

»Es waren einmal eine kleine alte Frau und ein kleiner alter Mann...«

»...die zusammen in einem kleinen Haus lebten«, ergänzte Ben aus dem Gedächtnis.

»Das ist nett, Ben«, sagte sie zu ihm. Das ist eine gute Idee. Erzähl weiter. Sie legte den Kopf auf die Kissen, um zuzuhören und darauf zu warten, daß er sich müde redete. Nur, daß sie zuerst einschlief. Sie fühlte noch, wie sie hinuntergezogen wurde und nichts dagegen tun konnte, weil sie nichts dagegen tun wollte. Sie merkte nicht mehr, daß Ben sie rüttelte und knuffte. Sie sank tiefer und tiefer in den Schlaf. Aber nicht tief genug, denn sie träumte von den Kindern. In ihrem Traum rief Ben seiner Schwester triumphierend zu: »Ich habe sie getötet! Ich habe sie getötet! Ich habe sie getötet!«

JACKIE

Jede Mutter sehnt sich danach, ein wenig mehr Zeit für sich zu haben.

Während Jackie zum Küchenfenster hinaussah, erinnerte sie sich daran, daß sie, als Anna eine sehr wißbegierige Fünfjährige und Ben noch ein Säugling war, sich nach ruhigen und langsam vergehenden Stunden gesehnt hatte. Sie hätte gerne Jane Austen gelesen und eine Tasse Tee getrunken, solange der Tee noch so heiß war, daß man pusten mußte, um ihn abzukühlen. Deshalb hatte sie sich, als das Sorgerecht für die Kinder zwischen Luke und ihr aufgeteilt wurde, damit beruhigt, daß sie nun wieder mehr Zeit für sich hätte. Aber selbst damals hatte sie schon gewußt, daß sie sich etwas vormachte. Sie wußte, daß sie nur so tat, als ob sie gut damit leben könnte, ein bißchen Zeit ohne ihre Kinder zu verbringen, daß sie sich nur vormachte, sie würde es vielleicht sogar genießen können.

Aber Jackie gehörte nicht zu den Müttern, die froh waren, wenn sich mal jemand anderer um ihre Kleinen kümmert. Deshalb hatte sie Luke nicht aus ihrer Ehe getrieben. Sie hatte ihn vertrieben, weil sie nicht in der Lage war, die Kinder mit jemandem zu teilen. Und das hatte sie nun davon: Jetzt mußte sie sie teilen.

Sie war nicht stolz darauf, was aus ihr geworden war: jemand, der sich das ganze Wochenende Zuhause verkriecht, während die Kinder weg sind, und stundenlang bis tief in die Nacht hinein arbeitet, um als freie Mitarbeiterin eines Verlages ein Buch zu bearbeiten, das niemandens Leben ändern würde. Das Buch würde ein nutzloses Objekt sein, ein Staubfänger auf dem Couchtisch.

Jackie konnte Nutzlosigkeit nicht ausstehen, und deshalb mochte sie das Bild nicht, das sie in diesem Moment von sich hatte: eine Frau, die am Küchenfenster steht, Veilchen gießt und ihre Teetasse von Hand spült, nur um nicht zugeben zu müssen, daß sie eigentlich die Straße beobachtet und darauf wartet, daß eine andere Frau ihr die Kinder wieder zurückbringt.

Jackie hatte die Scheidung nicht gewollt. Sie war ihre Ehe mit keinem geringeren Ziel eingegangen, als daß sie für immer halten sollte. Ihre Eltern hatten sich nach dreiundzwanzig Jahren Ehe getrennt, als sie achtzehn war und damit alt genug, um zu verstehen, warum sich die Eltern scheiden ließen, warum es überhaupt soweit gekommen war. Wenn sie sich recht erinnerte, geschah es aus Trägheit – etwas, das sie sich seitdem nicht mehr zugestand. Ihren Abschluß im College machte sie mit *summa cum laude*. Sie war die erste in ihrer Klasse, die nach dem Studium einen Job hatte – was machte es da schon, wenn sie nur 12.000 Dollar jährlich in der Abteilung für Nebenrechte eines Verlages verdiente? Immerhin war es die Abteilung für Nebenrechte eines Verlages, der drei Nobelpreisträger zu seinen Autoren zählte. Sie begann als Lektorats-Assistentin, wurde dann Lektorin, schließlich Herausgeberin. Dann wechselte sie zum Verlagshaus Random House und bekam ein ganz ordentliches Gehalt. Daß sie ihr Geld wert war, zeigte sich, als eines der Bücher, die sie akquiriert hatte, auf die Bestseller-Liste kam. Das war in dem Jahr, als sie Luke heiratete.

Sie konnte sich noch an den Tag erinnern, als sie ihn das erste Mal gesehen hatte. Es war im ersten Jahr am College, in einem Hörsaal für Englische Literatur. Er kam zu spät, und nur der Platz neben ihr war noch frei. Er ließ sich schwungvoll neben ihr nieder, grinste und nickte ihr zu. Und sie mußte sich zwingen, wenigstens ein Lächeln anzudeuten. Während der Vorlesung war sie sich seiner aber die ganze Zeit bewußt gewesen. Die Stühle im Hörsaal schienen noch näher zusammenzustehen. Seine Haut roch irgendwie nach Holzkohle, aber nicht unangenehm. Wenn sich ihre Arme auf der gemeinsamen Armlehne aus Versehen berührten, überlief sie ein wohliger Schauer. Für sie war es Liebe auf den ersten Blick. Aber sie ging davon aus, daß sie nicht sein Typ war. Sicher wäre sie irgendwann darüber hinweggekommen.

Die Sache verhielt sich nur so, daß er im Wohnheim nebenan wohnte. Außerdem hatte er sie bei einem Shakespeare-Referat um Hilfe gebeten. Daß er keine Ahnung von Shakespeare hatte, hätte ihr eigentlich schon gleich eine Warnung sein sollen.

Luke war ganz anders als sie. Wenn sie mit ihm zusammenwar, konnte sie eine Pause von ihrem eigenen Ich machen. Er machte sich nicht viel aus Lernen, es interessierte ihn vielmehr, Erfahrungen darüber zu sammeln, was er alles tun konnte – was in seiner Macht stand. Er besaß eine sportliche Neugier: Er joggte fünf Kilometer bei Sonnenaufgang, spielte wie wild Tennis und fuhr an einem Wochenende 80 Kilometer mit dem Fahrrad. Sein Körper war richtig gut in Form.

Und ihr Körper reagierte auf seinen. Sie ging ihrem Studium nach – war den anderen sogar voraus –, verbrachte Stunden in ihrem Arbeitsraum in der Bibliothek und stand bei Sonnenaufgang auf, um vor einem Examen noch ein letztes Mal ihre Notizen durchzulesen. Aber sie baute den Notendruck ab, indem sie mit Luke schlief. Er berührte sie nicht tief im Inneren, erzeugte nicht den Gleichklang zwischen Körper und Geist, den sie für ihre Erfüllung brauchte. Er sprach sie nur körperlich an – aber das ganz und gar. Er war der erste Mann in ihrem Leben. Und der einzige – mit Ausnahme eines kurzen, bedauerlichen Versuchs, eine neue Liebesbeziehung einzugehen, drei Monate nachdem die Scheidung beschlossen war. Und sie sich eingestehen mußte, daß sie Lukes kräftige Oberarme mochte und Lukes kleinen Hintern und daß sie ihm gerne durchs Haar fuhr. All diese Äußerlichkeiten hatte sie an ihm geliebt, lange bevor sie daran dachte, ihn um seiner selbst willen zu lieben.

Sie waren schon jahrelang zusammen, bis sie ihr Gefühl für ihn allmählich als Liebe bezeichnete. Nach dem College zogen sie zusammen nach New York. Aber es war nicht Liebe, die sie eine gemeinsame Wohnung nehmen ließ, sondern Zweckmäßigkeit. Es ging nur darum, die Miete zu teilen und die Schwierigkeiten beim Start ins Berufsleben. Erst am Abend der Hochzeit von Jackies Freundin Karen hatte ihre Beziehung die entscheidende Wende genommen. Als sie im Taxi nach Hause fuhren, hatte Luke zu ihr gesagt:

»Laß es uns tun!«

Sie hatte völlig entgeistert gefragt: »Was?«

Und er sagte nur: » Laß uns heiraten!«

Von da an war für Jackie alles anders geworden. Dadurch, daß er ihr seine Bereitschaft signalisiert hatte, vor Gott und der Welt zu ihr zu stehen, war sie in der Lage, sich ihm ganz zu öffnen, mit Körper und Geist, und ihn wirklich zu lieben, so wie er war. Denn sie kannte ihn zu diesem Zeitpunkt gut genug, um zu wissen, daß er sehr stark war, wenn er sich erst einmal für etwas entschieden hatte.

Trotz seiner wenig rühmlichen Leistungen am College – was den Lehrstoff anging –, hatte er sich im Prüfungssemester richtig ins Zeug gelegt, mit einem Ehrgeiz und Leistungswillen, der bei all dem Training und den sportlichen Wettkämpfen in den Semestern davor trainiert worden waren. Kämpfen lag ihm im Blut, und er hatte einen scharfen analytischen Verstand. Bei der Eingangsprüfung für die Zulassung zum Jurastudium schnitt er außerordentlich gut ab. Und das Jurastudium ging er mit einer Zielstrebigkeit an, wie sie es vorher bei ihm nur bei sportlichen Wettkämpfen gesehen hatte. Er boxte sich durch sein Studium, machte seinen Abschluß mit Auszeichnung, und landete danach entsprechend in einer von New Yorks besten Firmen.

Sein sportlicher Ehrgeiz schlug sich auch in seiner Arbeit nieder. Er war ein ausdauernder und zäher Anwalt – und ein zärtlicher Ehemann.

Auch Jackie war die Ehe angegangen wie ihre Karriere. Und es hätte klappen können. Zusammen waren sie unschlagbar. Die vielen Stunden, die jeder bei seiner Arbeit verbrachte, machten die wenigen Stunden, die sie danach zusammen hatten, nur noch schöner. Übers Wochenende machten sie Ausflüge nach Montauk, manchmal lange Spaziergänge im Regen, um in einer Straße, die weit südlich von ihrer Wohnung lag, Vietnamesisch essen zu gehen. Er bat sie um ihre Meinung bei schwierigen Fällen, und sie ihn um Rat, wenn es um Verträge ging. Sie blieben lange wach und sprachen über Detailfragen, diskutierten sich heiß, bis sie nur noch beim Sex Entspannung finden konnten. Und selbst als sie schon vier Jahre lang verheiratet waren, hielten sie in der Öffentlichkeit immer noch Händchen.

Dann kam Anna auf die Welt.

Jackie stand am Spülbecken und benetzte ihr Gesicht mit Wasser. Wer konnte schon sagen, was eine Ehe auseinanderbrachte? Wenn sie auch als Achtzehnjährige geglaubt hatte, es zu wissen, nachdem sie ihre Eltern betrachtet hatte, so konnte sie es jetzt nicht mehr mit Sicherheit sagen. Bei Luke und ihr war es nicht Trägheit, das wußte sie wohl. Jackie hatte es versucht. Luke hatte es versucht. Sie hatten beide daran gearbeitet. Aber nach einiger Zeit wurde einfach klar, daß sie gegeneinander arbeiteten. Jackie mußte sich mit der Tatsache abfinden, daß ihre wichtigsten Ziele im Leben – ein intaktes Familienleben zu haben und eine harmonische Ehe zu führen – unvereinbar waren.

Sie sah wieder auf die Uhr. Isabel und die Kinder waren nun schon 39 Minuten zu spät, und sie wußte nicht, ob sie sich Sorgen machen sollte – kam Isabel denn überhaupt mit diesem wahnsinnigen Verkehr zurecht? – oder ob sie wütend darüber sein sollte, daß die einfachsten Dinge nicht klappten, wenn diese Frau beteiligt war. Die Entscheidung fiel ihr leicht, als Isabels Land Rover endlich in die Auffahrt einbog.

Jackie begann, Frühstück zu machen. Wenigstens würden die Kinder etwas Ordentliches zu essen kriegen, bevor sie sie in die Schule brachte. Es war nicht alles zu spät, nur weil die Geliebte ihres Vaters die Uhr nicht lesen konnte – oder es mit der Zeit nicht so genau nahm.

Isabel kam zu ihr in die Küche. Jackie konnte die Kinder in der Diele hören, wie sie ihre Schuhe auszogen und sich zankten.

Und Jackie sagte: »Wie schaffen Sie es eigentlich, Ihren Job zu behalten? Es ist schon zehn nach sieben. Es war vereinbart, daß Sie um 6 Uhr 30 hier sind. Anna hat ihren Stalldienst und das Ausreiten verpaßt.

Isabel sah sie erstaunt an und begann, in ihrer Handtasche zu wühlen. »Ich habe es mir doch aufgeschrieben. Ah, hier ist es. Heute ist Montag. Ihre Reitstunde ist dienstags…« Isabels Stimme klang herausfordernd, sie war sich sicher, daß sie recht hatte.

Aber sie hatte nicht recht. Jackie ging zum Kühlschrank, wo sie fein säuberlich eine ganze Reihe von selbsthaftenden Notizzetteln angebracht hatte. Der Stundenplan war minutiös aufgezeichnet. Und um zu unterstreichen, was sie sagen wollte, wies Jackie mit dem Finger auf die Notizzettel: »Jeden Dienstag, mit Ausnahme des dritten Dienstags im Monat, weil es dann auf montags verschoben wird, außer im November, da reitet sie dann donnerstags. So schwer ist es jetzt auch nicht. Hatten Sie keine Mutter?«

Das saß. Aber Isabel sagte nur: »Könnte ich eine Tasse Kaffee bekommen?«

»Wir trinken keinen Kaffee.«

»Wo bin ich hier? In der Betty Ford-Klinik für wohlhabende Suchtkranke?«, fragte Isabel und ließ damit ein bißchen Dampf ab.

Als Anna auf dem Weg nach oben durch die Küche mußte, fragte Jackie: »Hallo, Kleines, wie war dein Wochenende...?«

Aber Anna war schon an ihr vorbeigerauscht und die Treppe hochgepoltert. Scheinbar hatte sie sich über irgend etwas geärgert.

Jackie warf Isabel einen prüfenden Blick zu und fragte: »Was ist mit Anna los? Was haben Sie mit ihr gemacht?«

Isabel sah sie an, als ob sie gleich zubeißen wollte, sagte aber nur: »Vielleicht könnten Sie sich ein wenig zurücknehmen...«

»Was ist passiert?«, beharrte Jackie.

Isabel sah etwas bedröppelt aus und offenbarte ihr dann: »Luke war heute morgen in der Dusche, als Anna hereinkam und wohl vergessen hatte anzuklopfen.«

Jackie gab nicht nach: »Ich bin sicher, daß sie das nicht so aufgebracht hat. Jeder in unserer Familie duscht sich.«

»Ich war mit ihm unter der Dusche.«

Jackie war entsetzt. Luke wußte, daß man ein Badezimmer abschließen konnte, als er noch bei ihnen gelebt hatte – bevor ihn alle guten Geister verlassen hatten, wegen Isabel. Sie fragte: »Haben Sie oder Luke danach mit ihr geredet?«

»Nein«, gab Isabel zu, »ich dachte, es ist ihr vielleicht peinlich…«

»Sie meinen, es war Ihnen peinlich«, schoß Jackie zurück. Sie war kurz davor, die Nerven zu verlieren. Es schnürte ihr die Kehle zu und sie fing an, Isabel zu beschimpfen: »Ein elfjähriges Mädchen muß mit der Tatsache klarkommen, daß ihr Vater niemals zurückkommen wird, um bei seiner Familie zu leben. Sie sieht ihren Vater zum ersten Mal nackt mit einer anderen Frau. Und Sie glauben, daß es das Beste für sie ist, wenn alle so tun, als sei nichts passiert?«

Isabel hatte jetzt auch genug, und als sie Jackie darauf antwortete, schien sie plötzlich den ganzen Raum einzunehmen. »Ich habe Ihre anmaßende überhebliche Art und diesen ganzen Mist satt. Ich habe nie behauptet, daß ich diese Scheiß June Cleaver bin. Jedesmal wenn das Leben Anna ins Gesicht schlägt, wollen Sie das zwölf Stunden lang mit ihr bereden, jeden dritten Dienstag im Monat. Lassen Sie mich damit in Ruhe. Ich habe schließlich ein eigenes Leben.«

»Und ich wohl nicht?«, fragte Jackie. »Warum nicht? Weil ich Kinder habe? Das Problem ist, daß sie viel zu sehr mit sich selbst beschäftigt sind, als daß sie jemals eine Mutter sein könnten.«

»Ich habe nie behauptet, daß ich eine Mutter sein will.«

»Jetzt endlich werden Sie vernünftig.«

Isabel verzog keine Miene, als sie ärgerlich sagte: »Vielleicht ist Ihre Tochter das Problem. Vielleicht ist sie ein verzogenes, besserwisserisches Gör.«

»Verlassen Sie mein Haus.«

»Das steht aber nicht auf dem Stundenplan«, antwortete Isabel und deutete mit dem Finger auf die Notizzettel am Kühlschrank. Sie wechselte noch einen Blick mit Jakkie und rauschte dann aus dem Haus.

Der ganze Sauerstoff schien Isabel zu folgen, und Jakkie mußte sich mit beiden Händen an der Anrichte festhalten und nach Luft schnappen, um genug Luft einzuatmen, damit sie sich um die Kinder kümmern konnte. So daß sie Annas Haare flechten und auf Bens Schuhe eine Doppelschleife binden konnte, und daß sie Worte auf ihre Fragen fand, die sie nicht einmal zu stellen wagten. Sie rang nach Luft, damit sie all die kleinen Dinge tun konnte, die sie zwar nicht beschützten, ihnen aber das Gefühl gaben, beschützt zu werden. Und die ihrer Mutter das Gefühl gaben, alles zu tun, was in ihrer Macht stand.

Sie versuchte, genug Luft zu bekommen, damit sie die Treppe hinaufgehen und *Sinn und Sinnlichkeit* auf ihrem Nachtschränkchen vergessen konnte – und die sich ewig hinziehenden Stunden am Sonntag, als die Zeit sie wie Nebel umgeben hatte, der sich nicht legen wollte.

ISABEL

Isabel wünschte, sie könnte dem Licht die Schuld für die Ereignisse dieses Tages geben. Das Licht war ihr Boss gewesen, und sie hatte darauf reagiert. Aber sie wußte, daß das keine Entschuldigung war. Wie oft hatte Luke ihr schon von Murphys Gesetzen erzählt, wenn es um Arbeit und um Kinder ging?

Zunächst sollte es nur eine gute Tat sein. Die Kinder hatten schulfrei und Luke hatte geplant, sie nach Coney Island mitzunehmen, war aber in letzter Minute weggerufen worden. Einer seiner Klienten hatte vom Sonderbeauftragen der Staatsanwaltschaft in Washington eine Vorladung bekommen. Und Isabel hatte sich spontan bereiterklärt, die Kinder mitzunehmen, so daß sie nicht bei der Babysitterin mit den sechzehn Muttermalen im Gesicht bleiben mußten, die die Kinder haßten. Es schien die perfekte Lösung zu sein.

Aber dieses verdammt schöne Licht...

Laien denken, daß ein sonniger Tag ideal zum Fotografieren ist, aber Profis bevorzugen einen hohen Wolkenschleier. Leichte Bewölkung wirkt wie ein natürlicher Filter, der Schatten weicher macht und Gesichtszüge realistisch erscheinen läßt, unbeeinträchtigt von zuviel Kontrast. Und das war es, was für Isabel an diesem Morgen arbeitete, das glückliche Zusammenspiel von Zweck und Wetter: Fotoaufnahmen morgens im Central Park bei leicht bedecktem Himmel.

Perfekte Lichtverhältnisse waren für sie unwiderstehlich, und sie konnte darin eintauchen und alles um sich herum vergessen. Die lächerliche Szenerie, die sich vor ihrer Kamera abspielte, nahm sie überhaupt nicht wahr. Sie sah nur das Licht auf den Gesichtern und wie sich die Silhouetten gegen die Burgmauern abhoben. Während alle anderen um sie herum sich ausschließlich darauf konzentrierten, wie der »Prinz« nun den Arm halten und das Bein anwinkeln sollte, damit es so aussah, als ob er an Rapunzels wahnsinnig langem Haar hinaufkletterte.

Hinter ihr, am Rande des Sets, warteten die Kinder. Das letzte Mal, als sie nach ihnen gesehen hatte, hatten sie sich gelangweilt. Und sie hatte sie mit Eiskrem abgelenkt. Natürlich hatte sie sich eingebildet, daß die Kinder ihren Spaß dabei hätten, mit ihr draußen bei einem Fotoshooting zu sein. Nicht bei irgendeinem Shooting, sondern bei einem mit zwei Erwachsenen, die als Märchengestalten verkleidet waren. Aber ihr einziger Kommentar war gewesen, daß Ben gesagt hatte, daß es »irgendwie cooler«

sei, wenn Rapunzel die Haare aus den Achseln wüchsen. Worauf seine Schwester antwortete: »Total krank.«

›Das hat man nun davon‹, dachte Isabel, ›wenn man den Kindern eine Freude machen will.‹

Sie sah zum Himmel und befürchtete, daß eine Wetterfront aufziehen könnte und sich die Bedingungen für die Fotoaufnahmen änderten, bevor sie fertig waren. Aber sie könnten es schaffen, wenn sie mittags durcharbeiteten. Außerdem könnten sie dann alle früher Feierabend machen. Aber als sie der Crew das eröffnete, vernahm sie Protestgeschrei.

Von Anna.

»Komm schon«, jammerte das Mädchen, »wir sind seit fünf Stunden hier. Wir haben Hunger.«

Isabel überlegte, wie sie die Kinder beschäftigen konnte, obwohl sie selbst keine Zeit hatte, sich um sie zu kümmern. Schließlich warf sie ihnen ihren Geldbeutel zu und sagte, daß sie sich noch ein Eis kaufen sollten. Und das war das letzte Mal, daß sie an die Kinder gedacht hatte.

Und dann strapazierte sie die Geduld der Crew bis zum Äußersten, um das perfekte Zusammenspiel von Licht und Aktion im Bild genauso perfekt festzuhalten. Aus diesem Blickwinkel und jenem. Von oben, von unten. *Voilà*, da war es. Im Kasten. Perfekt.

Erst dann schaute sie sich nach den Kinder um. Anna war auf einer Bank eingeschlafen, und neben ihr schmolzen die kümmerlichen Reste von Bens Eis. »Mittagessen, Dornröschen«, sagte Isabel zu ihr. Anna richtete sich benommen auf.

»Wo ist dein Bruder?«, fragte Isabel. »Auf der Toilette?«

»Weiß nicht.«

Isabel suchte mit den Augen die Umgebung ab. Er war auf keinem der Ballspielplätze. Er strolchte auch nicht durchs Schilf am Teich. Und soweit sie das beurteilen konnte, während sie durch die Bäume spähte, kletterte er auch auf keinem der Geräte auf dem Kinderspielplatz herum. Sie merkte, wie das Blut aus ihrem Gesicht wich und daß Anna sie beobachtete. Panik überfiel sie. »Ben!« schrie sie. »Ben!«

Keine Antwort.

Sie wirbelte herum und rannte auf die Burg zu. Vielleicht versteckte er sich in einer der Nischen: der Trick vom Zauberer, der verschwindet. Anna wich nicht von ihrer Seite und rief auch nach Ben. »Was, wenn er entführt worden ist?«, fragte sie Isabel, als sie am Vordereingang der Burg ankamen.

»Er ist nicht entführt worden«, sagte Isabel und betete, daß er wirklich nicht entführt worden war. *Bitte nicht – bitte, bitte nicht.*

»Er... er versteckt sich nur. Er...« Sie konnte nicht weiterdenken. »Ben«, schrie sie und griff nach Annas Hand, damit sie Anna nicht auch noch verlor, damit sie nicht beide Kinder von Luke verlor, in einer einzigen gedankenlosen, blöden Stunde.

Anna schlug ihre Hand aus und giftete sie an: »Faß mich nicht an, du bringst Unglück.«

Isabel hatte gerade dasselbe gedacht. Sie war nah dran, sich aus Verzweiflung aufs Gras zu werfen und laut loszuheulen. Aber sie zwang sich, in die Burg zu gehen. Sie rief die Wendeltreppe hinauf und hörte das Echo ihrer Stimme widerhallen. Aber Bens Stimme war nicht zu hören.

Sie rannte die Stufen hoch. Anna hinter ihr her.

Auf halbem Weg nach oben hielt Isabel an und rief wieder nach Ben. Dieses Mal hörte sie ein Wimmern, das von weiter oben zu kommen schien. Es trieb sie voran. «Ben«, rief sie, »wir sind hier.«

Sie preschten ins letzte Stockwerk der Burg, wieder hinaus ans Tageslicht, das an diesem Tag so perfekt war.

Aber von Ben keine Spur. Nur der kleine Golden-Retriever-Welpe war da, und winselte, so ganz allein. Aber keine Spur von Ben.

Anna sagte: »Er ist für immer von uns gegangen.«

Isabel wurde schwindelig. Sie hatte das Gefühl, daß sie nie mehr einen Atemzug tun könnte, als ob sie es nicht verdiente, weiterzuatmen. Sie lehnte sich an die Mauer und sah über die Zinnen, hinunter auf die tückischen, felsigen Klippen. Keine Spur von Ben. Sie blickte über den ganzen Park und versuchte, ihn irgendwo anhand der Farbe seines T-Shirts zu entdecken. Aber nichts.

Sie schrie laut seinen Namen.

Isabel fing an zu rennen, nachdem sie den kleinen Hund einem Crewmitglied anvertraut hatte. Es gab hier kleine Waldstücke, Felsen und einen See. *Oh, Gott, der See...* . Sie rannte zum verwildertsten Teil des Parks, wo sich ein Junge zwischen den Bäumen verirren oder von einem Felsen ins Wasser fallen konnte. Sie rannte und rannte. Nur Annas Stimme, die immer weiter hinter ihr zurückblieb, brachte sie dazu, anzuhalten.

Anna holte sie nach Luft schnappend und ganz rot im Gesicht ein. »Sollten wir nicht die Polzei rufen?« fragte das Mädchen. Sogar Anna hatte in diesem Augenblick zu viel Angst, um schnippisch zu sein. Sie griff nach Isabels Hand. »Meinst du nicht?«

Die Polizei? dachte Isabel. Das konnte sie nicht. Sie wollte sich nicht eingestehen, daß es so schlimm war. Er war einfach nur davongelaufen. Man rief schließlich nicht die Polizei, nur weil ein Kind sich in den Kopf gesetzt hatte, die Umgebung ein bißchen zu erkunden. Deshalb ging man doch nicht zur Polizei. Oder doch?

Anna sah Isabel gespannt an. Isabel konnte die Angst in den Augen des Mädchens sehen. Es war ernst.

»Luke«, sagte Isabel laut, als ihr diese Idee plötzlich

kam. Wenn sie überhaupt jemanden anrufen mußte, dann sollte es Luke sein. »Wir rufen deinen Vater an.«

Luke ging nicht ans Handy. Sie piepte ihn mit der Notfallnummer an und lief dabei weiter. Anna hatte Mühe, Schritt mit ihr zu halten und griff jedes Mal nach Isabels Hand, wenn Isabel zu große Schritte machte.

»Ben«, schrien sie gleichzeitig. »Benjamin!«

Isabels Telefon klingelte. Ihre Hände zitterten, als sie es ans Ohr hielt. Die Augen hatte sie geschlossen, als sie zaghaft fragte: »Luke, bist du's?«

»Isabel, was ist denn?«

»Es ist wegen Ben«, antwortete sie. »Er ist vom Set weggelaufen. Ich habe gearbeitet und nicht genug auf ihn aufgepaßt. Und jetzt ist er weg.«

»Hast du auf den Bäumen nachgesehen?«, fragte Luke beinahe amüsiert. »Er ist ein echter Kletterer, weißt du.«

Isabel merkte, daß Luke dachte, Ben habe ihr wieder einen Streich gespielt.

»Luke«, brachte sie gerade noch heraus, weil ihr die Kehle vor Angst wie zugeschnürt war. »Ich glaube, du mußt die Polizei anrufen. Ich kann ihn nicht finden.«

»Wo hast du ihn das letzte Mal gesehen?«, seine Stimme klang jetzt besorgt und kam ihrer eigenen Verfassung näher.

»Bei der Burg«, sagte sie.

»Okay.« Mit diesem Wort legte er auf.

Anna fragte: »Ruft er die Polizei an?«

Isabel nickte.

»Ben«, schrie Anna laut.

»Ben«, wiederholte Isabel.

Jeder, der sie von weitem sah, mußte denken, daß sie mitten auf dem Weg standen und sich anbrüllten. Und vielleicht taten sie das auch. Anna gab ihr bestimmt die Schuld, daß Ben weg war. Und Isabel konnte nicht umhin, auch Anna ein bißchen Schuld zu geben, weil sie eingedöst war. Sie hatte erwartet, daß Anna alt genug sei, um auf ihren Bruder aufzupassen.

Zusammen gingen sie zurück, noch weiter in den Wald hinein. Anna sah nach oben zu den Ästen, Isabel hinter Felsen.

»Das ist nicht komisch«, schrie sie. Falls Ben es hören konnte. Oder die Person, die ihn hatte. Oder die, die es soweit hatte kommen lassen. Sie selbst. »Das ist nicht komisch!«

Isabel bemerkte schließlich, daß Anna ganz rot im Gesicht war. Sie hörte ihren eigenen Herzschlag und das Pfeifen ihrer Lunge beim Atmen. Isabel wußte, daß das Mädchen noch schwerer Luft bekam als sie, sicher noch weniger als sie. Sie griff nach Annas Hand und brachte sie dazu anzuhalten. Sie standen beisammen und atmeten schwer. Das war das Letzte, was Isabel wollte: anhalten müssen. Aber sie hatte Angst um Anna.

»Bist du okay?«, fragte sie sie schließlich.

Anna nickte. »Ben«, rief Isabel wieder, mittlerweile ganz heiser. Aber um sie herum waren nur Bäumen, Findlinge und die sich schlängelnden Wege.

Ihr Telefon klingelte wieder. »Ja«, nahm sie den Anruf entgegen.

Es war Luke. »Die Polizei ist unterwegs.«

»Gut.«

»Wo bist du?«

Sie wußte es nicht genau. Wie hieß dieser Teil des Parks noch gleich? Der verwilderte Teil. »Ich bin auf dem Weg zum See«, sagte sie.

»Du mußt wieder zur östlichen Seite des Parks gehen. Zur Polizeistation. Du hilfst ihnen mehr, wenn du ihnen sagst, was Ben anhat und wie er aussieht. Ich komme dann selbst dorthin. Sobald ich Jackie angerufen habe.«

Beim Gedanken daran blieb Isabel stehen. Sie fühlte, wie es ihr eiskalt den Rücken hinunterlief und sich dann ihr Magen zusammenkrampfte. *Oh, nein, bloß nicht Jackie. Natürlich Jackie.* »Oh«, sagte sie nur zu Luke. Das war alles.

»Ich muß es ihr sagen«, sagte er. »Sie ist immerhin seine Mutter.«

Natürlich muß sie es erfahren, dachte Isabel. *Jackie hätte ihn nicht verloren. Jackie hätte ihn nicht aus den Augen gelassen.* Jackie hatte recht – recht, recht, recht. Und sie selbst lag ganz falsch. Diese Situation bewies es. Es war ein Beweis für Jackie und für Luke. Und auch für sie selbst.

Sie hatte die Kinder im Central Park allein gelassen. Darauf lief es hinaus. Sie hatte die zwei im Park allein gelassen, während sie damit beschäftigt war, mit diesem gottverdammten Licht herumzutändeln. Das war die nackte Wahrheit. Was hatte sie denn erwartet? Wenn Luke es ihr nur einmal gesagt hätte, aber er hatte es ihr ein dutzendmal gesagt: »Der Trick mit Kindern ist, daß man voraussehen muß, was sie als nächstes vorhaben. Du überlegst dir, was sie als nächstes tun, und dann, was dabei schiefgehen könnte. Dadurch bist du den Ereignissen voraus, kannst sie abwenden.« Jeder Dummkopf hätte sehen können, welche Gefahren drohen, wenn man zwei Kinder allein auf einer Parkbank ließ.

Jeder, nur nicht Isabel!

»Ich ruf' dich wieder an«, sagte Luke. »Geh zur Fifth Avenue. Sie schicken dir einen Streifenwagen entgegen.« Er legte auf.

Isabel blickte Anna an. Das Mädchen stand nur da, beobachtete sie und wartete.

»Er ruft deine Mutter an«, sagte sie zu ihr.

Anna nickte ernst und rief dann wieder nach Ben. Auch sie kriegte nur noch ein heiseres Krächzen heraus.

Sie schlugen sich in Richtung Osten durch, so gut es eben ging. Die Wege waren hier sehr verschlungen. Das war der Teil von Manhatten, in dem man mit Abstand am langsamsten vorankam. Es gab keine rechtwinkligen Kreuzungen und keine Straßenschilder, nur Wege, die ständig die Richtung wechselten und sich durch den Park schlängelten. Endlich konnte Isabel von weitem die grauen Spitzen der Gebäude an der Fifth Avenue sehen. Auch der Straßenlärm wurde allmählich lauter. Anna und sie mußten sich noch mehr anstrengen, wenn sie mit ihrem Rufen dagegen ankommen wollten.

»Dein Telefon klingelt schon wieder«, sagte Anna zu ihr.

Isabel nahm das Gespräch entgegen.

Luke war dran und sagte: »Ich bin jetzt im Auto. Ist Anna okay?«

»Ja, ihr geht es gut. Sie hilft mir suchen. Hast du Jackie erreicht?«, fragte Isabel.

»Sie ist schon unterwegs.«

»Wie hat sie es aufgenommen?«

»Was glaubst du wohl, wie sie es aufgenommen hat?«

Es tat ihr weh, daß er so scharf antwortete.

Dann sagte er: »Es tut mir leid.«

»Nein, es ist schon in Ordnung.«

»Ruf mich an, wenn du an der Fifth Avenue bist. Die Polizisten warten schon«, sagte er und legte auf.

Isabel dachte daran, was Ben alles passiert sein konnte. Die schrecklichsten Möglichkeiten gingen ihr durch den Kopf und formten sich wie Schlagzeilen der *New York Post*. Diese Situation war genau der Stoff, aus dem diese Zeitung ihre Artikel auf der ersten Seite zusammenstellte: »Vermißter Junge zerstückelt im Central Park gefunden«, »Toter Junge in Mülltonne«, »Jungenleiche im East River«. Sie wünschte, daß sie die Zeit zurückdrehen könnte, zurück dahin, als sie die Aufnahmen gemacht hatte. Sie wünschte, daß sie das Licht hätte Licht sein lassen und stattdessen besser auf Ben aufgepaßt hätte.

Gute Lichtverhältnisse konnte man auch simulieren.

Man hätte die Scheinwerfer auf Maximum stellen können. Irgendwie hätten sie es kann schon hingekriegt. Aber Ben…

Anna war ganz ruhig. Sie rief nicht einmal mehr nach ihrem Bruder, hielt nur ganz fest Isabels Hand. Woran dachte sie wohl?

Isabel blieb stehen, zog Anna an sich und nahm sie ganz fest in den Arm. »Es tut mir leid, Anna«, sagte sie. »So leid.«

Anna erwiderte ihre Umarmung.

Dann ließen sie sich los und standen nach der nächsten Wegbiegung an der Fifth Avenue. Isabel nahm ihr Handy und wollte gerade wählen, als es zu klingeln begann. Ihre Hände zitterten so, daß sie es kaum aufklappen konnte.

Es war Luke. »Isabel, sie haben ihn gefunden«, sagte er. »Er ist wohlauf.«

»Oh, Gott«, sagte sie, und sank erschöpft auf die nächste Bank. »Wo ist er?«

»Er ist hier auf der Polizeistation. Er steht neben mir.«

Isabel fing an zu weinen. Sie war nicht einmal mehr in der Lage, sich zu verabschieden. Anna nahm ihr das Handy aus der Hand und sprach mit ihrem Vater, während Isabel den Kopf auf die Knie legte und vor Erleichterung zu weinen begann.

Anna stand neben ihr und beobachtete sie, ohne ein Wort zu sagen. Sie saß immer noch weinend auf der Bank, mit den Händen vorm Gesicht, und hatte das Gefühl, die Hände nie mehr runter nehmen zu können, weil sie sich so schämte. Sie würde Anna, die da an ihrer Seite lauerte und über sie richtete, nie mehr in die Augen sehen können. Sie würde auch Luke nie mehr gegenübertreten können, ihrem geliebten Luke. Sie liebte ihn so sehr und hatte sein Vertrauen doch so mißbraucht. Und, wie konnte sie Jackie jemals wieder unter die Augen treten?

Anna sagte: »Da ist das Polizeiauto.«

Isabel weinte auf dem ganzen Weg zum Revier, und erst recht, als sie Luke sah, wie er dastand und Formulare ausfüllte. Er sah zu ihr hin und bedeutete ihr mit dem Kopf, sich mit Anna auf eine Bank an der Wand zu setzen. Von dort aus konnte sie Ben beobachten, wie er auf dem Schreibtisch des Sergeants saß und mit den Beinen baumelte, während er einigen Polizisten etwas vorzauberte. Der Junge strahlte, ganz begeistert darüber, daß er ein erwachsenes Publikum hatte, und dann auch noch in Uniform.

Für Isabel war eine Welt zusammmengebrochen, als sie daran gedacht hatte, was ihm im Park alles hätte passieren können. Und da saß er nun, als ob nichts gewesen wäre.

In diesem Augenblick stürmte Jackie zur Tür herein und rannte den Flur entlang auf Ben zu. Sie riß ihn an sich wie eine Stoffpuppe und hielt ihn ganz fest. Ihre Stimme zitterte furchtbar, als sie nur schluchzend herausbrachte: »Ben, oh mein Ben. Bist du okay?« Dann hielt sie ihn gerade weit genug von sich ab, um ihn zu mustern und festzustellen, daß mit ihm wirklich alles in Ordnung war.

»Ich habe die ganze Zeit gewußt, wo ich war«, sagte er zu ihr, und der Sergeant am Schreibtisch sagte: »Wir haben ihn im Zoo gefunden.«

Jackies Augen glühten und sie sah sich suchend um. Als sie Isabel entdeckte, schien sie sie mit den Augen verbrennen zu wollen.

Dann wandte sie sich an Anna und sagte streng: »Bleib hier bei deinem Bruder. Halt ihn fest an der Hand. Laß ihn bloß nicht los!«

Isabel zitterte. Das Zittern kam aus ihrem Herzen und hatte sich jetzt auf jeden Teil ihres Körpers ausgedehnt, bis in die Fingerspitzen. Sie stand auf, um sich bei Jackie zu entschuldigen; obwohl es für das, was geschehen war, keine Entschuldigung gab. Aber mehr konnte sie nicht tun.

»Jackie,« sagte sie. »Es tut mir so leid. Ich habe nur eine Sekunde nicht aufgepaßt. Ich hätte nie...«

Jackie ignorierte sie und wandte sich stattdessen an Luke. »Hör mir gut zu«, sagte sie mit einer schrecklich monotonen Stimme, »ich sage es nur einmal: Diese Frau kommt mir nicht mehr an meine Kinder.«

»Unsere Kinder«, warf Luke ein.

»Bist du dir eigentich im klaren darüber, was deinem Sohn hätte passieren können? Was für ein Glück wir hatten, daß die Polizei ihn gefunden hat, bevor ihn irgend so ein Irrer entdeckt hat? Er hätte...« Sie konnte den Satz nicht zu Ende sprechen.

Isabel konnte es ihr nicht verdenken. Auch sie konnte diesen Gedanken nicht zu Ende führen.

»Jackie«, wollte Luke sie beschwichtigen, »laß es uns nicht noch schlimmer machen. Isabel tut es leid. Aber es hätte jedem von uns passieren können...«

»Mir nicht«, sagte Jackie aus vollster Überzeugung.

»Jackie, auch du hast Fehler gemacht«, sagte er. »Wir machen alle Fehler...«

»Ich werde nicht einfach zusehen und darauf warten, daß der nächste Fehler gemacht wird«, sagte sie und trat dabei ganz nah an ihn heran. »Ich werde nicht zusehen, wie meine Kinder durch die Maschen dieser unzulänglichen Vereinbarung fallen. Ich gehe zu einem Anwalt.«

Luke sah sie entsetzt an. »Jackie, warte mal. Wir haben uns versprochen, daß wir es nie soweit kommen lassen würden.«

Jackie sah ihn anklagend an und sagte dann: »Wir haben eine Menge Versprechen gebrochen, oder etwa nicht, Luke?«

Isabels Schmerz verwandelte sich in Zorn, wie bei einer chemischen Reaktion. Sie konnte das nicht zulassen. Es war nicht Lukes Fehler. Er hätte Ben niemals verloren. Es war ihr Fehler, eindeutig ihr Fehler, nur ihr Fehler. Sie trat etwas näher an Jackie heran, zwang sich, ihrem Blick standzuhalten und fragte: »Warum lassen Sie es an ihm aus?«

»Isabel, bitte!,« schaltete sich Luke ein, der verhindern wollte, was jetzt kam. »Es ist das Beste, wenn du dich...«

Aber Isabel wollte sich da nicht raushalten, sie konnte sich nicht raushalten. Sie steckte bis zum Hals mit drin. Sie war der Grund für dieses Dilemma. Sie sagte zu Jackie: »Sie haben nichts, aber auch gar nichts dazu beigetragen, um es einem von uns leichter zu machen.«

»Ich bin nicht hier, um es *Ihnen* leichter zu machen«, sagte Jackie. »Das sind meine Kinder und sie wollen nicht bei Ihnen sein.«

»Vielleicht würden sie, wenn...«, sagte Isabel.

»Wenn was?« Jackies Augen funkelten böse.

»Wenn sie wüßten, daß es Ihre Zustimmung fände«, antwortete Isabel.

Jackie wandte sich blitzschnell von Isabel ab und ließ ihre Wut an Luke aus. »Ich werde einen Gerichtsbeschluß erwirken, der dieser Frau verbietet, jemals wieder allein mit meinen Kindern zu sein.«

Und dann nahm sie die Kinder bei der Hand und stürmte aus der Polizeistation.

So sehr es Isabel auch wehtat, daß Jackie es an Luke ausließ, konnte sie ihr doch keinen Vorwurf daraus machen, daß sie ihr gegenüber diese Gefühle hegte, daß sie ihr die Schuld für alles gab. Isabel beschuldigte sich ja schon selbst. Wahrscheinlich noch viel mehr.

JACKIE

Sie hatte die Kinder mit zum Reiten genommen. Sie wollte ihnen und sich selbst etwas Gutes tun. Schon als Kind hatte sich Jackie zu Pferden hingezogen gefühlt, besonders wenn sie Trost brauchte. Wenn sie im Sattel saß, erhob sie das über die Unbilden des Lebens, konnte sie ihre Probleme von einer höheren Warte aus betrachten und Abstand gewinnen. Egal was es war. Und wenn sie danach vom Pferd stieg, hatte sie die Kraft weiterzumachen.

Wieder einmal war es ein wunderbarer Tag. Die ersten Blätter an den Bäumen verfärbten sich schon, obwohl der Wald von weitem immer noch ein sattes Grün zeigte. Jakkie atmete tief durch. Ben schien unverändert, nach allem, was er durchmachen mußte.

Aber was hatte er denn schon durchmachen müssen? Er war auf eigene Faust durch den Wald im Central Park gestrolcht, auf der Suche nach wilden Tieren. Und hatte sie gefunden – Seelöwen und Affen und einen im Käfig auf- und abschreitenden Löwen. Er durfte den Schlagstock eines Polizisten halten, bei Blaulicht im Polizeiwagen mitfahren und die Sirene anmachen. Was konnte es für einen Jungen Schöneres geben?

Trotzdem war er jetzt ganz schweigsam. Nachdem sie eine Weile den Reitweg entlanggeritten waren, sagte er: »Mami, es war nicht Isabels Schuld, daß ich weggelaufen bin.«

Jackie stimmte ihm zu. »Richtig, das war deine Schuld. Aber es war ihre Schuld, daß sie nicht so auf dich aufgepaßt hat, als wärst du ihr Sohn. Was ihre vorrangige Aufgabe gewesen wäre.«

Ben dachte einen Augenblick darüber nach, was seine Mutter gesagt hatte und erklärte dann: »Isabels Aufgabe ist es zu arbeiten.«

»Ben«, sagte Jackie, »Mütter arbeiten auch. Sie arbeiten

sehr hart. Jetzt, als Mutter, arbeite ich viel mehr, als zu der Zeit, als ich arbeiten ging. Ich kriege einfach nur kein Geld dafür.«

»Verdient Isabel viel Geld?«, wollte Anna wissen.

»Leute wie Isabel, die nur an sich denken, verdienen oft sehr viel Geld.«

Beide Kinder überlegten einen Moment, was sie damit meinte, und dann sagte Ben: »Ich finde sie hübsch.«

Jackie verzog das Gesicht: »Ja, wenn man große Zähne mag.«

Sie lachten.

»Mami?«, fragte Ben nach einer Weile.

»Was, mein Schatz?«

»Wenn du willst, daß ich sie hasse, tue ich es.«

Jackie erschrak. Ein Gefühl breitete sich in ihrem Körper aus, wie Gift. Es drang in ihre Arme, in ihre Brust und tief in ihr Inneres: Sie schämte sich.

LUKE

An diesem Abend konnte er einfach nicht ruhig sitzenbleiben. Isabel hatte kaum mit ihm gesprochen. Sie war nicht mal in der Lage, ihn anzusehen. Also ging Luke im Loft auf und ab und hörte dem grauenhaften Rhythmus von Isabels Heimtrainer zu. Sie war unerbittlich.

Die Sache mit Ben war schlimm für ihn gewesen. Sein Herz hatte beinahe ausgesetzt, als Isabel anrief und er begriff, daß es dieses Mal ernst war. Er war wie gelähmt gewesen bei dem Gedanken, was seinem kleinen Jungen alles passieren konnte. Und wenn er nicht unbedingt die Anrufe hätte machen müssen – um zu retten, was noch zu retten war –, hätte er bestimmt einfach nur dagestanden. Aber er mußte die Polizei und Jackie anrufen. Er mußte sich regelrecht zwingen, zur dieser Polizeistation zu fahren.

Als er dort ankam, hatte man Ben auch schon gefunden. Die Streife, die ihn entdeckt hatte, war gerade auf dem Weg ins Revier.

Es war nur eine kurze Begegnung mit der Angst gewesen. Aber nicht kurz genug. Und Luke hatte sich gefragt, wie Isabel das hatte zulassen können. Aber auf dem Heimweg im Auto war ganz deutlich zu sehen, daß sie sich das selbst fragte. Und sie ging hart mit sich ins Gericht. Sie hielt den Kopf erhoben und ihre Augen blickten ins Leere. Sie hatte die ganze Zeit neben ihm gesessen, ohne ein Wort zu sagen, und nur lautlos geweint.

Später, nachdem er schnell etwas zu essen gemacht hatte, hatte er versucht, sie zum Reden zu bringen. Sie beharrte darauf, daß sie mit Jackie einer Meinung sei. Daß sie es nicht verdiene, daß man ihr die Kinder anvertraue. Sie habe das bewiesen, hatte sie gesagt. Und daß sie ihn wahrscheinlich auch nicht verdiene. Das hatte sie mehr als einmal betont. Daß sie vielleicht einfach gehen sollte. Denn dann hätte Jackie keinen Grund, einen Anwalt einzuschalten.

Luke hatte Isabel noch nie so erlebt. Sie war der selbstsicherste Mensch, den er kannte.

Jeder, der die beiden Frauen in Lukes Leben – Jackie und Isabel – kannte, hätte Jackie für die Selbstsicherere gehalten. Um sie herum befand sich eine Aura, die die anderen glauben ließen, daß sie ganz genau wußte, was sie wollte, und auch, wie sie es erreichen konnte. Aber er hatte lange genug mit ihr zusammengelebt, um sie besser zu kennen. In Wahrheit stellte sich Jackie die ganze Zeit selbst in Frage. Sicher, sie konnte eine Sache mit Zähnen und Klauen verteidigen, bis zum bitteren Ende. Aber danach hatte sie immer Zweifel, die sie nicht mehr losließen. Sie schlief sehr schlecht. Das war schon immer so.

Isabel dagegen schlief wie ein Baby. Sie lebte wie ein Kind – als ob ihr die ganze Welt gehörte. Sie arbeitete mit einem Haufen unglaublich neurotischer Egos und lachte ihnen einfach ins Gesicht, lavierte sich an ihnen vorbei. Sie nahm weder Duncan noch die Leute von der Werbeagentur ernst. Sie nahm sich selbst nicht wichtig. Sie wußte einfach immer nur ganz genau, was sie als nächstes tun mußte – so schien es ihm zumindest. Ihr Selbstvertrauen war angeboren. Sie handelte instinktiv. Sie war eins mit sich selbst.

Und nun war sie in ihren Grundfesten erschüttert. Bei Kindern erlebte man das auch manchmal. Um Isabel auf andere Gedanken zu bringen, hatte er ihr davon erzählt, wie Anna als Baby einmal zwölf Stunden lang gegreint hatte. Daß es einen total fertig machte, weil man nichts dagegen tun konnte. Im Beruf stand man jeden Tag seinen Mann, aber seinem Kind konnte man nicht helfen. Und man konnte nicht einmal feststellen, was ihm fehlte. Man konnte seinem Kind den Schmerz nicht nehmen. Man konnte es nicht in den Schlaf wiegen und selbst auch nicht schlafen. Egal, ob man ein Juraexamen mit Auszeichnung gemacht hatte. Egal, ob man Vereinbarungen traf, die Millionen Dollar wert waren. Man konnte einfach *nichts* tun.

Isabel hatte zwar bei ihm gesessen, schien ihm aber gar nicht zuzuhören. Seine Worte drangen nicht zu ihr durch. Ein Grund für ihr sonst so unerschütterliches Selbstbewußtsein war, daß sie nur ihre eigene Meinung gelten ließ. Nur sie selbst konnte sich vom Haken lassen – oder sich weiter quälen. Er konnte Isabel nicht trösten. Sie mußte selber da rauskommen.

Um sich abzureagieren, hatte sie schließlich mit ihrem Training begonnen.

Er ging zu ihr hin und wartete darauf, daß sie ihn bemerkte. Sie tat es nicht. Ihr Gesicht war wie versteinert.

Es glänzte feucht, aber sie hatte aufgehört zu weinen. Jetzt schwitzte sie es einfach heraus. Sie starrte auf die Lichter der Stadt und stieg diese unsichtbare Treppe ins Nichts hinauf. Sie war schon beim 56. Treppenabsatz und zählte weiter.

Für eine Weile stand er einfach nur da, beobachtete sie und hoffte, daß sie den Weg zu ihm zurück finden würde. Dabei wurde ihm klar, daß er nichts für sie tun konnte. Isabel kümmerte sich um sich selbst. Aber vielleicht konnte er sich selber helfen. Vielleicht konnte er den Kindern helfen. Er wollte noch einmal versuchen, mit Jackie zu reden.

»Ich fahre noch ein bißchen mit dem Auto rum«, sagte er zu Isabel.

»Paß auf dich auf«, antwortete sie nur.

Er nahm Annas Fußballsachen als Vorwand, um nach Nyack zu fahren. Unter der Woche war um diese Uhrzeit nicht mehr soviel Verkehr auf den Straßen von New York, und es war ein gutes Gefühl, ein bißchen Gas zu geben – einfach nur zu fahren. Luke hätte die Strecke nach Nyack mit verbundenen Augen gefunden.

Als er ankam, war das Licht in den Schlafzimmern der Kinder schon aus. Nur im Erdgeschoß brannte noch Licht. Er hatte ein komisches Gefühl, als er das Haus sah, das auch einmal sein Zuhause gewesen war. Wie oft war er wohl schon um diese Ecke gebogen, wenn er vom Zug kam? Wie oft hatte er wohl nach oben gesehen, zu den hellerleuchteten Fenstern, und gewußt, daß seine Familie auf ihn wartete?

Jetzt wartete niemand auf ihn. Jackie war vorne auf der Veranda und goß im Dunkeln ihre Pflanzen. »Was willst du denn?«, fragte sie, nicht gerade erfreut, ihn zu sehen.

Er ging nicht zu ihr hoch. Er fühlte eine Barriere, die bisher nicht dagewesen war. Jetzt war sie so real, daß er glaubte, sie berühren zu können, wenn er nur die Hand danach ausstreckte. Deshalb blieb er, wo er war, hielt nur den Beutel mit Annas Sportkleidung hoch und sagte: »Anna hat ihre Sachen bei mir liegenlassen. Ich dachte, daß sie sie diese Woche vielleicht noch braucht…«

Jackie nickte und goß weiter Blumen.

»Bist du beim Anwalt gewesen?« Es fiel ihm schwer, die Frage zu stellen, die der eigentliche Grund für sein Kommen war.

»Ich habe ihn angerufen«, sagte sie knapp. Wir haben einen Termin gemacht. Für Übermorgen.«

»Bitte tu es nicht«, sagte er leise. Er fühlte sich wie damals, als sie noch verheiratet waren und sich bis tief in die Nacht hinein gestritten hatten, auch noch im Bett. Er fühlte sich wie damals, als er alles dafür getan hätte, um sie zu beschwichtigen, nur damit sie ihn endlich in Ruhe ließ und er schlafen konnte. Daß sie selber schlafen konnte.

Jackie seufzte und sah ihn an, wie damals, wenn beide soviel erduldet hatten, daß sie es gerade noch aushalten konnten. Wenn sie schon im Bett lagen und Jackie keine Worte mehr fand und seine Hand nahm. Dann wußte er, daß sie ihn wenigstens bis zum nächsten Morgen in Ruhe lassen würde.

Jetzt sagte sie: »Ich soll die Kinder nicht in ein Gerichtsverfahren verwickeln, meinst du? Es geschieht nur zu ihrem Besten.«

»Teilweise«, sagte er. »Aber teilweise auch, weil du verrückt bist.«

Sie sah ihn verwundert an.

»Du weißt, daß die Kinder nicht wirklich in Gefahr sind.« Sie sagte nichts dazu. Wenigstens ließ sie ihm die Eröffnung. Er fuhr fort. »Es geht um Isabel. Ich weiß, daß sie einen Fehler gemacht hat. Aber sie versucht… zu lernen.«

Jackie sagte spöttisch: »Sogar Schnecken sind lernfähiger. Bäume. Muscheln.«

»Laß ihr ein bißchen Zeit. Bitte vertreibe sie nicht.«

»Soll ich etwa auch noch auf sie Rücksicht nehmen?« Sie klang verbittert.

»Du solltest auf mich Rücksicht nehmen«, sagte er, »so wie ich auch deine Interessen berücksichtige.«

Sie sah ihn herausfordernd an und sagte: »So wie du auf mich Rücksicht genommen hast, als du vor drei Jahren hier aus der Tür marschiert bist?«

»Du hast mich rausgeworfen.«

Und da geht es schon wieder los, dachte er, als sie sich wieder in den Teufelskreis nimmer endender Streitereien hineintrieben. Er hielt abwehrend die Hand hoch.

»Bitte, Jackie«, sagte er, »laß uns nicht wieder damit anfangen.«

Sie goß weiter die Pflanzen.

»Geh nicht zum Anwalt. Den Kindern geht es gut…«, er machte eine Pause und fügte dann hinzu: »Wenn es uns gutgeht.«

Sie sah ihn nur an.

»Bitte komm' mir in diesem Punkt entgegen«, bat er, »ich würde es für dich auch tun.«

Sie schloß langsam die Augen, öffnete sie dann wieder und sah zum Fluß, der im Dunkeln kaum zu erkennen war. Trotzdem war er da wie immer. Er war genauso gegenwärtig wie dieses Etwas, das immer noch zwischen ihnen bestand. Auch wenn es beinahe unsichtbar und fast schon verschüttet war. So wie der Fluß immer da war und ins Meer floß, so sicher würde es auch immer das Band zwischen Jackie und ihm geben – egal welche Barrieren auch auftauchen mochten, egal wie lange sie schon getrennt lebten und wie viele böse Worte schon gefallen waren. Egal, ob es Isabel gab.

»Eine letzte Chance«, sagte Jackie schließlich und öffnete dann die Tür, um hineinzugehen. »Aber ich will es später nicht bereuen müssen!«

ISABEL

Es war der Morgen nach dem Fiasko im Park. Luke war wieder einmal nach Pittsburgh geflogen, und so war Isabel früh ins Studio gekommen. Sie war gleich in der Dunkelkammer verschwunden, um den Film mit den Rapunzel-Aufnahmen zu entwickeln. Sie war gern in der Dunkelkammer. Die Stille dort wurde nur ab und zu vom Plätschern des Wassers und der Entwicklerflüssigkeit unterbrochen. Cooper zog sie immer damit auf, daß er sagte, für sie sei der Aufenthalt in der Dunkelkammer wie eine Rückkehr in den Mutterleib. Und damit kam er der Wahrheit ziemlich nahe. Wenn sie Filme entwickelte und Fotos abzog, konnte sie alles vergessen. Nur hier konnte sie die sonst so flüchtigen Glücksmomente des Lebens für die Ewigkeit festhalten, indem sie sie auf Papier bannte.

Wenn sie als Kind gespielt hatte, ging sie ganz in ihrem Spiel auf. Und Fotografieren war für die erwachsene Isabel einfach nur eine andere Art von Spielen. Ein Spiel, für das sie Geld bekam. Großmutter Celie, die eine gute Baptistin war, hatte immer gesagt: »Meine Issy gibt den ganzen Tag Vollgas, damit die Dämonen sie nicht zu fassen kriegen.« ›Typisch Oma‹, hatte Isabel dann immer gedacht. Aber manchmal hatte sie das Gefühl, daß ihre Oma damit gar nicht so falsch lag. Wenn man nicht zur Ruhe kam, konnte man auch nicht über seine Probleme nachdenken. Dadurch hielt man die Dämonen von sich ab. Sogar so gefährliche Dämonen wie Jackie Harrison.

Als Isabel spätnachmittags endlich wieder aus der Dunkelkammer auftauchte, nachdem sie jede einzelne Aufnahme des Rapunzel-Shootings abgezogen hatte, war Duncan mit den Fotos generell sehr zufrieden. Aber wie immer entwickelte sich eine Diskussion darüber, welches Foto das Beste war. Sie redeten darüber, welche Pose die Muskulatur des Märchenprinzen am besten zur Geltung brachte, und ob er wirklich dem entsprach, was sich junge Frauen unter einem Traummann vorstellten. An diesem Vorauswahlgespräch beteiligten sich nach und nach auch die anderen Mitarbeiter. Schließlich saßen sie alle um den großen Arbeitstisch im Studio, diskutierten, verwarfen, zogen wieder in Betracht und diskutierten weiter – und jeder brachte seine Meinung zum Ausdruck. So wie Kinder, die herausfinden wollen, wer der Stärkste ist, indem sie sich ihre Muckies zeigen.

Als das Telefon klingelte, nahm Cooper den Anruf entgegen und reichte Isabel dann den Hörer. »Es ist Annas Schule«, sagte er, »sie versuchen, Luke zu erreichen.«

Isabel sah Cooper fragend an, als sie den Hörer nahm.

»Er ist in Pittsburgh«, sagte sie zu der Schulsekretärin am anderen Ende der Leitung. Und dann hörte sie mit Erstaunen, was ihr die Sekretärin berichtete: »Frau Harrison ist nicht gekommen, um ihre Kinder abzuholen.«

Isabel sagte spontan: »Das ist unmöglich. Sie haben bestimmt die falschen Kinder.«

»Aber nein«, sagte die Sekretärin, »das *sind* Anna und Ben Harrison.«

»Unmöglich«, sagte Isabel, »Jackie Harrison vergißt nie etwas, kommt nie zu spät, ist immer untadelig. Sie würde nie vergessen, ihre Kinder abzuholen...« Isabel wußte, daß sie ein bißchen zu weit ging, aber: Das war ein tolles Gefühl. Sie war nicht die einzige, die mal einen Fehler machte.

»Und Sie sind ganz sicher, daß es die beiden sind?«

Duncan raunte ihr zu: »Isabel, darf ich dich daran erinnern, daß die Kunden um vier Uhr drei...«

»Natürlich. Kein Problem«, sagte Isabel zu der Sekretärin. »Ich hol' sie ab.«

Duncan sah sie erbost an.

»Mach dir keine Sorgen«, beruhigte sie ihn, »ich bin rechtzeitig wieder da.«

Duncan wurde trotzdem wütend.

Als sie den Raum verließ, konnte sie seinen zornigen Blick im Rücken spüren. Sie hatte das Gefühl, von einem viel zu heißen Scheinwerfer beleuchtet zu werden und konnte sich ganz genau vorstellen, was er zu Cooper und den anderen sagen würde, sobald sie außer Hörweite war: ›Diese Frau zerrt an meinen Nerven.‹ Das war einer seiner Lieblingssprüche.

Aber wie oft würde sie noch so eine Gelegenheit bekommen: da zu sein, wenn Jackie einen Fehler gemacht hatte. Das war einfach göttlich.

Aber als sie nach Nyack kam und die Kinder in der Aula auf ihre Mutter warten sah, war es einfach nur traurig. Sie saßen da, Seite an Seite, wie ein Häufchen Elend, und verstanden die Welt nicht mehr.

Als Isabel auf sie zuging, sah Anna auf, in Erwartung, ihre Mutter zu sehen. Ihrem Gesicht war die Enttäuschung deutlich anzumerken, als sie stattdessen Isabel erblickte. Isabel konnte sie verstehen und machte ihr keinen Vorwurf. Natürlich war man enttäuscht, wenn man auf seine Mutter wartete und stattdessen jemand anders kam. Sie hielt den Kindern eine Packung Kartoffelchips hin, die sie aus der Studioküche mitgenommen hatte. »Barbecue-Geschmack«, sagte sie. »Ich weiß doch, daß das eure Lieblingschips sind.«

Sie wollten keine. Die Kinder starrten nur demonstrativ auf ihre Schuhe. Isabel setzte sich neben sie.

Anna sagte: »Wie konnte sie uns einfach… vergessen?«

»Genau«, stimmte ihr Ben zu. Und sah Isabel achselzuckend an. »Das würdest *du* eigentlich tun.«

Isabel aß einen Chip und beschloß, zu lügen. »Ich sag' euch, wie es war«, sagte sie vertraulich. »Ich habe euch wirklich vergessen.«

Und Anna und Ben starrten sie mit großen Augen an.

»Eure Mutter mußte… einer Freundin… bei einem Notfall helfen. Und sie hat mich angerufen. Und wir haben die Tage getauscht. Dann war ich so vertieft beim Fotografieren, daß ich euch völlig vergessen habe.«

Die Kinder nickten. Das ergab einen Sinn. Dies war etwas, daß sie akzeptieren konnten. Es paßte in ihr Weltbild.

Und dann sah Anna an Isabel vorbei und schrie begeistert: »Mami!« Die Kinder hätten Isabel beinahe umgerannt, als sie ihrer Mutter entgegenstürmten, um ihr um den Hals zu fallen. Jackie umarmte sie und führte sie sofort aus der Aula. Dabei würdigte sie Isabel keines Blikkes. Eine Minute später waren sie verschwunden, und Isabel saß allein auf einer harten Holzbank und aß Kartoffelchips mit Barbecue-Geschmack. Und sie wußte genau, daß sie zu spät zum Meeting mit den Kunden kommen würde. Es gab keine Möglichkeit, es noch rechtzeitig zu schaffen.

Sie war wenigstens noch aufgetaucht, solange die Kunden noch da waren. Die Begeisterungsrufe der Kunden über ihre Fotos hatten Duncan wieder versöhnt. Außerdem hatte sie ihm am nächsten Morgen noch einen Limonenkuchen von Dean & DeLuca's mitgebracht, und damit wäre die Sache eigentlich erledigt gewesen. Das Leben ging weiter. Zur Hölle mit Lukes Ex-Frau.

Aber dann tauchte Jackie tags darauf im Studio auf, während Isabel gerade wieder in der Dunkelkammer zu tun hatte. Sie hatte für einen Moment das Licht angeknipst, um ein paar Fotos zum Trocknen aufzuhängen, und plötzlich stand Jackie in der Tür. Isabel traute ihren Augen nicht. Es lag bestimmt daran, daß sie sich erst wieder an die Helligkeit gewöhnen mußten – und doch, da stand Jackie. ›Was macht die denn hier?‹, schoß es ihr durch den Kopf.

Jackie sagte ohne Umschweife: »Es fiel mir nicht leicht, hierher zu kommen.«

»Ich kann mich nicht erinnern, Sie eingeladen zu haben.«

Es entstand eine längere Pause. Jackie sah Isabel an, und wandte dann ihren Blick ab. Schließlich sagte sie: »Ich habe mitbekommen, was Sie gestern zu Anna und Ben gesagt haben.«

»Ich hasse es, wenn jemand lauscht.«

»Ich will nicht, daß Sie meine Fehler auf Ihre Kappe nehmen«, sagte Jackie.

»Ich habe es bestimmt nicht für Sie getan. Das können Sie mir glauben.« Isabel zuckte mit den Achseln und fuhr fort: »Da die Kinder mich ohnehin nicht ausstehen können – denn dafür haben Sie ja gesorgt –, macht es auch nichts, wenn sie denken, daß ich wieder einmal etwas vergessen habe.«

Jackie antwortete: »Sie können nicht gerade besonders gut mit Kindern umgehen. Kinder riechen es, wenn jemand keine Erfahrung hat und unsicher ist.«

»Ich brauche einfach mehr Übung.«

»Aber nicht mit meinen Kindern. Bekommen Sie doch selbst welche, dann können Sie mit denen üben.«

Isabel seufzte.

Jetzt verfolgte diese Frau sie schon bis an ihren Arbeitsplatz, um ihr Vorwürfe zu machen. Selbst in der Dunkelkammer – ihrer geheimen Zufluchtsstätte –, war sie vor Jackie nicht mehr sicher. So konnte es nicht weitergehen.

Aber Jackie ließ nicht locker. Sie wollte es wirklich genau wissen: »Also, warum haben Sie…?«

»Ich habe es für die Kinder getan.« Isabel hielt Jackies Blick stand, als sie fortfuhr: »Kinder, die so arm dran sind wie Anna und Ben, brauchen jemand, an den sie glauben können. Selbst wenn *Sie* dieser jemand sind.« Isabel wußte, daß das nicht gerade sehr freundlich klang, aber sie hegte dieser Frau gegenüber auch keinerlei freundlichen Gefühle.

Sie steckte nur wegen Luke bis zum Hals in dieser Sache. Und nicht wegen Jackie. Nicht einmal wegen der Kinder. Natürlich waren die Kinder süß – wenn sie schliefen –, und manchmal waren sie Luke so ähnlich, daß sie glaubte, sie lieben zu können. Zum Beispiel, wenn Ben wie Luke an seinen Socken roch, nachdem er sie ausgezogen hatte, oder wenn Anna wie Luke unter der Dusche Schlager sang. Aber erstens steckte Isabel bis zum Hals in diesem Schlamassel, weil sie Luke Harrison liebte, und zweitens, weil sie ein weiches Herz hatte und weil die Kinder gelegentlich bis dahin vordrangen. Sie wußte manchmal einfach, wie ihnen zumute war. Natürlich ahnten die Kinder nichts davon, daß Isabel besser als ihre Eltern nachvollziehen konnte, wie sich ein Kind fühlt, wenn es alleingelassen wird. Und wenn es Anna und Ben besser ging, weil Isabel ihre Mutter in einem guten Licht erscheinen ließ, warum nicht?

Aber Isabel konnte es nicht lassen, den Finger noch tiefer in die Wunde zu legen, um dieser selbstgefälligen Frau eins reinzuwürgen. Und sie grinste hämisch, als sie sagte: »Eigentlich ist es ja komisch. Beinahe unmöglich.«

»Was?«

»Daß Sie sie vergessen haben«, antwortete Isabel. Und dann sah sie Jackie direkt in die Augen und fragte: »Wo zum Teufel sind Sie gewesen?«

Jackie wandte den Blick ab. Isabel hatte den Eindruck, als wolle sie vom Thema ablenken, als sie sagte: »Sehen Sie, ich habe heute nachmittag noch einen Termin. Und da Luke nicht da ist, muß ich jemand anderen finden, der mit den Kindern in den Park geht.«

Isabel erwiderte spöttisch: »Und dann lassen Sie Leute vom FBI aus den Büschen hervorspringen, die Vorladungen dabeihaben! Wie viele Jahre bekommt man denn in diesem Bundesstaat für zweitklassige Betreuung von Minderjährigen?«

»Das weiß ich nicht, aber es sind bestimmt nicht genug.«

Isabel dachte, wenn Jackie nicht so eine kontrollierende Hexe wäre und ganz normale Freundschaften pflegen würde, müßte sie ihre Erzfeindin nicht um diesen Gefallen bitten. Aber Jackie war nun einmal eine kontrollierende Hexe und hatte niemanden, an den sie sich sonst wenden konnte. Aber das hieß noch lange nicht, daß Isabel ihre eigenen Pläne über den Haufen werfen mußte und sich, was Duncan anging, in noch größere Gefahr begab...

»Ich bewege mich jetzt schon auf sehr dünnem Eis«, sagte Isabel schließlich. »Als ich gestern hier rausgestürmt bin, habe ich wirklich gedacht, der Chef schmeißt mich raus.«

»Schon gut. Vergessen Sie es«, sagte Jackie und wandte sich zum Gehen.

Isabel fiel wieder ein, wie verloren die Kinder dagesessen hatten. Und sie dachte daran, wieviel Vertrauen Luke ihr entgegenbrachte, trotz ihrer Fehler. Sie seufzte und sagte dann zu Jackie: »Warten Sie, ich mach's. Ich kann die Zeit später nachholen.«

Jackie nickte erleichtert. Dann leerte sie den Inhalt ihrer Handtasche auf die Anrichte und erklärte dabei im Befehlston: »Papiertaschentücher für alle Fälle. Pflaster, wenn sie sich geschnitten haben. Neosporin, wenn sie sich erkältet haben. Tylenol, wenn sie Fieber bekommmen...«

»Warum haben Sie nicht gleich die ganze Apotheke mitgebracht?«, stichelte Isabel.

»Haben Sie eigentlich einen bestimmte Wortmenge, die Sie jeden Tag ausschöpfen müssen, oder darf ich mal aussprechen?«

Isabel sagte nichts mehr und Jackie fuhr fort: »Kennen Sie Dr. Seuss?«

»Nicht persönlich.«

Jackie gab ihr einen Notizzettel. »Hier ist ihr Stundenplan für heute nachmittag.«

Isabel nahm den Zettel und dachte, daß es eigentlich genau der richtige Moment sei, um mit Jackie über die Idee zu reden, die ihr vor zwei Tagen, morgens nach dem Aufwachen, in den Sinn gekommen war. Sie sagte: »Wo Sie nun schon einmal hier sind, möchte ich Sie fragen... Wissen Sie, ich dachte, daß es in Sachen Musik gewisse Berührungspunkte zwischen mir und Anna geben könnte. Und nächste Woche ist ein Pearl-Jam-Konzert...«

Jackie brachte sie mit einem einzigen Blick zum Schweigen. Dann sagte sie: »Sie wollen ein elfjähriges Mädchen mit zu einem Pearl-Jam-Konzert nehmen? Wo am nächsten Tag Schule ist?«

Isabel zuckte mit den Schultern und sagte: »Nun ja, nur wir beide.«

»Vergessen Sie's. Sie ist zu jung dafür.«

Isabel bemühte sich, ihre Wut zurückzuhalten. Oder war es verletzter Stolz? Konnte man nicht auf eine nette Geste eine freundliche Reaktion erwarten? In Großmutter Celies Welt hatte das so funktioniert. Aber dann sagte Isabel einfach nur: »Gut, dann nicht.«

Jackie wandte sich zum Gehen. »Ich erwarte Sie dann um fünf Uhr am Park, Ecke Fifth Avenue und 72. Straße. Und das einzige, was ich von Ihnen verlange, ist, daß Sie mir die Kinder lebend wiederbringen.«

Nachdem Lukes Ex-Frau die Dunkelkammer verlassen hatte, überlegte Isabel krampfhaft, was Jackie wohl dazu bewogen haben mochte, sich einfach so auf das Territorium ihrer Erzfeindin zu begeben und sie auch noch um einen Gefallen zu bitten. Sie zu fragen, ob sie die Kinder im Park beaufsichtigen würde. Ausgerechnet im Park! Was konnte so wichtig sein, daß Jackie über ihren eigenen Schatten sprang? Es mußte etwas besonders Wichtiges sein. Etwas, daß Jackie eine Menge bedeutete. Und was konnte das wohl anderes sein als… Liebe!

›Jackie hat eine Affaire. Jackie Harrison hat eine Affaire. Es kann nur Liebe zu einem Mann sein, die sie dazu veranlaßt, mir ihre Kinder anzuvertrauen‹, dachte Isabel.

JACKIE

Die Stille war furchtbar. Es fiel Jackie schwer, ruhig dazuliegen, während sie durch die Maschine geschoben wurde. Ihr Geist schien sich durch die Untätigkeit ihres Körpers gezwungen zu sehen, alle Möglichkeiten für ihre körperlichen Beschwerden durchzugehen. Und dabei besonders die Möglichkeiten in Betracht zu ziehen, die nicht auf kranke Zellen zurückzuführen waren.

Trotzdem kehrten ihre Gedanken immer wieder zu dieser einen Möglichkeit zurück. Und krampfhaft versuchte ihr Geist, jedesmal wieder schnell davon loszukommen, indem er sie an andere besorgniserregende Dinge denken ließ. Sich aber nirgends lange aufhielt, sondern gleich wieder weiter zum nächsten Gedanken sprang: daß Isabel nicht aufpaßte, und Ben von der Wippe fiel, und was wohl der Grund für Annas Kopfschmerzen am Morgen gewesen war. Um dann wieder abzuwägen, wie groß die Wahrscheinlichkeit war, daß es sich um Krebs handelte, daß dieser Knoten in der Brust, von dem sie niemandem erzählt hatte, wiedergekommen war.

Und sofort wanderten ihre Gedanken zu positiveren Möglichkeiten. Letztes Jahr, als sie den Knoten entfernen ließ und die Bestrahlung hinter sich hatte, hatten ihr die Ärzte versichert, daß sie wieder völlig gesund sei und es quasi unmöglich war, daß der Krebs wiederkam. Dieser Gedanke beruhigte sie erst einmal.

Dann wieder dachte sie darüber nach, daß der Krebs vielleicht doch wiedergekommen war, und daß sie sich vielleicht für immer von ihren Kindern verabschieden mußte. Dann kehrte sie zu dem zurück, was die Ärzte ihr das letzte Mal gesagt hatten, und dann wieder zu der Möglichkeit, daß der Krebs wiedergekommen war. Daß er, ganz egal, was die Ärzte dachten, da lauerte und auf sie wartete.

Ihre Gedanken wanderten immer zwischen Angst und Hoffnung hin und her.

Diese Maschine könnte zwar nie ihre Gedankengänge nachvollziehen, aber sie würde schließlich feststellen, wie ihre Chancen standen. Vielleicht wußte sie es schon. Die Maschine schien leise mit sich zu reden, Ergebnisse durchzugeben, während sie tief in Jackie hineinsah, durch ihre Haut bis ins Knochenmark und in die Organe. Die Maschine wisperte leise mit Jackies Blut, und es erzählte ihr, was es wußte. Und Jackie fühlte das Blut ganz kalt in ihren Adern fließen, überall hin, bis sie am ganzen Körper zitterte. Und sie dachte, das Zittern würde nie mehr aufhören.

Auch nachdem sie das dünne Krankenhausleibchen gegen ihre eigenen dicht gewebten und vertrauten Kleider getauscht hatte, zitterte sie noch. Sie glaubte, ihr würde nie wieder warm werden. Aber als sie bei der Ärztin im Büro saß und ihr ins Gesicht sah – nur ganz kurz –, wurde ihr plötzlich ganz heiß. Sie hatte das Gefühl, als habe sie Säure geschluckt, die sich nun durch ihren Körper fraß.

Dr. Sweikert war eine freundliche Ärztin. Aber sie war wie eine gute, aufrichtige Freundin, die die Wahrheit nicht vor einem verbergen konnte. Und manchmal war die Wahrheit nicht angenehm.

»Hat es Metastasen gebildet?«

Die Ärztin nickte.

»Aber ich habe mich doch an alles gehalten.« In dem Moment, als sie es aussprach, wußte Jackie, daß es ein ganz sinnloser Einwurf war. Und dumm dazu.

»Wir haben mit dem Computertomographen ein paar Knötchen entdeckt«, sagte Dr. Sweikert. »Und die Untersuchung Ihres Lymphdrüsengewebes war positiv. Drei Ihrer Lymphknoten sind befallen.«

»Aber letztes Mal...« Manchmal konnte sie die Frau in sich, die erwartete, daß die Medizin, die Ehe und das Leben logisch waren, einfach nicht zurückdrängen. »Sie haben doch gesagt, daß Sie alles erwischt hätten. Vielleicht täuschen Sie sich jetzt wieder. Letztes Mal haben Sie gesagt, daß es... Und jetzt...«

»Letztes Mal war vor einem Jahr.« Die Ärztin machte eine Pause. Diese Situation war auch für sie nicht leicht, auch wenn sie schon oft solche Fälle gehabt hatte. Jackie sah es ihr an.

Dr. Sweikert sagte schließlich: »Damals war es ein winziger Knoten und wir haben ihn mit Bestrahlung behandelt. Wir haben gedacht, wir hätten alles erwischt. Wir haben es gehofft. Aber es gab keine Garantien.«

Jackie bekam kaum noch Luft. Ihre Kehle war wie zugeschnürt. Aber sie wollte tapfer sein. Sie wollte Ruhe bewahren, sich unter Kontrolle halten. Sie hatte es immer bewundert, wenn Leute, die ernsthaft krank waren, tapfer waren, hatte den Edelmut des Geistes bewundert, der einen über den Schrecken der Umstände erheben konnte. Aber eigentlich wollte sie weinen: Denn sie wollte leben.

»Aber man kann doch etwas dagegen tun?« Sie sah die Ärztin über den Schreibtisch hinweg an, sah ihr in die Augen, bettelte um Hoffnung. »Es gibt doch Leute, die es schaffen. Nicht wahr?« fragte Jackie, »immer wieder.«

Dr. Sweikert verpaßte ihren Einsatz nicht, nickte und sagte: »Jeden Tag. Immer mehr.«

Jackie schluckte die Tränen hinunter, die ihr plötzlich die Kehle hochstiegen. Die Möglichkeit, daß es vielleicht Hoffnung gab, hatte sie weich gemacht. Sie durfte hoffen. Hoffen! »Was geschieht also als nächstes? Werde ich wieder Bestrahlung bekommen?«

Dr. Sweikert schüttelte den Kopf und sagte: »Chemotherapie.«

Jackie fühlte sich wie vor den Kopf geschlagen. Diese Art Hoffnung hatte also Grenzen. »Das ist wohl nötig, oder?«

»Wir sollten es richtig angehen und das sicherste Mittel wählen.«

Jackie nickte und sah auf ihre Armbanduhr. Sie wollte hier raus. Warum brauchte sie eigentlich die Uhrzeit als Entschuldigung? Ein Grund war so gut wie jeder andere, um hier endlich rauszukommen. Sie hatte noch viel Zeit bis es fünf Uhr war. Und doch sagte sie zur Ärztin: »Sie werden mich entschuldigen, ich muß meine Kinder jetzt abholen.«

Die Ärztin sah Jackie eindringlich an und sagte mit ernster Stimme: »Sie sollten es aber Ihrem Mann dieses Mal sagen.«

Jackie schüttelte den Kopf und sagte: »Was nützt es schon, wenn er oder meine Kinder Angst um mich haben? Davon werde ich nicht gesund.«

»Früher oder später müssen Sie es Ihnen sagen«, sagte die Ärztin sanft und freundlich. »Es wird sich nicht vermeiden lassen. Bitten Sie ihn doch, mit Ihnen abends essen zu gehen.«

»Man belastet andere nicht, wenn es nicht unbedingt sein muß. Mit diesem Grundsatz bin ich aufgewachsen, Frau Doktor.«

Dr. Sweikert nickte. Sie schien zu verstehen, aber ihre

Augen sprachen eine andere Sprache. Sie schienen Jackie sagen zu wollen: *Nun hören Sie mir aber mal zu!* Und dann bekräfigte Dr. Sweikert ihre Ansicht noch einmal verbal, indem sie sagte: »Gehen Sie mit ihm essen.«

LUKE

Luke dachte, daß es sich ganz gut traf, daß Jackie ihn gebeten hatte, mit ihm essen zu gehen, um etwas zu besprechen. Auch er mußte ihr etwas sagen. So mußte er sie schon nicht anrufen und einen Termin ausmachen. Oder er wäre unter einem windigen Vorwand nach Nyack gefahren, und sie wäre auf der Hut gewesen, hätte seinen Motiven mißtraut.

Aber was waren ihre Gründe für das Essen? Was es auch sein mochte, auf diese Art konnte er seine Neuigkeiten mit dem tarnen, was sie mit ihm besprechen wollte – daß Isabel ihr Diaphragma im Waschbecken liegengelassen und Anna es gefunden hatte, oder daß die Kinder Bonbons von Isabel bekamen, die ungesund waren, oder daß Isabel ausgerutscht war und das schreckliche Wort mit S gesagt hatte, so daß es Ben hören konnte – das Plappermäulchen.

Nur – mit Jackies Worten würde es sich so anhören, als ob Isabel dem Jungen befohlen hätte sich hinzusetzen, und ihn solange gezwungen hatte, das Wort zu wiederholen, bis es ihm nicht mehr aus dem Sinn ging. Aber in Wirklichkeit hatte sie sich lediglich den Zeh an einem metallenen Blumenständer gestoßen, kurz geflucht, und Ben, der mit gespitzten Ohren unten in der Halle saß – quasi am anderen Ende des Lofts –, hatte es begierig aufgeschnappt.

Irgendwie machte es ihn nervös, Jackie gegenübertreten zu müssen. Manchmal hatte er das Gefühl, daß sie nicht nur die Mutter seiner Kinder, sondern auch seine eigene Mutter war. Das hatte man nun davon, wenn man jahrelang mit einem Menschen lebte. Die Jahre, in denen man allmählich lernte, wer man war und wer man sein würde. Man orientierte sich an der Person, mit der man zusammenlebte, beurteilte sich schließlich mit den Augen des anderen. Das war doch der eigentliche Grund für ihre Trennung gewesen. Ihr Problem!

Aber warum behielt man dieses Muster danach immer noch bei? Warum hatte Jackie immer noch soviel Einfluß auf ihn? Diese Frage konnte er sich nicht beantworten. Es damit zu erklären, daß es der Kinder wegen geschah, traf die Sache nicht ganz.

Er und Jackie trafen sich in einem französischen Restaurant, wo sie, als sie noch verheiratet waren, oft hingegangen waren. Es gab einen Kamin und eine Theke wie in einem Pub. Und vor Jahren, als sie noch in ihrem engen Apartment auf der West Side wohnten, hatte Jackie gesagt, daß man in diesem Restaurant das Gefühl habe, nach Hause zu kommen. Es war genauso gemütlich und heimelich wie ein richtiges Zuhause. Und die Atmosphäre war ganz anders als in ihrem schrecklichen Apartment mit den zwei Zimmern, der Kochnische und dem Bad ohne Fenster. Dieses Restaurant war einer der Gründe, warum Jackie sich Jahre später in den Kopf gesetzt hatte, nach Nyack zu ziehen. Er war dagegen gewesen. Aber schließlich hatte sie sich durchgesetzt.

Als er ins Restaurant kam, wartete Jackie schon. Sie saß in der Nähe des Kamins und hatte einen Longdrink bestellt. Sie nickte ihm freundlich zu, als sie ihn kommen sah.

»Du siehst hübsch aus«, sagte er zur Begrüßung und beugte sich zu ihr, um ihr einen Kuß auf die Wange zu geben.

Sie sah wirklich gut aus. Das Burgunderrot ihrer Kleidung harmonierte hervorragend mit dem Kastanienbraun ihrer Haare, und der Feuerschein im Kamin hatte eine sanfte Röte auf ihre Wangen gezaubert. Sie wirkte viel jünger als sonst.

Aber vielleicht sah er sie an diesem Abend mit anderen Augen, weil er so aufgeregt war. Er hatte sich endlich ein Herz gefaßt und das angepackt, wovor er sich schon so lange gefürchtet hatte. Heute abend würde er es hinter sich bringen. Er nahm einen Schluck von Jackies Cocktail und bedeutete der Kellnerin, daß er den gleichen wollte. In sich fühlte er schon den Energieschub, wie immer zu Beginn eines Wettkampfes oder eines Wortgefechts, wenn er wußte, daß er da durch mußte, und um jedes Wort feilschen mußte, um sein Ziel zu erreichen.

Er sagte: »Ich bin froh, daß du angerufen hast, weil ich dir auch etwas sagen muß.«

Sie war überrascht, das zu hören, lächelte aber und sagte: »Gut.«

»Du zuerst«, sagte er.

»Nein, du.«

»Nein, fang du an.«

Sie mußten lachen. Er legte die Hände auf den Tisch und sagte ohne Umschweife: »Ich werde Isabel heiraten.«

Jackie wollte sich nichts anmerken lassen, aber ihre Gesichtszüge zuckten beim Versuch, den Gesichtsausdruck anzunehmen, der ihrer momentanen Verfassung entsprach. Aber er hätte nicht sagen können, wie es wohl in ihr aussah.

Stattdessen fuhr er fort: »Ich weiß, daß du nicht viel von ihr hältst. Aber sie ist ein ganz besonderer Mensch. Das ist sie wirklich.«

»Warum erzählst du mir das?«, fragte Jackie, aber ihre Stimme klang freundlich, vielleicht ein wenig skeptisch.

»Weil ich möchte, daß du mir dein okay gibst.«

Sie setzte sich ganz aufrecht hin und sagte stolz: »Du brauchst meine Zustimmung nicht.«

»Aber die Kinder.«

Die Kellnerin brachte sein Getränk und fragte, ob die beiden sonst noch einen Wunsch hätten. Luke, der mittlerweile ziemlich angespannt war, antwortete: »Ja, ein bißchen weniger Service.« Woraufhin sich die Kellnerin zurückzog.

Luke seufzte. Dieses Gespräch mußte unbedingt gut verlaufen. Sein ganzes Glück hing davon ab: seine Zukunft mit Isabel. Isabel akzeptierte und liebte ihn, so wie er war, mit all seinen Fehlern. Und er durfte nicht riskieren, sie zu verlieren. Nach dieser Sache mit Ben hätte sie ihn beinahe verlassen. Und jetzt mußte er ihr beweisen, daß er ihr völlig vertraute – was seine Kinder anging, was ihn anging und was den Rest seines Lebens anging. Er brauchte Isabel, und er mußte ihren Platz neben ihm sichern – und seinen neben ihr.

Das konnte er Jackie natürlich nicht sagen. Und trotzdem brauchte er ihre Hilfe. Anna und Ben orientierten sich an ihrer Mutter, und wenn Jackie wußte, daß es ihm mit Isabel ernst war, würde sie es Isabel und ihm vielleicht ein bißchen leichter machen. Möglicherweise konnte sie sich irgendwann sogar mit dem Gedanken anfreunden oder sich zumindest daran gewöhnen, daß Isabel jetzt zur Familie gehörte. Vielleicht konnte Jackie dazu beitragen, daß sich auch die Kinder allmählich daran gewöhnten.

»Sieh mal«, sagte er, »es wird schwer für die Kinder sein. Und ich glaube, wir sollten es ihnen deshalb zusammen sagen.«

»Um es den Kindern leichter zu machen oder dir?«, fragte Jackie. Eine gewisse Schärfe hatte sich in ihre Stimme geschlichen.

Er sah sie einfach nur an.

Und sie fuhr fort: »Du kannst nicht auf einmal *wir* sagen, nur weil *du* es so willst. Du kannst diese Karte nicht nur ausspielen, wenn es dir gerade in den Kram paßt.«

»Wir…«

»*Wir* war einmal.« Ihre Stimme klang jetzt hart und unerbittlich.

Er konterte: »*Wir* werden jetzt und in Zukunft ihre Eltern sein.«

Sie sah erst nach unten und dann zur Seite, über seine Schulter ins Feuer. Ihr Gesichtsausdruck veränderte sich allmählich, und als sie wieder etwas sagte, hörte sich ihre Stimme sanft an. Es war die Stimme der Jackie von damals. Jener Jackie, die er schon sehr, sehr lange nichts mehr gehört hatte. Und sie klang feierlich, vielleicht sogar ein bißchen traurig, aber überhaupt nicht kämpferisch, als sie sagte: »Warum glaubst du, daß diese Ehe besser funktionieren wird als unsere?«

Dieses Mal war er es, der ihrem Blick auswich.

Sie seufzte tief. Und er hatte das Gefühl, als ob ihr Seufzer ihm die Luft zum Atmen nahm. Aber er konnte ihr diese Frage nicht beantworten.

Eine ganze Zeit lang saßen sie so da und starrten in ihre Gläser. Er hatte ihr nicht wehtun wollen. Das war das Letzte, was er erreichen wollte. Er wollte ihre Hilfe. Aber sie war immer so darauf bedacht, wie eine Festung zu wirken, daß er ganz vergessen hatte, daß sie diese Mauern nur errichtete, um ihren weichen Kern zu schützen. In Wirklichkeit war sie sehr verletzlich. Er hatte es vergessen, weil es bequem für ihn war. Er wußte genau, daß sie immer noch an ihm hing, sich immer noch um ihn sorgte, daß er sie immer noch verletzen konnte. Auch wenn sie es meist nicht zeigte. Er konnte den Ausdruck in ihren Augen nicht ertragen. Und er haßte es, der Grund dafür zu sein, daß sie traurig war.

»Wie steht es mit deinen Neuigkeiten?« fragte er

schließlich und versuchte so, wieder auf sicheres Terrain zu gelangen.

Sie lächelte schwach, sah ihm in die Augen und schüttelte langsam den Kopf. Dann sagte sie mit gepreßter Stimme: »Freuen wir uns lieber über deine Neuigkeiten.«

ISABEL

Es war wie ein schöner Traum: Luke küßte sie und das frühmorgendliche Licht fiel durch die Fenster des Lofts. Vielleicht ein bißchen zu früh für einen Samstagmorgen. Aber Luke war schon seit einiger Zeit auf und geisterte in Boxershorts und T-Shirt durch die Wohnung. Es roch nach Kaffee, und er war noch einmal ins Bett gekommen, um ihr einen Kuß zu geben. Sie öffnete die Augen, lächelte ihn kurz an, um die Augen sofort wieder zu schließen.

Aber er ließ sie nicht weiterschlafen, sondern murmelte mit dem Mund dicht über ihren Lidern: »Wach auf! Wach auf, mein Liebling!« Sie war sich nicht sicher, ob sie dem Tag jetzt wirklich schon entgegentreten wollte. Nur noch ein bißchen schlafen! Es war so schön, einfach nur dazuliegen, das Licht zu genießen und sich von Luke liebkosen zu lassen. »Wach auf, Süße«, wiederholte er eindringlich.

Schließlich setzte sie sich ganz langsam auf und sah ihn an. Aber ihre Augen waren noch so schlafverhangen, daß sie ihn nur undeutlich erkennen konnte. Für einen winzigen Moment überlegte sie, wie man diesen Effekt beim Fotografieren wohl künstlich erzeugen konnte – einen Schlaffilter. Aber sie war noch nicht wach genug, um eine Lösung zu finden.

Luke beobachtete sie lächelnd und dann gab er ihr eine kleine schwarze Schachtel. Sie überlegte, was wohl der

Grund für dieses Geschenk sein mochte, und dann kam ihr eine Idee. Erwartungsvoll öffnete sie die Schachtel.

Als sie darin aber nur ein Stück braunen Zwirn entdeckte, sah sie ihn fragend an.

Und Luke sagte: »Ich bin der Meinung, wenn zwei Menschen ihren weiteren Lebensweg miteinander gehen wollen, dann bedarf es einer gewissen Festigkeit...« Bei diesen Worten knotete er das eine Ende des Fadens ganz vorsichtig um ihren Finger und behielt das andere Ende in der Hand.

Sie sah erst auf den Faden an ihrem Finger und dann in seine Augen: Wenn er sie so ansah wie jetzt, wurde ihr immer ganz warm ums Herz.

»Man muß sich aneinander festhalten«, erklärte er. »Und so fest wie dieser Zwirn soll unsere Beziehung sein.«

›Oh, Luke‹, dachte sie, ›oh, Luke, ja, ja, ja‹.

»Ich habe es einmal zugelassen«, fuhr er fort, »daß dieser Faden riß. »Das passiert mir kein zweites Mal«. Seine Stimme klang sehr ernst. Dann hob er sein Fadenende hoch und ließ einen mit Diamanten besetzten Verlobungsring daran entlanggleiten. Der Ring rutschte langsam den Faden hinunter und schließlich auf Isabels Finger. Er war wunderschön. Und wie er funkelte!

Aber der Ring war nichts gegen den Ausdruck in Lukes Augen, die sagten: ›Ich weiß, was du willst, und ich will es auch. Koste es, was es wolle.‹ Es war ihm egal, wie schwierig es sein würde, und es war ihm egal, ob sie Fehler machte oder ob er Fehler machte – er wollte sie für immer.

»Ich werde den Faden auch nicht reißen lassen«, sagte sie, und er lächelte, nahm sie in die Arme und küßte sie, als solle der Kuß das Versprechen besiegeln, das sie sich soeben gegeben hatten. Ihr Treuegelöbnis!

JACKIE

Es war einer dieser Tage, an denen der Wind den Wandel herbeiträgt, ein Tag, an dem man das Gefühl hat, man werde sich schon bald schmerzlich nach dem Moment zurücksehnen, den man gerade lebt.

Jackie harkte Blätter auf dem Rasen zusammen und genoß die immer noch wärmende Kraft der Spätsommersonne. Aber mehr und mehr gewannen kältere Luftströmungen die Oberhand, die von Norden hereindrängten – als brächte der Hudson sie mit sich.

Die Bäume hatten kaum noch Blätter und ließen nun viel mehr Licht durch. Und die verbliebenen Blätter leuchteten in allen möglichen Herbstfarben.

Jackie machte einen Moment Pause, sah hoch und bewunderte den Kontrast zwischen dem Blau des Himmels und den verschiedenen Messing- und Rosttönen der Blätter. Sie versuchte, sich diesen Anblick ganz genau einzuprägen. Sie wollte sich daran erinnern können. Sie wollte dieses Licht in sich aufnehmen, damit es immer in ihr weiterleuchtete, auch morgen noch und nächstes Jahr.

Sie wollte daran glauben, daß es für sie eine Zukunft gab. Und an einem Tag wie diesem schien es ihr möglich. Nicht nur die Jahreszeiten wechselten, alles war ständig im Umbruch. War nicht die stetige Veränderung die wahre Konstante im Leben?

Heute morgen waren Anna und Ben zu ihr ins Bett gekommen, und sie hatten über die Halloween-Kostüme gesprochen, die Jackie für sie nähen sollte. Alle Jahre wieder, wenn Halloween vor der Tür stand, kamen sie zu ihr und berichteten ihr von der Kostümidee, die sie beim Einschlafen gehabt hatten. Und Jackie sagte ihnen dann, ob es machbar war oder nicht. Wenn es um Klamotten ging, war Jackie so etwas wie der Designer ihrer Träume.

Und wenn es irgend ging, machte sie für ihre Kinder das Unmögliche möglich.

Sie hatten solange über die Kostüme geredet, bis sie der Hunger aus dem Bett trieb. Und als sie aufstanden, hatte Ben wild rumgequietscht, weil es so kalt im Haus war. Und sie waren auf Zehenspitzen über den gekachelten Boden im Bad gegangen.

»Seht nur, da ist schon Rauhreif auf den Kürbissen«, hatte Anna begeistert geschrien. Das war der Startschuß für das alljährliche Zeremoniell anläßlich des ersten Frostes. Und Ben hatte gesagt: »Es wird Zeit, es wird Zeit.« Und dann waren sie nach unten gegangen, um die ersten Kürbis-Muffins der Saison zu backen. Anna mischte die trockenen Zutaten, Jackie die feuchten, und Ben füllte die Muffin-Förmchen (und naschte dabei ein paar Schokoladenchips). In ihrer Familie war es Tradition, am ersten richtig kalten Wochenende im Herbst Kürbis-Muffins zu backen.

›Das ist es, was ein Leben ausmacht‹, dachte Jackie, ›die immer wiederkehrenden Rituale, die im Zeitstrom verankert sind‹. Die Menschen teilen ihr Leben nicht so sehr nach Wochen und Monaten ein, sondern orientieren sich an den immer wiederkehrenden festlichen Ereignissen, auf die sie sich freuen können und an die sie sich danach gern erinnern: Dinge, die immer die gleichen bleiben, ganz egal wie sich alles andere verändert. Das Leben besteht aus Träumen und selbstgemachten Halloween-Kostümen und dem Backen von Kürbis-Muffins und dem Pflanzen von Tulpenzwiebeln im Vorgarten. Es besteht daraus, daß man an dem Abend, an dem der Kamin das erste Mal angemacht wird, Plätzchen ißt, und daß man Popcornketten für den Weihnachtsbaum aufreiht.

Väter konnten kommen und gehen, sogar Mütter, aber die Jahreszeiten mit ihren immer wiederkehrenden Feiertagen brachten ihre eigenen Erwartungen mit sich. Es würde immer die gleichen Augenblicke geben, die in der Tradition verhaftet waren.

Am Nachmittag harkten Jackie und die Kinder eine Zeit lang Blätter zusammen. Und dann wollte Ben unbedingt schaukeln, und Anna sollte ihn anschubsen. Als er auf der Schaukel saß, hörte er überhaupt nicht mehr auf zu lachen, und es war, als ob sein Lachen wie eine unendliche Luftschlange aus ihm herausquirlte und sich – seinen Bewegungen folgend – hinter ihm herzog.

Jackie schloß die Augen und versuchte, dieses Lachen in ihrem Gedächtnis zu bewahren.

Es war verrückt, so früh im Herbst schon Blätter zusammenzukehren. Das waren noch lange nicht die letzten, und eigentlich war es doppelte Arbeit. Aber Jackie harkte trotzdem weiter, nur damit sie draußen in der Sonne und bei ihren Kindern sein konnte. Die Ärztin hatte ihr versichert, daß sie alles in ihrer Macht Stehende tun würde. Und Jackie war entschlossen, ihr dabei zu helfen. Aber das Wichtigste für sie war, jetzt jeden Moment auszukosten.

Natürlich erkannte Ben sofort, wozu der große Blätterhaufen gut war, und sprang hinein.

»Du machst ihn kaputt«, schimpfte Anna, »stimmt doch, Mami?«

»Ja«, sagte Jackie und warf sich ebenfalls hinein, wobei die Blätter über ihr zusammenschlugen. Dann ließ sich auch Anna in die Blätter fallen und kicherte.

Dieses Bild bot sich Luke, als er in den Garten kam. Man hätte glauben können, es sei ein Tag wie jeder andere, und Luke wäre gerade im Computerladen oder beim Reifenhändler gewesen. Er hätte auch gerade aus der Stadt kommen können, weil er am Samstag noch etwas im Büro zu tun gehabt hatte. Aber seine Kinder setzten sich erstaunt auf, als sie ihn entdeckten, und ihm wurde wieder bewußt, daß er schon lange nicht mehr hierhergehörte.

Jackie sah auch, wie überrascht die beiden waren. Sie hätte ihnen sagen sollen, daß er vorbeikam. Aber dieser Tag hatte seinen eigenen Rhythmus. Und nun war Luke plötzlich da, als ob Ben ihn hergezaubert hätte.

Er grinste die Kinder an, und die Kinder sahen fragend zu ihrer Mutter. Jackie grinste zurück, um ihnen zu zeigen, daß alles in Ordnung war.

Trotzdem war Anna mißtrauisch, als sie alle zusammen auf die Veranda gingen und sich in die Korbstühle setzten. Und sie fragte ihre Eltern: »Wieso benehmt ihr euch so komisch?«

»Was meinst du damit?«, fragte Jackie, die dabei war, die Blätter aus ihrem Haar zu zupfen.

»Ihr beide lächelt viel zuviel.«

›Vielleicht hat Anna recht‹, dachte Jackie. Noch vor einer Woche, war sie sich nicht sicher gewesen, ob sie diesem Familientreffen irgend etwas Positives abgewinnen könnte. Aber heute erschien es ihr einfach. Sie hatte den Eindruck, als gäbe es nichts Einfacheres, als den Kindern die Neuigkeit mit Isabel zu erzählen. Die Sache mit Isabel war eine leichte Übung. Damit konnte man zurechtkommen und leben. Das war viel, viel leichter, als ihnen zu sagen, daß ihre Mutter krank war.

Es war schon merkwürdig. Plötzlich war Luke wieder bei ihnen, und sie saßen alle zusammen auf der Veranda, obwohl es so kalt war, daß man schon Winterjacken anhaben konnte. Die Veranda war etwas für den Sommer. Sie hätten hineingehen können, wo es warm war und das Feuer im Kamin prasselte. Aber die frische Luft tat gut, und Jackie wollte nicht ins Haus gehen.

Sie tat den ersten Schritt, um ihre Kinder auf die Neuigkeit mit Isabel vorzubereiten, indem sie sagte: »Wißt ihr, das Interessanteste am Leben ist die Tatsache, daß sich ständig etwas verändert.« Und Luke fügte hinzu: »Erinnert ihr euch noch daran, als wir uns scheiden ließen?«

»Und wir haben das alles gemeinsam durchgestanden«, sagte Jackie.

Ihre beiden Kinder saßen völlig verängstigt auf der Bank, als ob sie damit rechneten, jeden Augenblick von Kugeln durchsiebt zu werden. Jackie konnte nicht ertragen, sie so dasitzen zu sehen – den Launen ihrer Eltern und den Unbilden des Lebens ausgeliefert.

»Nun«, sagte Luke, »es wird sich wieder etwas ändern.«

»Ich hab's doch gleich gewußt«, sagte Ben, »ich wußte, daß ihr wieder zusammenkommt.«

Anna bemerkte, wie sich ihre Eltern ansahen, und wußte sofort Bescheid. »Nein«, sagte sie, «das werden sie nicht.«

»Was?«, frage Ben erstaunt, als ob er der einzige sei, den man nicht eingeweiht hatte.

»Daddy wird Isabel heiraten«, verkündete Anna äußerst bissig.

Ben war kurz davor zu weinen und sah seinen Vater fragend an. Luke nickte nur.

Anna wurde rot: wie immer erst an der Nase, und dann breitete sich die Röte über ihr ganzes Gesicht aus. Jackie legte beruhigend den Arm um ihre Tochter und sagte: »Reg dich nicht auf…«

»Ich bin nicht aufgeregt«, sagte Anna wütend. »Was hab' ich damit zu schaffen? Ich meine, es hat mich auch niemand gefragt, als ihr euch scheiden ließt. Niemand hat mich gefragt, ob ich überhaupt eine neue Mutter haben wollte. Ihr habt mich noch nicht einmal gefragt, ob sie mir gefällt. Wenn ihr euch nicht darum kümmert, ob unsere Familie zusammenbleibt, warum sollte ich es dann?«

»Daddy und ich haben uns wirklich bemüht«, erklärte

Jackie, »wir haben versucht, miteinander auszukommen.«

»Nein, das habt ihr nicht«, platzte Ben heraus. »Ihr habt euch nur angeschrien. Ich hab's gehört! Ihr habt nicht einmal versucht, euch anständig auszudrücken.« Als er das sagte, blickte er abwechselnd seine Mutter und seinen Vater an. Dann sah er noch einmal ganz langsam zu seiner Mutter und dann zu seinem Vater und fragte: »Wie soll ich sie jetzt nennen?«

Jackie sah Luke an, der tröstend einen Arm um Ben legte.

»Kinder«, versuchte Jackie die beiden zu beruhigen, »Isabel wird doch nicht eure neue Mutter...« Als sie das sagte, betete sie inständig, daß sie in dieser Beziehung immer recht behalten würde.

»Nein«, warf Luke ein, »bei dieser Sache geht es um mich... Es ist mir sehr wichtig, wißt ihr. Aber das ändert nichts an meinen Gefühlen für euch.«

Weder Anna noch Ben sahen so aus, als ob sie ihren Eltern ein Wort glaubten.

Jackie kniete sich vor sie hin, sah von einem Kind zum anderen und sagte dann: »Das Leben ist nicht so einfach, wie man es sich wünscht. Es gibt viele Dinge, mit denen man erst einmal fertig werden muß. Das Leben ist auch nicht immer gerecht. Aber wir haben immerhin die Möglichkeit, etwas zu verbessern. Diese Möglichkeit sollten wir nutzen und es nicht noch schlimmer machen.«

»Und wie?«, wollte Anna wissen.

»Indem wir uns die guten Seiten von Isabel vor Augen halten. Indem wir erkennen, daß sie das Leben eures Vaters bereichert. Daß sie auch euer Leben bereichert.«

Anna starrte ihre Mutter ungläubig an – sogar Luke war erstaunt, sie so reden zu hören. Das hatte sie nicht erwartet. Nicht von ihrer Mutter. Aber das war die erste

Lektion, die sie lernen mußte, und die leichteste. Es war wichtig, daß sie verstand…

Jackie fuhr fort: »Denn in jeder Familie kommt irgendwann einmal eine Zeit, in der man ganz besonders zueinander halten muß.« Dann strich sie Anna sanft übers Haar.

Anna sah sie jetzt ganz ruhig an – als ob sie verstanden hätte, was ihr Mutter damit ausdrücken wollte – und sagte: »Ich werde immer für dich dasein, Mami.« Sie sagte das so aufrichtig und spontan, daß Jackie unwillkürlich daran denken mußte, wie Anna ihr schon einmal etwas Ähnliches gesagt hatte.

Damals – Anna war noch ein ganz kleines Mädchen – hatte ihre Tochter in der Badewanne gesessen und ganz unvermittelt gesagt: »Mami, ich werde dich immer liebhaben. Am allerliebsten von allen.«

Das war ihr kleines Mädchen, ihre Anna!

Jackie nahm sie in den Arm und sog tief den salzigsüßen Geruch ein, der von der ihr so vertrauten Stelle im Haar ihrer Tochter ausging. Und sie sagte: »Ich verlaß mich darauf, mein Schatz.«

ISABEL

Luke mußte noch irgendein Problem im Gericht klären und würde erst später nach Hause kommen. Ben war schon nach der Hälfte des »Stinkenden Käsemannes« – den Isabel mittlerweile auswendig kannte – eingeschlafen und Anna arbeitete an einer Sache für den Kunstunterricht. Da Ben schlief und auch der kleine Welpe sich zusammengerollt hatte und vor sich hindöste, war es ganz ruhig im Loft geworden, und Isabel konnte noch ein bißchen was fürs Studio tun.

In der prä-Lukeschen Ära war sie einfach bis Mitternacht im Büro geblieben, wenn noch dringend etwas fertigzumachen war. Cooper und sie hatten sich malaiisches Essen und Bier kommen lassen, laut Musik gehört – am Anfang Pearl Jam und später dann Coltrane. Und schließlich, wenn sie vor Erschöpfung fast einschliefen, hatten sie sich zum Wachbleiben von ihrer ersten Liebe, unmöglichen Chefs und ihren zerbrochenen Beziehungen erzählt – wie zwei Mädchen bei einer Mitternachtsparty.

Isabel saß vor ihrem Laptop. Als sie an diese durchwachten Nächte im Studio dachte, seufzte sie so laut, daß Anna von ihrem Bild aufsah. Und Isabel zwang sich, sich wieder auf ihre Arbeit zu konzentrieren. Sie saß an einer Fotomontage. Es war etwas völlig Normales geworden, Fotos am Computer nachzubearbeiten. Aber sie war auf einen ganz speziellen Effekt aus, den sie irgendwann vor längerer Zeit schon einmal realisiert hatte. Sie konnte sich aber nicht mehr erinnern, ob sie dabei Photoshop oder ein anderes Bildbearbeitungsprogramm benutzt hatte.

Nach einiger Zeit hörte sie, wie Anna seufzte und leise vor sich hin fluchte. Isabel glaubte ein Schimpfwort gehört zu haben, das Anna bestimmt von ihr hatte, und sah auf. Anna schien mit ihrem Bild überhaupt nicht zufrieden zu sein.

Isabel ging zu ihr hin. Da sie keine Schuhe trug, hörte man ihre Schritte kaum. Sie kniete sich neben Anna und fragte: »Was ist denn los?«

»Nix,« erwiderte Anna kurz angebunden.

»Sag schon«, ermunterte sie Isabel.

Anna seufzte noch einmal und sagte dann: »Ich krieg's einfach nicht hin, daß die Blätter echt aussehen.«

Isabel besah sich das Bild. Anna hatte eine Ansicht vom Central Park gemalt. Eigentlich war es ziemlich gut. Aber es fehlte etwas. Isabel sah sofort, was es war und wie man es ändern konnte. Aber sie wußte nicht, wie Anna darauf reagieren würde, wenn sie ihr ihre Hilfe anbot. Das Mädchen reagierte immer noch allergisch auf sie, und bestimmt würde Anna keinen ihrer Vorschläge akzeptieren. Aber ein Versuch konnte nicht schaden, deshalb fragte sie Anna: »Hast du was dagegen, wenn ich es mal versuche?«

Anna antwortete nicht gleich. Sie schien über Isabels Angebot nachzudenken. Schließlich zuckte sie die Achseln und sagte: »Ich hab's sowieso schon vermasselt.«

Isabel zog das Bild zu sich heran, nahm Anna den Pinsel aus der Hand und tauchte ihn in das Orange im Malkasten. Dann tupfte und wischte sie hier und da ein paar Tupfen Orange auf das ballonartige Etwas über dem Stamm von Annas Baum. Und jedes Mal, wenn sie einen Strich auf das Bild malte, machte sie »*Schhh*«. Und schließlich sah der Baum richtig echt aus.

Anna sagte: »Cool,« und lehnte sich etwas weiter über das Bild, um zu sehen, wie Isabel das gemacht hatte. Dann fragte sie: »Wo hast du das gelernt?«

Isabel zuckte mit den Schultern und lächelte: »Ich habe ein paar Kunststunden besucht, als ich an der Uni war.« Sie schob Anna das Bild wieder hin und sagte: »Nun versuch du's.«

Anna probierte die Technik aus – am Anfang ein wenig zögerlich. Isabel sah ihr eine Weile zu und sagte dann: »Es hilft, wenn du *Schhh* dazu machst.«

Anna machte »Schhh« und war dann ganz in ihr Malen vertieft. Isabel lächelte zufrieden.

Sie wollte sich gerade wieder an ihren Laptop setzen, als sie ein »Hey!« hörte. Isabel drehte sich um, und Anna sagte artig »Danke«. Dabei rang sie sich ein winziges Lächeln ab.

Isabel nickte ihr freundlich zu und dachte: *Auch wenn das Lächeln noch so klein ist – es ist immerhin ein Anfang.*

JACKIE

Letzte Nacht war sie lange aufgeblieben. Sie hatte genäht, bis ihr die Augen beinahe zufielen und sie so angespannt war, daß sie ihr Herz schlagen hörte. Das war typisch für sie: Ihr Wille, etwas zu erreichen, war so stark, daß sie darüber die Zeit vergaß und gar nicht merkte, wie erschöpft sie eigentlich war.

Aber dieses Jahr durfte sie die Kinder auf keinen Fall enttäuschen, deshalb hatte sie ihre Halloween-Kostüme unbedingt noch fertigmachen wollen. So konnte sie sie ihnen geben, wenn Isabel die beiden am nächsten Morgen brachte.

Als Ben sein Kostüm sah, hatte er sofort laut gerufen: »Genau so hab' ich's mir vorgestellt! Genau so!« Und dann war er ihr vor Freude um den Hals gefallen.

Bens Kostüm stellte ein Kaninchen dar, das aus dem Hut gezaubert wurde. Und Anna war Elvis Presley in Goldlamé, mit einer riesengroßen, steifen Tolle. Wenn sie das Kostüm trug, hatte man den Eindruck, als würde sie auch wie Elvis die Lippen schürzen.

Es wurde ein toller Halloween-Abend. Jackie hatte selbstgebackene Kürbisplätzchen zum kostümierten Umzug der Schule mitgenommen und begleitete ihre Kinder danach auf ihrem Weg durch die Nachbarschaft, damit sie – wie bei Halloween üblich – an den Wohnungstüren um Süßigkeiten bitten oder den Leuten einen Streich spielen konnten, wenn die vergessen hatten, Süßigkeiten zu besorgen.

Die Bäume waren schon beinahe kahl und der Wind trieb die Blätter vor sich her. Jackie dachte: *Wenn dies das letzte…*

Und dann rief sie sich zur Ordnung. Sie hatte Angst, daß ihre Gedanken ihren Körper beeinflußen konnten.

Sie mußte immer auf der Hut sein, nicht das Schlimmste anzunehmen und sich zwingen, positiv zu denken.

Anna ging in ihrem Elvis-Kostüm neben ihr, während Ben mit seinen Freunden vorauslief. Ihre Tochter schien etwas auf dem Herzen zu haben. Schließlich sagte sie zu ihrer Mutter: »Ich habe darüber nachgedacht, was du über Isabel gesagt hast. Du weißt schon, daß wir die guten Seiten an ihr sehen sollten, und so weiter…«

Jackie nickte.

»Und ich finde, du hast recht. Ich meine, sie hat total viel Ahnung von Klamotten und so. Und sie kennt absolut jeden Popsong. Irgendwie ist sie immer noch wie ein Kind.«

Jackie bemühte sich, sich nicht anmerken zu lassen, wie ihr bei diesen Worten zumute war. Sie hatte das Gefühl, als würde der Boden unter ihren Füßen nachgeben. Vorsichtig achtete sie auf jeden Schritt und dachte dabei verzweifelt über eine Antwort nach, die ihrer Tochter zeigte, daß sie sich darüber freute, daß sie ihren Rat angenommen hatte. Aber trotzdem hatte sie das Gefühl, als sei etwas in ihr zerbrochen, etwas Lebenswichtiges.

Schließlich brachte sie mühsam hervor: »Ein bißchen wie eine große Schwester, willst du sagen.«

Anna nickte und fügte hinzu: »Sie kennt echt jedes abgefahrene Junk-Food-Restaurant. Eigentlich ist sie echt cool. Wenn man sie erst mal kennt.«

»Bestimmt«, beeilte sich Jackie zu sagen, weil sie bemerkte, daß ihre Tochter sie beobachtete. Ob Anna wohl wußte, wie es in ihr aussah? Ob sie es wohl ausstrahlte? Ob man es riechen konnte?

Als Anna sagte: »Aber sag ihr bitte nichts davon«, wußte Jackie, daß sie sich unnötig Sorgen gemacht hatte. Anna machte sich in diesem Augenblick nur Gedanken darüber, Jackie könnte Isabel womöglich erzählen, daß Anna allmählich anfing, Isabel zu mögen. Ihre Tochter war nur ängstlich darauf bedacht, daß man ihre ersten positiven Gefühle für Isabel nicht bemerkte. Die Ängste ihrer Mutter nahm sie gar nicht wahr.

»Dein Geheimnis ist bei mir sicher«, sagte Jackie schließlich. Aber sie selbst fühlte sich plötzlich überhaupt nicht mehr sicher, sondern ausgeliefert. Sie sah ihre Stellung als Mutter gefährdet, weil sich sogar Anna allmählich für Isabel erwärmte.

ISABEL

Es war Donnerstag nachmittag und Isabel war wie so oft dabei, die Kinder zurück nach Nyack zu bringen.

Luke mußte am Abend wieder einmal nach Pittsburgh und hatte die Kinder nach der Schule abgeholt, um vor dem Abflug wenigstens ein paar Stunden mit ihnen verbringen zu können. Vorher hatte er Isabel extra gefragt, ob sie denn auch Zeit habe, die Kinder nach Nyack zurückzufahren. Weil er doch wisse, hatte er gesagt, daß sie im Augenblick zu viel zu tun habe, um sie über Nacht dazubehalten. Und außerdem sei Jackie froh, wenn sie die Kinder bei sich hatte.

Wie hätte Isabel ihm diese Bitte abschlagen können, wo sie doch wußte, daß er die Kinder sonst vor Dienstag nicht mehr sehen würde? Und deshalb fuhr sie jetzt also wieder nach Nyack und war wie üblich zu spät dran.

Sie dachte an die Zeit, als sich ihr Leben fast ausschließlich zwischen ihrem Apartment und dem Studio abgespielt hatte. Rückblickend schien es ihr, als sei sie an einem unsichtbaren Seil zwischen ihrer Wohnung und ihrer Arbeitsstätte hin- und hergewandert. Entweder war sie auf dem Weg in die Wohnung oder ins Studio. Immer hin und her. In gewisser Weise hatte sie ihr Leben damit verbracht, von einem Ort zum anderen zu hetzen. Aber damals gab es nur diese beiden Ziele. Das war einfach! Nur ab und zu gestattete sie sich einen Abstecher.

Und jetzt kam sie sich vor wie ein Chauffeur, der mit wertvoller Ladung ständig den Hudson rauf- und runterjagte und dabei immer irgendeinem Termin hinterherrannte – einem Termin der Kinder wohlgemerkt. Mal war es das Fußballtraining, dann wieder die Reitstunde oder eine Geburtstagsfeier. Aber sie war ja selbst Schuld, dachte sie dann. Ganz am Anfang, als sie noch geglaubt hatte, daß es von Bedeutung sei, was Luke, Jackie oder die Kinder von ihr hielten, hätte sie ihnen liebend gern einen Gefallen getan. Aber mittlerweile hatte sie oft das Gefühl, daß man es einfach von ihr erwartete. Irgendwie war es eine undankbare Aufgabe.

Sie stellte das Radio lauter und sah, wie ihr Anna einen erfreuten Blick zuwarf, fast ein freundliches Grinsen. Damit hatte sie nicht gerechnet. Im Radio lief gerade »Ain't No Mountain High Enough«. Isabel fing an mitzusingen und stellte überrascht fest, daß Anna mit einfiel. Und schließlich konnte sie sogar Bens piepsiges Gummiband-Stimmchen hinter sich hören, das sich mit der Musik vermischte, die das ganze Auto auszufüllen schien.

Sie lächelte den Kindern zufrieden zu, und die beiden erwiderten ihr Lächeln.

Duncan erwartete sie heute abend bei einem zwanglosen Treffen mit Kunden, auf einen Drink am Plaza*. Seit sie Luke kannte, haßte sie es, ihre Abende für die Firma opfern zu müssen. Aber da er ohnehin nicht da war, konnte sie genauso gut hingehen. Es tat ihr nicht weh, Duncan diesen Gefallen zu tun. Er wollte genauso betütert werden wie die Männer, mit denen sie vor Luke zu-

---

* Anmerk. d. Übers.: Künstlich angelegter Platz in Manhatten, an dem man im Sommer draußen sitzen kann.

sammenwar. So gesehen hatten Duncan und sie wirklich eine kranke Beziehung. Aber der Job war ihre große Chance.

Isabel schminkte sich – nur ein bißchen. Wimperntusche aufzutragen, dabei in den Rückspiegel zu sehen und gleichzeitig den Blick auf die Straße zu halten, war eine echte Herausforderung. Rouge und Lippenstift waren dagegen ein Klacks. Anna, die neben ihr saß, sah ihr aufmerksam zu.

Normalerweise schminkte sich Isabel kaum. Ihre Großmutter Celie hatte einmal gesagt: »Kind, nimm nicht soviel Make-up, davon bekommst du Pickel.« Und das hatte sie sich zu Herzen genommen. Seitdem trug sie Make-up nur noch, wenn es sein mußte. Fürs Studio hatte sie sich heute überhaupt nicht geschminkt, aber ihr war klar, daß Duncan sie umbringen würde, wenn sie sich für heute abend nicht ein bißchen schick machte.

Schließlich wählte sie noch ein dunkles Lipgloss, da das Licht sicher gedämpft sein würde. Anna sah ihr immer noch zu. Nachdem Isabel ihre Lippen zusammengepreßt hatte, um den Lippenglanz gleichmäßig zu verteilen, hielt sie Anna das Lipgloss hin.

Das Mädchen zögerte einen Augenblick, nahm ihn dann aber doch. Sie brachte sogar so etwas wie ein Lächeln zustande.

Vielleicht, dachte Isabel, *werden sie mich am Ende…* Und plötzlich schien ihr dieser Botengang doch nicht umsonst gewesen zu sein. Annas Lächeln war ihr Lohn genug.

Als sie bei Jackie ankamen, folgte Isabel den Kindern ins Haus. Anna lief sofort zu ihrer Mutter, um ihr das Lipgloss zu zeigen. Isabel hatte sie noch davon abhalten wollen – aber es war zu spät. »Guck mal, Mamma, was Isabel mir geschenkt hat!«

Jackie sah ihre Tochter durchdringend an, und es war

unverkennbar, daß Annas Begeisterung dadurch sofort einen Dämpfer erhielt. Sie sagte auch gleich: »Ich will ihn nicht tragen oder so. Ich bin ja noch viel zu jung. Er ist nur zum Spielen.«

Jackie lächelte ihrer Tochter zu, aber mit diesem gekünstelten, abschätzigen Lächeln, ohne jede Wärme, das so typisch für sie war. Isabel haßte dieses Lächeln, und erst recht, als Jackie auch noch geistreich hinzufügte: »Das ist aber eine hübsche Farbe, meistens sieht man sie bei berufstätigen jungen Frauen.«

Isabel warf ihr einen wütenden Blick zu.

Jackie tat, als habe sie nichts bemerkt und sagte stattdessen zu Ben: »Heute abend hast du Glück, mein Junge, Colleen wird rüberkommen und mit dir Video gucken.« Ben war selig. Dann wandte sich Jackie mit den Worten »Wir müssen in zehn Minuten los« an Anna.

»Häh?«, machte Anna erstaunt.

»Wir gehen heute abend aus.«

»Wohin?« Anna war total verblüfft.

Jackie zog zwei Konzertkarten aus der Tasche und hielt sie Anna hin. Anna nahm die Karten, und ihr Gesicht hellte sich plötzlich auf: »Pearl Jam!« rief sie begeistert.

»Fünfte Reihe Mitte«, fügte ihre Mutter hinzu.

»Super, Mami, du bist echt die Coolste.«

Isabel war so empört, daß sie das Gefühl hatte, jeden Augenblick in die Luft zu gehen. Als hätte sie eine kleine Luftblase im Magen, die größer und größer wurde. Sie konnte immer nur denken: *Das ist ja wohl die Höhe. Wie konnte sie nur…*

Jackie hatte ihre Tochter in den Arm genommen und strich ihr übers Haar, als sie sagte: »Nun, ich hab' mir gedacht, daß es schon eine ganze Weile her ist, seit ich das letzte Mal auf einem Rockkonzert war.« Aber diese Worte waren wohl eher für Isabel bestimmt, da sie sie auch dabei ansah.

Anna wandte sich nun Isabel zu und fragte: »Findest du nicht auch, daß meine Mutter die Beste ist?

Isabel machte gute Mine zum bösen Spiel und stimmte ihr zu: »Ja, die Beste«, sagte sie, dachte aber im stillen: *Vielleicht werden sie mich am Ende doch nicht... Nicht, solange Jackie zwischen uns steht. Wahrscheinlich nie.*

JACKIE

Als ob das Pearl-Jam-Konzert nicht genug Qual für eine Woche gewesen wäre, mußte Jackie jetzt auch noch mit der Chemotherapie beginnen.

Sie hatte Dr. Sweikert erklärt, daß es ihr eigentlich überhaupt nicht passe, weil heute ihr Spaghetti-mit-Fleischbällchen-Abend war und Ben sich schon darauf freute. Aber Dr. Sweikert hatte ihr einen Blick zugeworfen, der keinen Zweifel daran ließ, daß es ihrer Meinung nach wichtiger war, mit der Chemotherapie zu beginnen, als sich über Bens Lieblingsessen Gedanken zu machen.

Nun, so sollte es wohl sein.

Und jetzt lag sie im Krankenhausbett und hatte einen so großartigen Blick auf das abendliche Manhatten wie noch nie zuvor: Es sah so aus, als bestünde die Stadt nur aus Lichterketten – keine Steine oder Metallstreben – nur Lichter, die in der Dunkelheit zu schweben schienen. Und sie hatte erst Krebs bekommen müssen, um das sehen zu dürfen.

Die Chemotherapie war in Gestalt eines Walkmans gekommen. Zumindest sah das Gerät für Jackie danach aus. Und als sie Dr. Sweikert im Scherz gefragt hatte, ob es dazu auch Kopfhörer gäbe, hatte die Ärztin schwach gelächelt und mit dem Kopf geschüttelt. Es gab keine Kopfhörer. Das Gerät beinhaltete die Tagesdosis der Medikamente für die Therapie, und gab alle zwanzig Minuten automatisch die notwendige Dosis ans Blut ab. Es wog fast nichts und man konnte es überall hin mitnehmen. »Sie können damit joggen«, hatte die Ärztin gesagt, »oder Tennis spielen. Es ist so klein, daß man es unter ihrer Kleidung nicht sieht.« Im OP hatte man einen kleinen Schnitt in der Nähe ihres Schlüsselbeins gemacht – wie ein kleiner Mund in ihrer Haut, der die Chemikalien schlucken würde. Sie hatte das Gefühl gehabt, als würde eine Steckdose in ihrem Körper implantiert.

Aber sie mußte der Ärztin recht geben, daß es immer noch besser war als die traditionelle Methode. Dann hätte sie nämlich jede Woche für vier Stunden ins Krankenhaus kommen müssen; man hätte ihr eine Kanüle an den Arm gehängt und sie hätte Infusionen erhalten.

Außerdem seien bei der Walkman-Methode die Nebeneffekte nur minimal, hatte ihr Dr. Schweikert erklärt. Ihr würde zwar an einigen Tagen etwas übel und schwindelig sein, aber es gäbe auch Tage, an denen es ihr gutginge.

»Wie sieht es mit Haarausfall aus?«, hatte Jackie gefragt.

»Das kann ich nicht mit Bestimmheit sagen. Manchen Patienten fallen sie aus, anderen nicht.«

Jackie hatte gedacht, daß sie so oder so damit leben – oder sterben – mußte. Sie befühlte diesen Gedanken an den Tod. Es war immer schwerer, ihn auszuklammern. Sie fühlte sich wie ein Kind, das sich Sorgen um eine verschorfte Wunde macht.

Und nun lag sie hier im Bett mit diesem hervorragenden Blick auf Manhatten und der Eingriff lag hinter ihr. Man hatte sie an einen Walkman angeschlossen, und jetzt kursierten Chemikalien in ihrem Blut, die stark genug waren, Zellen zu töten – oder sie selbst, falls die Dosis zu hoch war. Eigentlich fühlte sie sich gar nicht krank, sondern nur einsam.

Plötzlich meldete sich ihr Pieper. Im Display sah sie Lukes Nummer vom Loft. Bestimmt waren es die Kinder, die wissen wollten, was los war und warum sie nicht bei ihnen war, wo doch heute ihr Spaghetti-und-Fleischbällchen-Tag war. Wahrscheinlich wollten sie wissen, warum sie stattdessen – schon wieder – Lukes Penne mit Artischockenherzen und Kapern essen mußten.

Jackie wählte Lukes Nummer und Ben ging ran. Seine Stimme klang glockenhell. *So hell wie die Lichter draußen vor dem Fenster,* dachte sie.

»Mami«, schrie Ben ins Telefon, »du wirst es nicht glauben!«

»Was, mein Schatz?«

»Ich bin telepathetisch.«

»Du meinst, du hast telepathische Fähigkeiten.«

»Das habe ich doch gesagt. Ich hab' heute entdeckt, daß ich Gedanken lesen kann. Ich hab's gerade bei Daddy und Isabel ausprobiert. Und stell dir vor: Ich wußte immer ganz genau, was sie denken.«

»Das ist ja unglaublich, mein Schatz!«

»Soll ich mal deine Gedanken lesen?«

»Klar, fang an!«

Er bemühte sich, so tief wie möglich zu sprechen und klang ganz ernst, als er sagte: »Denk ganz fest an etwas.«

Jackie saß in ihrem Bett, sah aus dem Fenster und wünschte sich, draußen bei den Lichter zu sein, in der Stadt, um Ben abzuholen, so daß er ihre Gedanken lesen konnte, während sie bei ihm war.

»Ich denke schon ganz fest an etwas«, sagte sie dann zu ihm.

»Konzentrier dich, Mama«, sagte er, und sie konnte an seiner Stimme hören, daß er sich selbst genau so zur Konzentration antrieb.

»Ja, ich konzentrier' mich.«

Es war ganz still in der Leitung. Dann, nach einer langen Pause, sagte Ben mit einer gewissen Befriedigung: »Du denkst an mich!«

»Toll«, lobte sie ihn, »das stimmt! Was denke ich noch?«

»Du wünscht dir, daß du hier sein könntest und nicht da, wo du jetzt bist.«

»Stimmt auch«, sagte Jackie und fühlte, wie ihr Tränen die Kehle hochstiegen.

»Wo bist du überhaupt?«, fragte Ben.

»Ich bin im Bett, ich habe Grippe. Ich bin schon ganz grün im Gesicht. Dunkelgrün.«

»Das hab' ich gewußt«, versicherte er ihr, »und du wünscht dir, daß du mir Spaghetti machen könntest, so daß ich nicht Daddys ekeliges Lamm-Irgendwas essen müßte.« Den letzten Teil des Satzes hatte er ganz, ganz leise gesagt.

Jackie saß in ihrem Bett, lächelte und schluckte die Tränen hinunter.

»Das stimmt, Schatz«, sagte sie dann.

»Weißt du, ich bin pathothelisch.«

»Telepathisch veranlagt«.

»Das hab' ich doch gesagt.«

Sie schloß ihre Augen und wünschte ihm, was sie sich immer für ihn gewünscht hatte – Sommerferien an dem See in Maine und Vertrauen in seine Schulaufgaben und für seinen späteren Beruf, regnerische Morgen, an denen er ausschlafen konnte, und aktive Morgen, an denen er ganz früh aus dem Bett springen und zusehen konnte, wie die Sonne über dem Grand Canyon aufging oder über dem Meer oder dem rückwärtigen Garten seines Hauses. Sie wünschte ihm einen Vater, eine Mutter und eine Schwester. Sie wünschte ihm Glück und Gesundheit.

Sie wünschte ihm all die Dinge, die sie ihm nicht (mehr) geben konnte, die sie ihm nicht garantieren konnte. Sie wünschte, daß sie für ihn in Erfüllung gingen.

»Mami«, unterbrach Ben ihre Gedanken, »wann kommst du nach Hause?«

»Morgen früh.«

»Oh«, sagte er ganz enttäuscht, »ich dachte, ich würde dich heute abend noch sehen.«

Sie biß sich auf die Unterlippe und sagte dann ganz fröhlich, etwas zu fröhlich: »Wir können uns doch trotzdem sehen.«

»Ja-ha?«, fragte Ben verwundert.

»Hm, wir machen es so wie immer!«

Damit meinte sie das, was sie immer taten, seit er nicht mehr jede Nacht in seinem Zimmer am Ende der Diele schlief, seitdem es Nächte gab, in denen sie nicht mehr einfach aufstehen konnte, um nach ihm zu sehen – Nächte, in denen er woanders schlief, weil er einen Vater hatte, der nicht mehr zu Hause wohnte.

»Wir treffen uns an einem ganz besonderen Ort«, sagte sie zu ihm, »in unseren Träumen.«

»Cool«, sagte er, »und wo soll'n wir uns dieses Mal treffen?«

»Wie wär's mit Disneyland?«, fragte Jackie, weil sie wußte, daß es ihm dort immer gut gefiel.

»Ah, nein. Das letzte Mal waren die Warteschlangen zu lang.«

Sie lächelte über seine Einbildungskraft und schlug vor: »Wie wär's mit dem Strand?«

»Au ja«, rief er begeistert, »an einem heißen Sommertag!«

»Mit riesigen Wellen.«

»Und einem Surfbrett.«

»Und Hot Dogs«, sagte Jackie.

»Super«, sagte Ben begeistert.

»Also, mein Schatz, wir sehen uns dann am Strand«, flüsterte sie ins Telefon, »und vergiß die Sonnenmilch nicht.«

»Es ist nur ein Traum, Mami! Da braucht man doch keine Sonnencreme.«

Jackies Augen füllten sich mit Tränen, die ihr schon allmählich die Wangen hinunterliefen, und um sich nichts anmerken zu lassen, sagte sie für einen Moment nichts.

»Mami?«, fragte Ben. »Bist du noch dran?«

Jedesmal, wenn ihr wieder eine Träne übers Gesicht lief, wischte sie sie weg, und schließlich sagte sie: »Ja, mein Schatz, ich bin noch dran.«

»Ich muß jetzt Schluß machen, Mami«, sagte Ben. »Bis später und tschüs, Mami.«

»Tschüs, mein Liebling, wir sehen uns dann also in unseren Träumen.«

Und dann lag sie einfach nur da und ließ die Tränen laufen. Sie hatte die Augen geschlossen und versuchte einzuschlafen, damit sie zum Strand gehen konnte, wo Ben schon auf sie wartete. Und es würden Wellen dort sein und Surfbretter, und die Sonne würde scheinen, und es gäbe keinen Walkman, und keinen Schnitt am Schlüsselbein, und keinen Krebs.

ISABEL

Das Fußballspiel war schon in vollem Gange, als Isabel ankam. Sie sah Luke am Spielfeldrand stehen und die Mannschaft anfeuern. Sein Hintern sah einfach süß aus! Sie mußte ihm später unbedingt reinkneifen, um ihn daran zu erinnern.

Sie suchte mit den Augen die Zuschauertribüne nach Ben ab, entdeckte aber nur Jackie, die blaß und müde aussah. Isabel hatte wohl keine andere Wahl, als sich zu ihr zu setzen. Sie konnte ihr ja schlecht vor all ihren Freunden und Nachbarn – vor ganz Nyack – vor den Kopf stoßen, indem sie sich woanders hinsetzte. Also nahm sie immer zwei Stufen auf einmal und setzte sich dann schwungvoll neben Jackie.

Jackie nickte ihr zur Begrüßung zu. Dann suchte sie mit den Augen das Spielplatzgelände ab, wo Ben auf der Hängebrücke mit seinen Freunden Ritter spielte, die sich mit Plastikschwertern bekämpften. Sogar hier beim Fußballspiel war Jackie ganz businesslike. Es gab immer etwas zu überwachen.

Isabel konzentrierte sich auf das Geschehen auf dem Spielfeld. Sie war noch nie eine begeisterte Zuschauerin gewesen. Sie mochte Sport – aber eigentlich nur, wenn sie selber mitmachte. Beim Zusehen war es nicht so spannend – kein Adrenalin, kein Schweiß, kein wohlverdientes kaltes Bier hinterher. Sie beobachtete Anna, wie sie dem Ball hinterherjagte und ihr das Haar ins Gesicht hing. Isabel machte Jackie darauf aufmerksam.

Jackie nickte und sagte: »Das bedeutet, daß sie einer Konfrontation aus dem Weg gehen will.«

Isabel sah Jackie interessiert an.

Jackie sprach tatsächlich weiter: »Wenn sie sich das Haar um den Finger wickelt, ist sie dabei, sich etwas zu überlegen. Wenn sie es nicht gekämmt hat, ist sie deprimiert.«

Jackie konnte in Anna lesen wie in einem Buch, dachte Isabel und fragte sich, ob das wohl bei allen Müttern so war. Ob ihre eigene Mutter wohl auch Dinge über sie gewußt hatte, deren sie sich selbst nicht bewußt war. Nun, das würde sie nie erfahren. Es gab niemanden, den man nach solchen Dingen fragen konnte, niemanden, der sich nach so langer Zeit noch an so persönliche Eigenheiten erinnerte.

Isabel fragte Jackie: »Was ist, wenn sie wie eine Verrückte an ihren gespaltenen Haarspitzen zupft?«

»Dann hat sie Angst.«

»Und letzte Woche, als sie wie eine Wilde an ihrem Pony herumgeschnippelt hat…?«

»Da war sie böse auf sich.«

»Jackie?«

»Ja?« Jackie sah sie fragend an.

»Wenn *ich mir* meine Haare so um den Finger wickle, heißt das, daß ich unheimlich viel Angst vor etwas habe.«

Jackies Mund verzog sich zu einem ganz winzigen Lächeln. Aber es war immerhin ein Lächeln. Und dann sagte sie: »Ich werde es mir merken. Und irgendwann gegen Sie verwenden«. Sie blickte wieder aufs Spielfeld zu Anna, die mit den Haaren im Gesicht versuchte, einer Konfrontation auszuweichen.

Isabel betrachtete Jackie noch eine Weile von der Seite und fragte dann: »Geht es Ihnen gut?«

Ohne sie anzusehen erwiderte Jackie: »Mir? Ja, mir geht es gut – großartig.«

»Sie sehen müde aus.«

»Ich hasse es, wenn mir das jemand sagt, weil es nur eine freundliche Umschreibung dafür ist, daß man beschissen aussieht.«

»Nein«, sagte Isabel abwehrend.

Jackie zuckte die Achseln und erklärte: »Ich denke nur gerade über etwas nach, wissen Sie.«

Aber Isabel wußte nicht, worüber Jackie nachdachte. Sie hatte da nur so eine Idee und fragte: »Worüber denn? Über Ihren neuen Freund?«

Jackie lachte kurz auf und erwiderte dann: »Ich wünschte, das wäre der Grund für meine Müdigkeit. Nein, in Wirklichkeit… Eigentlich…« Sie überlegte. Isabel hatte noch nie erlebt, daß Jackie nicht wußte, was sie sagen sollte. Sie war doch Herausgeberin gewesen, eine

Wortschmiedin. Jackie schien zwischen verschiedenen Möglichkeiten hin und her gerissen – vorsichtig bemüht, die richtigen Worte zu finden. Schließlich sagte sie: »Ich denke darüber nach, ob ich nicht wieder zu Random House gehen soll.« Dabei sah Jackie Isabel nicht an, sondern hielt ihren Blick auf das Spielfeld gerichtet.

»Toll«, sagte Isabel, »das ist ja großartig. Super!«

Auch als Jackie noch hinzufügte, daß sie gerade dabei sei, alles mit dem Verlagsleiter zu besprechen, sah sie Isabel nicht an. »Ich werde demnächst ein paarmal in die Stadt fahren müssen. Manchmal sogar ziemlich spät abends.«

»Kein Problem! Wenn Sie Hilfe brauchen – wir stehen zur Verfügung«, sagte Isabel und staunte über ihre Großzügigkeit. Normalerweise war sie einfach so. Sie gab jedem Obdachlosen, der ihr seinen Hut hinhielt, einen Dollar. Aber daß sie diese Großzügigkeit nun auch auf Jackie Harrison ausdehnte, war echt ein Schock. Vielleicht geschah es, weil Jackie zum ersten Mal ganz normal mit ihr geredet hatte. Weil sie einmal nett zu ihr gewesen war und ihr sogar etwas anvertraut hatte.

Jackie nickte. Sie nahm Isabels Angebot gerne an. Sah sie aber immer noch nicht an.

Isabel fragte, ob sie die Neuigkeit schon Luke und den Kindern erzählt habe. Jetzt erst wandte Jackie die Augen vom Spielfeld, sah Isabel ernst an und sagte: »Nein, ich will es noch ein bißchen für mich behalten, falls es nicht klappt. Das bleibt unser Geheimnis, okay?«

»Klar«, sagte Isabel und zuckte die Schultern, »wie Sie wollen.«

Jackie blickte wieder zum Spielplatz hinüber. Ben hielt sich gerade mit einer Hand an einer ganz besonders hohen Stelle des Klettergerüsts fest – in der anderen hatte er sein Plastikschwert und kämpfte mit einem Jungen. Sie waren beide schon ziemlich hoch geklettert. Aber das kümmerte Ben nicht und er kletterte noch höher. »Ben, sei bloß vorsichtig«, hörte Isabel Jackie leise sagen.

Und im nächsten Augenblick rutschte er ab und konnte sich nicht mehr halten. Isabel hatte den Eindruck, als befände er sich ewig in der Luft. Als er schließlich auf den Boden aufschlug, sackte sein Körper zusammen und er rührte sich nicht mehr.

Gleichzeitig sprangen Jackie und sie von ihren Sitzen auf, rannten nebeneinander die Tribüne hinunter und über den Rasen. In Isabels Kopf jagte eine Möglichkeit die andere. Sie hoffte verzweifelt, daß Ben sich bewegte, damit man sehen konnte, daß mit ihm alles in Ordnung war. Schließlich überholte sie Jackie.

Als sie nah genug war, um zu erkennen, daß er sein Bein hielt – als sie schon so nah war, daß sie ihn hätte berühren können – hielt sie an und ließ Jackie den Vortritt, die sich auch gleich neben ihn hinkniete. Isabel blieb auch im Hintergrund, als Luke ankam und Jackie Ben hochhob.

Bens Hose war zerrissen, und er blutete am Knie. »Mami«, sagte er und man sah ihm an, daß er Schmerzen hatte, »kann ich morgen trotzdem zu Tuckers Party?«

Als Isabel das hörte, ging es ihr wieder besser und sie bekam wieder richtig Luft.

Als sie danach auf dem Weg zum Krankenhaus hinter Lukes Wagen herfuhr, der seinerseits Jackie folgte, war sie merkwürdig ruhig. Jackie hatte genau gewußt, was zu tun war – wie sie mit Ben umgehen mußte. Aber Isabel hätte es auch gewußt. Sie war da gewesen, neben Jackie, bei jedem Schritt und jedem Herzschlag. Sie hatte gewußt, was sonst nur Mütter wußten.

Bens Knieverletzung wurde mit fünf Stichen genäht. Luke und Isabel blieben bei ihm, während Jackie den Papierkram für die Krankenversicherung erledigte. Luke wollte Jackie das Ausfüllen der Formulare abnehmen, damit sie Ben halten konnte, während er genäht wurde. Aber die Schwester an der Aufnahme hatte ihn abgewiesen, weil Ben über Jackie versichert war.

Als der Arzt fertig war und Ben gegen die Kissen gelehnt – wie ein kleiner König – im Bett saß und Isabel ihn mit Schokoladenpudding fütterte, war Jackie immer noch nicht da. Luke ging sie suchen.

Isabel nahm Bens Hand und sagte zu ihm: »Ich bin ganz stolz auf dich. Du warst sehr tapfer.«

»So weh hat es nicht getan«, sagte er, »und außerdem werden mich meine Freunde darum beneiden.« Dabei besah er sich seine Wunde und schien zu überlegen, welchen Mann-ist-das-toll-Faktor er damit wohl erzielen würde. Dann fragte er Isabel: »Tust du mir einen Gefallen?«

»Vielleicht. Kommt drauf an, was es ist.« Es mußte ihm schon viel besser gehen, wenn er schon wieder in der Lage war, um etwas zu verhandeln. Wie der Vater, so der Sohn.

»Kannst du Papa fragen, ob er mir zu Weihnachten eine weiße Taube schenkt?«

»Mal sehen«, antwortete Isabel vage.

»Komm schon, bitte, bitte. Ein Zauberer braucht eine weiße Taube. Eine echte. Bitte!«

»Bis Weihnachten ist noch ein bißchen Zeit. Wir müssen das vorher mit deiner Mutter besprechen, okay?«

Er nickte und griff plötzlich mit schmerzverzerrtem Gesicht nach seinem Bein, das er wohl ein wenig zu heftig bewegt hatte. »Oh, es fängt an, weh zu tun.«

Isabel wußte, was jetzt zu tun war. Sie nahm Ben tröstend in den Arm. Und dann fing sie an, ihm ein Lied vorzusingen. Sie wußte gar nicht mehr, daß sie dieses Lied kannte. Sie konnte sich nicht einmal daran erinnern, wann sie es zum ersten Mal gehört hatte. Sie mußte es schon ewig kennen. Es war ein Lied, das sie immer aufgeheitert hatte. Und jetzt brachte sie es beinahe zum Weinen: vor lauter Freude darüber, daß es doch noch etwas von ihrer Mutter gab, an das sie sich erinnern konnte.

JACKIE

Selbst das Wäschewaschen bereitete ihr an diesem Tag Probleme. Wenn sie sich zu den Wäschekörben der Kinder hinunterbeugte, um die schmutzige Wäsche herauszuholen, wurde ihr schwarz vor Augen, und beim Aufrichten sah sie Sternchen. Ihre Hände zitterten so, daß sie nicht in der Lage war, das Waschmittel abzumessen, und alles verschüttete. Als sie es schließlich doch geschafft hatte, die Spielkleidung der Kinder in die Maschine zu stecken und der Kaltwaschgang lief, stand sie vorn übergebeugt an die Maschine gelehnt. Ihre Stirn hatte sie gegen das Metall der Verschlußklappe gedrückt und spürte das Vibrieren der Maschine angenehm kühl an ihrem Kopf. Davon wurde ihr ein bißchen besser. Aber danach brauchte sie all ihre Kraft, um die Tür des Trockners zu öffnen. Und dann mußte sie sich sogar auf den Boden setzen, um die Weißwäsche zusammenzulegen: Bens T-Shirts und Annas Unterhosen und ihre eigenen Kopfkissenbezüge. Sie hatte eine furchtbare Nacht hinter sich. Ihr Kopfkissen war von Schweiß und Tränen völlig durchweicht worden.

Jetzt wurde ihr schon wieder schlecht, und da es ihr unmöglich war aufzustehen, kroch sie auf allen vieren zur Toilette im Erdgeschoß, um sich zu übergeben. Das war heute schon das vierte Mal, und die Muskeln am Brustkorb taten ihr davon weh. Es war, als müsse man schluchzen. Und das machte es noch schlimmer. Als ihr das bewußt wurde, mußte sie wirklich weinen und haßte sich dafür.

Es hatte auch schon andere schlechte Tage gegeben, an denen ihr in Schüben immer wieder schlecht geworden war, als brandeten Wellen der Übelkeit in ihrem Körper. Es hatte auch schon andere Tage gegeben, an denen ihr die Hände gezittert hatten und sie ganz weich in den Knien gewesen war. Dann hatte sie sich immer in einen der Holzstühle auf dem Rasen gesetzt, das Gesicht in die Sonne gehalten und Ingwerkristalle gekaut, bis ihr die Zunge brannte.

Aber es war immer nur ein körperliches Unwohlsein gewesen. Heute schien es ihr, als ginge es auch ihrer Moral nicht gut.

Und das alles nur, weil sie Isabel gestern dabei überrascht hatte, wie sie Ben etwas vorsang. Sie hatte sich so beeilt, damit sie schnell zu ihrem kranken Jungen kam – war regelrecht zu seiner Zimmertür gerannt. Aber plötzlich hatte sie Isabels Stimme gehört und war wie angewurzelt stehengeblieben. Sie hatte kaum gewagt hinzusehen. Aber da saß Isabel, hielt ihren Sohn im Arm, und es war unübersehbar, daß die beiden sich mochten. Sie hatte wie gelähmt in der Tür gestanden und ihr war bewußt geworden, daß Isabel nicht nur Luke liebte, sondern auch seine Kinder.

Und die ganze Zeit über hatte sie Isabels Stimme gehört, die ihrem kleinen Jungen dieses Lied vorsang, dessen Melodie Jackie nicht mehr aus dem Kopf gehen wollte. Letzte Nacht, als sie verzweifelt versucht hatte einzuschlafen, klang Isabels Stimme immer noch in ihrem Kopf nach. Und es hatte sich angehört wie ein Sirenenchor. Das Lied war so furchtbar altmodisch, viel zu altmodisch für eine so junge Frau wie Isabel. Und doch hatte Isabel es mit soviel Inbrust gesungen, als ob sie verstand, um was es in diesem Lied ging. Aber es war doch unmöglich, daß sie nachvollziehen konnte, wie man sich fühlte, wenn man verlassen worden war und sich nach jemandem sehnte?

Jackie zog sich hoch und setzte sich auf den Toilettendeckel. Sie wußte, daß es verrückt war, ihren Kindern die Liebe der zukünftigen Frau ihres Vaters zu neiden. Es war dumm von ihr. Denn vielleicht würden ihre Kinder diese Liebe einmal mehr als alles andere brauchen. Vielleicht schon sehr bald.

Aber der Gedanke daran war ihr unerträglich. Sie stand auf, um den Korb mit der gefalteten Wäsche zu holen. Es war sicher schon spät. Sie mußte sich jetzt fertigmachen. Sie würde duschen, sich etwas anderes anziehen und notfalls ein paarmal an einem Joint ziehen, vielleicht würde das ihren Magen beruhigen. Sie mußte sich beeilen, um Ben rechtzeitig von Tuckers Party abzuholen. Mühsam schleppte sie sich die Treppe hinauf. Bei jeder zweiten Stufe mußte sie anhalten, um sich auszuruhen. Als sie oben ankam, überkam sie schon wieder dieser Brechreiz. Sie ließ den Korb mit der Wäsche fallen und schaffte es gerade noch ins Bad. Das war heute schon das fünfte Mal.

Als sie in den Spiegel sah, war ihr Gesicht grün, als ob sie sich im Wasser eines Teiches spiegelte. Sie drehte den Hahn auf und benetzte ihre Lider. Dann schöpfte sie mit der hohlen Hand immer mehr Wasser ins Gesicht, um etwas Farbe zu bekommen. Aber es funktionierte nicht.

Wo hatte sie bloß ihre Autoschlüssel gelassen?

Im Flur packte sie die Wäsche wieder in den Korb. Aber als sie ihn aufnehmen wollte, gehorchten ihr die Arme nicht mehr. Auch ihre Beine gaben nach. Ihr gelang es gerade noch, sich auf den Stuhl neben den Tisch im Flur zu setzen. Dort lagen ja auch ihre Autoschlüssel! Jackie nahm sie ihn die Hand, aber ihre Hand zitterte so, daß die Schlüssel laut aneinanderschlugen – als verkündete ihr Klappern, wie es in Jackie aussah.

Sie schloß die Augen und sprach mit sich selbst, wie eine Mutter. »Jackie, Jackie«, sagte sie und fragte sich, ob sie sich nun schelten oder Mitleid haben sollte. Oder ob sie versuchen sollte, ihr wahres Ich, die starke Jackie, zurückzuholen?

An diesem Unwohlsein waren weder der Krebs noch die Chemotherapie Schuld. Es war ihre eigene Schuld. Sie erinnerte sich, daß sie bei einem Psychologiekurs in der Universität etwas über eine Frau gelesen hatte, der in Bibliotheken immer schlecht wurde. Jedesmal wenn diese Frau in eine Bibliothek ging, wurde sie fast ohnmächtig und mußte so schnell wie möglich die Bibliothek verlassen. Aber es lag nicht daran, daß die Frau Bücher nicht ausstehen konnte – ganz im Gegenteil. Es lag daran, daß sie Bücher viel zu sehr mochte. Sie wollte all das Wissen besitzen, das in den Büchern steckte, wußte aber nicht, welches Buch sie zuerst lesen sollte, um sich dann durch alle anderen bis zum Ende durchzuarbeiten. Es war unmöglich.

Und Jackie hatte das Gefühl, als sei es bei ihr so ähnlich, wenn es um Anna und Ben ging. Sie wünschte sich so sehr, sie aufwachsen zu sehen, daß sie regelrecht süchtig danach war. Sie wollte dasein, wenn Anna nach dem Schlafen die Augen öffnete und wenn Ben eine Spaghetti einsaugte und wenn Anna abends zu ihr ins Schlafzimmer kam, um sich mit einem Buch zu ihr ins Bett zu kuscheln. Auch wenn das Buch nur ein Vorwand war, um zu reden. Und sie wollte dasein, wenn Ben mit feuchten Haaren und gepuderter Haut aus dem Bad kam. Sie wollte all diese kleinen Augenblicke des Lebens ihrer Kinder für sich haben. Sie wollte immer dasein, wenn sie passierten und keine Gelegenheit auslassen.

Auch wenn sie die Kinder alle zwei Tage und jedes

zweite Wochenende hatte, war ihr das immer noch nicht genug. Sie wollte jeden ihrer Augenblicke mit ihnen teilen, und zwar für immer.

Sie wollte dabeisein, wenn Anna ihren Universitätsabschluß erhielt und wenn Ben seiner Braut den Ring auf den Finger steckte. Sie wollte Anna dabei beobachten dürfen, wenn sich die Fingerchen ihres Neugeborenen um ihren kleinen Finger legten. Sie wollte all das.

Aber sie konnte es nicht haben. Selbst wenn sie neunzig oder hundert Jahre alt werden sollte, würde sie nicht all diese Augenblicke ihrer Kinder miterleben. Natürlich war ihr das von Anfang an klar gewesen. Deshalb hatte sie am Morgen von Annas Geburt auch geweint und deshalb hatte sie viele, viele einsame Nächte durchweint.

Aber seit sie auch wußte, daß sie krank war, daß sie Krebs hatte, ließ sie der Gedanke an all die verlorenen Augenblicke nicht mehr los. Er war zu ihrem treuen Begleiter geworden, genauso wie dieser Chemotherapie-Walkman. Sie würde nie genug von ihren Kindern bekommen können, ob sie nun weiterlebte oder starb. Ihr war es schon immer so gegangen wie der Frau in der Bibliothek. Ihr war immer schon schlecht davon geworden, wenn sie etwas, das sie haben wollte, nicht kriegen konnte. Und ihr jetziges Unwohlsein kam nicht allein vom Krebs und der Chemotherapie.

Es ging ihr heute so schlecht, weil sie gesehen hatte, wie Isabel einen Moment mit Ben teilte, der eigentlich ihrer gewesen wäre. Die daraus resultierenden, miteinander wettstreitenden Gefühle hatten sie geschwächt. Sie verhielten sich ähnlich wie der Cocktail aus Chemikalien, die auf der Suche nach den fehlerhaften, krebsverursachenden Zellen in ihrem Körper kursierten. Aber diese Gefühle suchten nach einem Fehler in ihrem Herzen, das sich verzweifelt gegen etwas wehrte, das doch das Beste war.

Sie wußte genau, daß ihre Kinder Isabels Liebe brauchen würden. Sie wußte, daß es nur zu ihrem Besten war, besonders wenn...

Aber es waren doch *ihre* Kinder. Ihre Kleinen! Jackie wußte, daß es diese gefühlsbedingte Unlogik war, die sie in Wirklichkeit schwächte. Wie sehr sie ihre Kinder doch liebte!

Als sie die Augen öffnete, war es schon spät. Sie mußte los. Zum Duschen war jetzt keine Zeit mehr. Sie konnte sich nicht einmal mehr umziehen. Sie nahm den Schlüsselbund, zitterte aber immer noch so, daß die Schlüssel wieder laut klapperten.

In diesem Zustand konnte sie unmöglich Auto fahren. Sie brachte sich nur selbst in Gefahr – und die Kinder. Sie mußte jemanden finden, der Ben bei Tucker abholte. Aber wen sollte sie anrufen? Vielleicht die Elternsprecherin, deren Anrufe sie immer abzublocken versuchte? Colleen konnte sie auch nicht bitten, ihre Malerei zu unterbrechen, weil ihr alter Saab in einem so schlechten Zustand war, daß es einem Himmelfahrtskommando gleichkam, damit zu fahren. Und Luke war auch nicht mal eben aus Washington herbeizuzaubern, nur weil sie es sich wünschte.

Sie konnte es drehen und wenden, wie sie wollte. Es gab nur eine Möglichkeit: Sie mußte Isabel anrufen!

ISABEL

Jackies Anruf erreichte Isabel im Studio. Cooper nahm ab, und sie sah an seinem Gesichtsausdruck, wer dran war. Auch Duncan wußte sofort, wer Isabel da anrief und hob abwehrend die Hand, bevor Cooper ihr noch den Hörer geben konnte.

Natürlich war es Jackie. Ohne Umschweife und buchstäblich in letzter Minute tischte sie ihr diese Geschichte auf, daß sie einen dringenden Termin bei Random House habe und Ben deshalb nicht von Tuckers Party abholen könne – als ob man nicht vorher wußte, wenn sich zwei Termine überschnitten – und ob Isabel ihn nicht abholen könne.

Isabel biß sich auf die Lippen und dachte einen Augenblick nach: Das Haus von Tuckers Eltern war nur fünfzehn Minuten von Jackies Haus entfernt, aber Isabel würde – falls es unterwegs keinen Stau gab – dreißig Minuten brauchen, um Ben abzuholen und nach Nyack zu bringen. Isabel sah fragend zu Duncan, der heftig mit dem Kopf schüttelte. Trotzdem antwortete sie: »Okay, ich mach's«. Duncan sah sie an, als würde er ihr gleich ins Gesicht springen.

Aber was blieb ihr übrig? Sie wußte doch, daß Luke ganz früh heute morgen das Shuttle nach Washington genommen hatte. Und Ben konnte mit seiner Verletzung doch nicht allein nach Hause laufen. Außerdem hätte sie ganz gern gesehen, wie es ihm ging. Beim Aufwachen hatte sie gleich an ihn gedacht. Deshalb war sie ganz froh, daß sie ihn jetzt abholen konnte.

Als sie sich auf den Weg machte, erinnerte Duncan sie daran, daß sie ihm helfen wollte, die Kunden aus England zu umgarnen, von denen ein großer Auftrag zu erwarten war. »Okay, okay«, sagte sie und dann: »Ich komme wieder.« Dabei versuchte sie Arnold Schwarzeneggers Gesichtsausdruck nachzuahmen, den er bei dem gleichen Satz in einer Filmszene im *Terminator* aufgesetzt hatte. Sie dachte eigentlich, daß ihr das ganz gut gelungen war, aber Duncan fand es nicht komisch. In letzter Zeit lachte er sowieso ziemlich selten.

Der Verkehr war völlig chaotisch. Es war wieder einmal so ein Tag, an dem man meinen konnte, die New Yorker würden Autoscooter spielen. Jeder raste wie ein

Irrer auf die Stoßstange des Vordermannes zu, wechselte dann blitzartig die Spur, um sich direkt vor dem nächsten Auto wieder einzuordnen. Das machte einen total verrückt und man mußte höllisch aufpassen. Um sich abzureagieren, kaute Isabel wie wild auf ihrem Kaugummi – aber das regte sie nur noch mehr auf. Als sie das Fenster runterkurbelte, um den Kaugummi loszuwerden, wehte dabei auch der Zettel mit der Wegbeschreibung zu Tukkers Party hinaus.

»Mist«, sagte sie und schlug wütend aufs Lenkrad. Was sollte sie jetzt tun? – Jackie anrufen!

Sie nahm ihr Handy und wählte die Vermittlung, um sich mit Random House verbinden zu lassen. Sie wurde zu einem Mann durchgestellt und sagte: »Hallo, ich würde gern mit Jackie Harrison sprechen. Ich soll ihre Kinder von einer Geburstagsparty abholen und hab' die Adresse vergessen. Das heißt, die Straße weiß ich noch, aber nicht die Hausnummer. Ich müßte nur ganz kurz mit ihr sprechen…«

»Es tut mir leid«, unterbrach sie der Mann, »Mrs. Harrison ist nicht hier.«

»Aber sie hat mir gesagt, daß sie sich mit dem Verlagsleiter trifft, um die letzten…«

»Das wüßte ich aber«, sagte der Mann. »Ich bin der Verlagsleiter und ich habe Mrs. Harrison seit elf Jahren nicht mehr gesehen – seitdem sie Random House damals verlassen hat.«

»Was?« stammelte Isabel. »Aber, hm… Vielen Dank für Ihre Mühe«, brachte sie gerade noch heraus.

Aber bevor sie auflegen konnte, sagte der Verlagsleiter: »Luftballons!«

»Wie bitte?«, fragte Isabel erstaunt.

»Suchen Sie nach einem Haus mit Luftballons. Das klappt immer. Die Kinder werden dort sein!«

Und Ben war wirklich da. Sie entdeckte ihn in dem

Haus mit den Luftballons am Gartenzaun. Der kleine Racker hatte sich die mit Schokolade beschmierten Hände am T-Shirt abgewischt. Er war total aufgedreht, als seien ihm die vielen Süßigkeiten zu Kopf gestiegen, und redete unablässig, bis sie bei Jackie ankamen. Isabel rechnete die ganze Zeit damit, daß ihm die Tüte mit den Süßigkeiten runterfiel, die Luftballons aus dem Fenster wehten oder ihm der Teller mit Kuchenstückchen vom Schoß rutschte, die Tuckers Mutter ihm eingepackt hatte.

Das wäre natürlich alles nicht so schlimm gewesen – Ben war nun einmal so! –, wenn Isabel nicht so total von der Rolle gewesen wäre, daß Jackie sie schon die ganze Zeit angelogen hatte.

Jackie dachte offensichtlich, daß sie sie mit Lügen einfach immer dahin bekam, wo sie sie haben wollte. Daß sie sie einfach so auf Botengänge schicken konnte, wann immer es ihr in den Sinn kam. Als Isabel in die Auffahrt in Nyack einbog, hatte sie sich da richtig reingesteigert. Und zu allem Überfluß saß Jackie auch noch in einem ihrer Gartenstühle mit einer Decke auf den Knien und las gemütlich ihre Post.

Ben rannte auf seine Mutter zu, während Isabel sich mit seinen Geburtstagsmitbringseln abmühte. Sie hörte, wie Jackie zu ihm sagte: »Wie siehst du denn aus?« Und dann verschwanden Jackie und Ben im Haus, um das T-Shirt in die schmutzige Wäsche zu geben.

Das ist ja krank, dachte Jackie, *sie kann nicht einmal fünf Minuten sehen, daß ihr Kind etwas Schmutziges anhat.* Dann überlegte Isabel, wo sie mit Bens Partymitbringseln hinsollte und legte sie schließlich auf den Tisch im Garten. Dabei fiel ihr Blick auf Jackies Post. Da war auch ein Flugticket vom John-F.-Kennedy-Flughafen in New York nach Los Angeles, und darin steckte ein zusammengefaltetes Fax. Sie wußte, daß sie es nicht tun sollte, aber sie mußte es einfach öffnen.

Auf dem Briefkopf stand die Adresse von Random House, Kalifornien, und der Text lautete: »Jackie, ich kann es nicht erwarten, Dich zu sehen. Ich weiß, daß Du ängstlich bist, aber es wird alles gut werden. Es wird sich alles zum Guten wenden. Ich verspreche es. Bis dann, Charlie.«

Um Gottes Willen, dachte Isabel, *sie zieht nach L.A.!* Dann hörte sie, wie die Verandatür quietschte, und Panik überfiel sie. Schnell legte sie alles wieder an seinen Platz. Als sie aufblickte, kam Jackie auch schon auf sie zu und fragte: »Hat alles gut geklappt mit der Wegbeschreibung, die ich Ihnen gegeben habe? Wissen Sie, ich konnte leider nicht zu meinem Meeting fahren, da der Volvo mal wieder nicht ansprang. – Also, hatten Sie Probleme?«

»Nein«, sagte Isabel, »überhaupt nicht.« Sie fühlte sich zwar schuldig, daß sie in Jackies Sachen geschnüffelt hatte, aber wie konnte Jackie etwas planen, das ihrer aller Leben so verändern würde, ohne Luke etwas davon zu erzählen? Oder den Kindern. Wie konnte sie es wagen, alle einfach so vor vollendete Tatsachen zu stellen?

»Vielen Dank übrigens«, sagte Jackie und packte schnell Bens Partymitbringsel zusammen. Und es war nicht zu übersehen, daß sie damit klarmachen wollte, daß Isabel nun ihre Schuldigkeit getan hatte und gehen konnte.

Isabel nickte Jackie zu, und Jackie ging zum Haus zurück, um wieder bei ihrem Kind zu sein. Sie schien so selbstzufrieden und überheblich, daß Isabel sich dachte, daß sie sie nicht einfach so davonkommen lassen durfte. Sie war einfach zu wütend.

Deshalb rief sie ihr hinterher: »Ich kenne Ihr Geheimnis!«

Jackie blieb wie angewurzelt stehen, als wären Isabels Worte ein Lasso, das sich um ihren Hals geschlungen hatte. Noch bevor sie sich umdrehen konnte, bedauerte Isabel, daß sie das gesagt hatte.

Warum war sie nicht nach Hause gegangen und hatte auf Luke gewartet, der heute abend aus Washington zurückkam? Dann hätte sie ihm erzählen können, was sie gesehen hatte, und er hätte sich selbst darum kümmern können. Sie hätte nicht einfach aus Wut darüber, daß seine Ex-Frau sie wie eine Dienstbotin behandelte, etwas sagen sollen.

Aber nun gab es kein Zurück mehr. Jackie stand schon da und starrte sie in Grund und Boden. Deshalb sagte Isabel: »Ich hab' die Flugtickets gesehen und die Mitteilung von Ihrem neuen Chef.«

»Von meinem neuen Chef?«

Isabel fühlte sich von dieser Rückfrage in ihrem Tun bestätigt und fuhr fort: »Sie werden überhaupt nicht für Random House in New York arbeiten. Ich habe mit Random House gesprochen.«

»Sie haben was?«, entfuhr es Jackie.

Isabel baute sich vor ihr auf und erklärte: »Sie wollen einfach nach Los Angeles umziehen und die Kinder mitnehmen!«

Jetzt war es raus, und sie hatte nur die Wahrheit gesagt. Jackie hatte kein Recht, das vor ihnen geheimzuhalten.

Für Jackies Verhältnisse kam ihre Reaktion darauf einer Explosion gleich. Wütend schrie sie: »Was fällt Ihnen eigentlich ein? Wie können Sie es wagen, meine Post zu lesen? Wie können Sie es wagen, hinter mir her zu spionieren, wie eine unaufrichtige, kleine…«

»Unaufrichtig«, unterbrach Isabel ihren Ausbruch, »ich müßte nicht hier herumschnüffeln, wenn Sie aufrichtig zum Vater ihrer Kinder wären!«

Jackie maß Isabel mit einem langen, abschätzigen Blick und ließ sie in der Stille hängen, die schon immer ihre stärkste Waffe gewesen war. Trotzdem lag in ihrem Gesichtsausdruck etwas Überraschtes. Und plötzlich schien

Jackie nicht nur verärgert, sondern auch verwundert, als sie sagte: »Ich dachte, daß das die Erfüllung all Ihrer Träume sei, wenn Sie endlich diese Hexe und ihre beiden Gören loswerden. Mit einem Schlag. Das macht alles doch viel leichter. Dann können Sie wieder Ihr eigenes Leben leben.«

»Ich bitte Sie!«, sagte Isabel und dachte dabei an den armen Luke, der seine Kinder dann nur noch jeden zweiten Feiertag und während ein paar weniger Wochen im Sommer sehen würde. »Es gibt so viele Verlage in New York. Sie hätten doch irgendwo hier was finden können.«

Jackies Stimme klang nicht mehr verwundert, sondern eiskalt, als sie antwortete: »Wenn Sie so besorgt darum sind, warum wechseln Sie dann nicht die Firma und ziehen nach L.A. und nehmen Luke gleich mit? Ich habe nämlich die Nase voll davon, mich ständig nach Ihnen und Luke richten zu müssen.«

Das war auch Isabels Reizthema. Aber sie sah es etwas anders. Wer mußte sich hier an wen anpassen und wer mußte sein Leben ständig umstellen? Sie war froh, daß sie ihrem Herzen endlich einmal Luft machen konnte und sagte: »Und deshalb nehmen Sie sich einfach so heraus, Pläne zu machen, die uns alle angehen, ohne uns etwas davon zu sagen?«

»Daß die Eltern zweier Kinder nicht mehr am gleichen Ort, sondern jeder am anderen Ende der U.S.A. lebt, ist etwas völlig Normales.« Jackie sagte das mit einer Selbstverständlichkeit, die sie unmöglich so meinen konnte. Nicht Jackie Harrison mit dem Orden »Supermutter der Schule«, verliehen vom Eltern-Lehrer-Beirat.

Aber sie fuhr unbeirrt fort: »Das passiert jeden Tag. Ein ums andere Jahr hat Luke die Kinder im Sommer und jeden zweiten Feiertag. Es ist nicht ideal, aber man schafft es irgendwie.«

Jackie spielte bestimmt nur mit ihr. Das konnte sie doch unmöglich ernst meinen. Sie wollte sie mit dieser Idee bestimmt nur piesacken – wie mit einem spitzen Stock –, um eine Reaktion aus ihr herauszukitzeln.

Isabel versuchte, ehrlich zu antworten, als sie sagte: »Das können Sie doch nicht tun. Sie können Luke doch nicht die Kinder wegnehmen. Wir können so nicht leben.«

»Wir?«, fragte Jackie, als ob Isabel überhaupt nicht zählte, als ob es nichts zählte, daß Isabel Jackies Kinder ständig herumkutschierte, von der Schule abholte und ihnen bei den Schulaufgaben half.

»Sagen Sie Luke, er kann mit mir reden, wenn er ein Problem damit hat«, fügte Jackie herablassend hinzu, und: »Das geht Sie überhaupt nichts an. Wir brauchen Sie nicht, damit Sie uns helfen, unsere Probleme zu lösen.«

»Aber es ist auch mein Problem«, konterte Isabel. Wenn das niemand begreifen wollte, mußte sie eben selbst darauf hinweisen.

»Oh, tatsächlich«, sagte Jackie verächtlich.

Sie konnte noch so herablassend zu ihr sein, Isabel wollte wenigstens hören, daß sie bei dieser Entscheidung auch ein Wörtchen mitzureden hatte.

»Ich werde diesen Mann heiraten und wir werden ein gemeinsames Leben führen.« Isabel versuchte, ruhig zu klingen. Sie hoffte, daß die Ehrlichkeit ihrer Gefühle für sich sprach. Bestimmt würde Jackie das verstehen. Schließlich hatte Jackie Luke auch einmal geliebt, und sie mußte doch erkennen, daß Isabel einfach nicht zulassen konnte, daß seine Gefühle verletzt wurden. Deshalb sagte sie einfach: »Ich liebe ihn. Und ich weiß, daß Anna und Ben sein Lebensinhalt sind. Es würde ihn umbringen, wenn sie nicht mehr bei ihm wären. Weil…« Isabel fühlte sich Jackie gegenüber ganz hilflos. Sie konnte sich anstrengen, wie sie wollte, sie fand einfach nicht die richtigen Worte. Sie fühlte so viel und konnte doch nur so wenig ausdrücken.

»Jackie, bitte!«, fügte sie schließlich noch hinzu.

Jackies Gesichtsausdruck veränderte sich. Nur ein paar Nervenstränge zuckten und ein paar Muskeln entspannten sich, so daß man es kaum bemerkte. Aber da sich die beiden so intensiv ansahen, war es Isabel nicht entgangen. Und dann hörte sie Jackie in einem ganz anderen Ton mit ihr reden. Ihre Stimme klang irgendwie brüchig, als sie ruhig sagte: »Sie sind auf dem Holzweg, mein Kind. Sie haben falsche Schlüsse gezogen.«

Isabel war mit einem Mal total verunsichert. Sie konnte damit klarkommen, daß Jackie wütend war oder feindselig und herablassend. Aber jetzt wußte sie überhaupt nicht mehr, woran sie mit ihr war. Sie wußte nur, daß sie die Flugtickets mit eigenen Augen gesehen hatte. Da hatte sie sich ja wohl nicht geirrt.

Nach einer langen, unangenehmen Pause setzte sich Jackie in einen der Holzstühle. Isabel schien es, als gäbe sie nach. Und dann zündete sich Jackie einen Joint an und ihre Hände zitterten. Isabel konnte nicht glauben, was sie da sah. Jackie Harrison rauchte einen Joint?

Schließlich sagte Jackie: »Charlie Drummond war eine meiner Kolleginnen, als ich bei Random House in New York gearbeitet habe. Sie ist in die Niederlassung an der Westküste versetzt worden. Ich werde bei ihr übernachten, während ich einige dieser neuen Proteininjektionen bekomme, die mir meine Onkologin empfohlen hat. Ich kann sie nur in Los Angeles bekommen.«

Als Isabel allmählich begriff, was Jackie ihr damit sagen wollte, lief es ihr eiskalt den Rücken herunter. Trotzdem wiederholte sie ungläubig: »Onkologin?«

Jackie tat einen langen Zug an ihrem Joint und hielt ihn Isabel hin, die ablehnend den Kopf schüttelte. »Es ist einem nicht mehr so schlecht, wenn man das raucht«, erklärte sie und versuchte zu lächeln – dieses gezwungene, kalte Jackie-Lächeln. Aber es war schwächer als sonst und entfaltete auch nicht seine übliche Wirkung. Dann sagte sie: »Das Leben ist wirklich ungerecht. Es ist erst dann legal, einen Joint zu rauchen, wenn man Krebs hat.«

Krebs! Isabel stockte der Atem. Wieder einmal hatte sie total falsch gelegen. Und jetzt hatte sie plötzlich furchtbare Angst um Jackie und die Kinder, und um Luke. Und bevor sie noch groß darüber nachdenken konnte, stellte sie die Frage, die Erwachsene eigentlich nicht stellen sollten. Wie ein kleines Kind fragte sie Jackie: »Werden Sie sterben?«

Aber Jackie verzog keine Miene, obwohl es ihr schwerfallen mußte, gerade Isabel dieses Geheimnis als erster zu offenbaren. »Heute noch nicht«, sagte sie nur.

LUKE

Luke war total ausgehungert. Er hatte das Mittagessen ausfallen lassen und war zum Flughafen gehetzt, um einen früheren Flug zu bekommen, damit er Isabel überraschen konnte.

In den letzten Wochen hatten sie so wenig Zeit miteinander verbringen können – teils wegen seiner beiden Fälle, die ihn viel in Pittsburgh und Washington beschäftigten, teils wegen seiner Verpflichtungen Jackie und den Kindern gegenüber. Er hatte mit Isabel nicht einmal richtig Verlobung gefeiert. Schließlich konnte man einen Bierumtrunk anläßlich eines Fußballspiels von Anna nicht als angemessene Feier dafür ansehen, daß Isabel sich einverstanden erklärt hatte, den Rest ihres Lebens mit ihm zu verbringen.

Vielleicht war sie schon zu Hause, wenn er ankam,

dachte er, als das Taxi über die Brücke nach Manhattan fuhr, und sie könnten zu Tonino's gehen. Isabel war gern dort. Manchmal hatte er das Gefühl, daß sie lieber bei Tonino's aß, als bei ihm – weil es sie an frühere Zeiten erinnerte. Und jedesmal wenn Isabel ins Lokal kam, schrie das ganze Personal begeistert: »Isabella!«

Das Taxi setzte ihn vor der Haustür ab, und er sah sofort nach oben, ob schon Licht brannte. Ja, sie war zu Hause. Er lächelte. Seine Kleine!

»Hallo, da bin ich«, rief er vergnügt, als er den Loft betrat, und wartete auf ein Lächeln von ihr. Aber da tat sich nichts. Sie kam zwar auf ihn zu und ließ sich von ihm umarmen, aber ihr Gesicht war tränennaß. Sie war total aufgelöst.

»Was ist denn bloß los?«

»Du mußt dich unbedingt mit Jackie treffen«, sagte sie nur. »Sofort!«

»Ist was mit den Kindern?«, fragte Luke erschrocken und hatte das Gefühl, als ob sich ihm das Herz zusammenkrampfte.

Sie schüttelte den Kopf und sagte: »Es geht ihnen gut. Ruf Jackie an. Bring sie dazu, daß sie dich sehen will!«

Er versuchte, an ihrem Gesicht abzulesen, was los war, und fragte: »Warum? Was ist passiert?«

»Ich kann es dir nicht sagen... Ruf Jackie an!«

Also rief er Jackie an, und sie hatte nichts dagegen, ihn zu sehen. Auf dem Weg zu ihr aß er eine Banane und überlegte, was wohl jetzt wieder der Grund dafür war, daß er nach Nyack fahren mußte. Ob es mit der Schule zu tun hatte? Aber nein, das hätte Isabel nicht so getroffen. War seine Ex-Frau schließlich doch zum Anwalt gegangen? Wollte sie, daß ihm das Sorgerecht wieder entzogen wurde? Aber Jackie hatte am Telefon nicht streitsüchtig geklungen. Sie hatte nur darauf bestanden, ihn in der Taverne zu treffen und nicht zu Hause. Colleen käme rüber, um sich um die Kinder zu kümmern, hatte sie gesagt.

Als er in der Taverne ankam und Jackie schon dasitzen sah, war er erleichtert. Er war erleichtert, weil in ihrem Gesicht, ganz im Gegensatz zu Isabels, keine Spur von irgendeinem schrecklichen Ereignis zu sehen war.

Aber als sie ihm ihre Neuigkeiten erzählte, wollten die auch nicht zu der coolen Jackie passen, die da so ganz gefaßt vor ihm saß. *Krebs?* Das Wort klang in ihm nach, als habe man auf einen Gong geschlagen. Und als sie die Möglichkeit in Erwägung zog, daß sie vielleicht nicht mehr lange leben würde, schien ihm dieser Gedanken völlig absurd. Jackie doch nicht. Sie war doch immer so präsent und so stark.

»Bist du sicher?« hatte er sie gefragt. »Woher weißt du es so genau?«

»Die Röntgenaufnahmen haben es bestätigt«, sagte sie, »und der Computertomograph. Die Ärzte sind sich alle einig.«

Dann erklärte sie ihm, daß sie sich vor einem Jahr einen Knoten in der Brust hatte entfernen lassen. Und daß es ein so winziger Knoten gewesen sei, daß sie ihn nicht damit behelligen wollte.

»Mich damit behelligen?«, fragte Luke erstaunt. Und überlegte, ob er sie wirklich so weit von sich gestoßen hatte, daß sie sich ihm nicht mehr anvertrauen konnte. Ob er Schuld daran war, daß sie sich so isoliert hatte und sich in Gefahr brachte, weil sie ihm so wichtige Dinge nicht mehr sagen konnte? Er war doch derjenige, der am besten wissen mußte, daß sie dazu neigte, sich von allen zurückzuziehen und nur noch für die Kinder zu leben.

Während er darüber nachdachte, wurde ihm klar, daß er sich immer nur vorgemacht hatte, daß sie ihn aus ihrem Leben drängen wollte. Er hatte die Verletzlichkeit unter ihrer harten Schale nicht wahrnehmen wollen –

und war einfach gegangen. Und er hatte nie versucht, mit ihr so in Kontakt zu bleiben, daß er erkannt hätte, ob sie ihn nicht doch noch brauchte. Er war einfach gegangen…

Und nun saß sie hier und…

Sie erklärte weiter, daß die Ärzte gedacht hatten, alles erwischt zu haben. Aber daß der Krebs wiedergekommen war und außerdem noch einige Lymphknoten und Organe befallen hatte.

Jackie mochte noch so gefaßt und präsent wirken – die Diagnose war eindeutig. Er starrte auf seine geballten Fäuste und versuchte zu verstehen, was das bedeutete.

Er merkte, daß sie ihn beoabachtete. Und dann sagte sie schließlich: »Du mußt nichts sagen. Ich wüßte auch nicht, was ich sagen sollte… wenn du an meiner Stelle wärst.«

Er sah ihr in die Augen und als er sprach, klang es wie ein Schwur: »Wir schaffen es! Wir werden ihn besiegen!«

Sie lächelte nur ganz kurz. Aber es war ein warmes Lächeln. Und dann sagte sie: »Träum' weiter, aber danke für das *Wir*.«

Er kämpfte mit den Tränen, aber in Jackies Augen standen keine Tränen. Sie war völlig gefaßt.

Und seine Stimme versagte ihm beinahe, als er ihr versprach: »Ich werde bei dir sein, du mußt das nicht allein durchmachen.« Und er bedauerte jedes böse Wort und daß ihre Ehe schiefgegangen war und daß er sie so einfach verlassen hatte. Aber die einzige Entschuldigung, die ihm einfiel, war: »Du bist nicht allein.«

Sie schluckte vergebens und er konnte sehen, daß seine Worte sie erreicht hatten. Sie versuchte zu lächeln, sah dann aber nach unten. Und er dachte: *Warum habe ich nicht Krebs bekommen. Mir wäre es irgendwie recht geschehen.*

Als er ihr das sagte, erwiderte sie nur: »Damit käme ich auch noch klar.« Und nach einer langen Pause lächelten sie sich ein ganz klein wenig an.

Als sie es zwei Tage später den Kindern erzählten, war Jackie einfach umwerfend. Er hatte sich mit Ben ins Wohnzimmer gesetzt und konnte sie in der Küche mit Anna reden hören, während die beiden heißen Kakao machten. Als sie dann zusammen ins Wohnzimmer kamen – wie zwei Freundinnen –, servierte Jackie Ben mit einer großen Geste den Kakao und sagte: »Siebenunddreißig Marshmallows. Deine Schwester hat sie gezählt, als sie sie hineintat.«

Aber Anna war auf der Hut. Ihre Nerven schienen zum Zerreißen gespannt, und die aufgesetzte Fröhlichkeit ihrer Mutter konnte sie nicht täuschen. Schließlich war sie es, die durch die Höflichkeit schnitt, die das *Trompe l'oeil* - das Trugbild –, das sie alle vier da auf dem Sofa abgaben, zerstörte. Wie mit einem Messer durchschnitt Anna die imaginäre Leinwand mit der unechten Familie darauf und sagte: »Also, was ist los? Wer heiratet diesmal wen?«

»Mami heiratet Isabel«, witzelte Ben.

Luke lächelte verlegen, weil er nicht wußte, wie er Jackie helfen konnte. Er fand keine Worte, um es den Kindern selbst zu sagen und ihr so diese Last abzunehmen. Außerdem sah sie auch nicht so aus, als ob sie Hilfe nötig hatte. Sie sah die Kinder direkt an, erst Anna und dann Ben, und sagte dann, ohne bedrückt zu klingen: »Mami ist krank.«

»Hast du immer noch Grippe?«, fragte Ben.

»Nein, ich habe Krebs«, sagte sie einfach so.

Luke war tief berührt, daß sie es so nüchtern ausdrücken konnte. Sie war so tapfer. Das hatte er ihr schon in der Taverne gesagt. Und sie hatte geantwortet, daß es daran läge, daß sie sich mit diesem Gedanken schon länger befaßte.

»Wißt ihr, was das ist?« fragte sie die Kinder.

Ben schüttelte den Kopf. Aber Anna wußte es. Sie saß

stocksteif auf dem Sofa und sagte: »Daran ist Tante Mary gestorben.«

Ben sah Anna erschrocken an. Und die Angst in ihren Augen bestärkte seine nur noch mehr. Dann sah er seine Mutter an, die immer noch ganz gefaßt und ruhig dasaß und ihnen lächelnd erklärte: »Bei Tante Mary war es ein anderer Krebs. Es gibt verschiedene. Ihrer war besonders bösartig.«

Luke sah, wie Anna, die ganz blaß geworden war, plötzlich das Blut ins Gesicht schoß. Ihre Wangen glühten so, daß man meinen konnte, man müsse sich die Finger verbrennen, wenn man sie berührte. Aber ihrem Gesichtsausdruck war nichts zu entnehmen. Nur ihre roten Wangen verrieten, was sie wirklich dachte. Anna wußte Bescheid.

»Ist deiner bösartig?«, wollte Ben wissen.

»Halt den Mund«, fuhr Anna ihn an. »Sie wird sterben«, sagte sie und sah ihre Mutter wütend an.

Luke fühlte sich total hilflos und hatte die Fäuste geballt, wußte aber nicht, was er tun sollte. Er wünschte, daß er die Wut seiner Tochter auf sich lenken könnte, um ihre Mutter zu schonen. Aber Jackie ließ sich nicht aus der Ruhe bringen. Sie ignorierte Annas Ausbruch einfach.

»Ich bin seit einigen Wochen in Behandlung«, sagte sie. »Wir haben allen Grund zu hoffen, daß ich wieder gesund werde.« Und ihre Stimme machte Mut. Dann hob sie ihren Pulli hoch, um den Kindern den Chemo-Walkman zu zeigen. »Guckt mal«, sagte sie, »ist der nicht cool?«

Ben war sehr interessiert, aber Anna wollte überhaupt nicht hinsehen.

Jackie erklärte, daß der Walkman ihr immer Medizin gebe. »Damit ich Abwehrkräfte aufbauen und die Krankheit bekämpfen kann«, sagte sie.

»Kann ich es auch kriegen?«, fragte Ben. »Den Krebs, meine ich.«

Jackie lächelte und nahm ihn in den Arm. »Nein, Schatz, es ist nicht ansteckend.«

Anna störte ihre Zweisamkeit, als sie sagte: »Du weißt es also schon länger, oder?« Sie war verbittert, und es war kaum zu überhören, daß sie ihrer Mutter einen Vorwurf daraus machte, ihr ihre Krankheit so lange verheimlicht zu haben.

Jackie nickte.

»Warum hast du es mir nicht gesagt?«

Zum ersten Mal schien Jackie nicht zu wissen, was sie sagen sollte. Sie sah hilfesuchend zu Luke und stammelte etwas, gewann dann aber ihre Fassung zurück und sagte: »Ich weiß doch, wie ängstlich ich bin, wenn du krank bist. Deshalb wollte ich es dir nicht gleich erzählen. Ich wollte warten, bis ich sicher war, daß es wieder besser wird. Ich war der Meinung, daß es so das Beste ist. Aber da habe ich mich wohl getäuscht.« Sie hoffte, daß Anna das verstehen würde. Dann beugte sie sich zu ihr und sagte: »Aber von jetzt an, werde ich dir *alles* sagen, damit du immer weißt, was los ist.«

Anna starrte ihre Mutter an und sagte nichts. Luke wünschte, daß er diesen furchtbaren Blick hätte abfangen können. Es hatte ihn immer schon überrascht, wie grausam Kinder sein konnten. Auch seine Anna. Um sich selbst zu verteidigen und ihre eigenen Bedürfnisse zu schützen, konnte Anna von einer Sekunde auf die andere richtig gemein werden.

So wie jetzt, als sie sagte: »Du hast uns vorher angelogen, als du es uns verheimlicht hast. Warum solltest du uns jetzt die Wahrheit sagen?« Sie stand auf und fügte noch hinzu: »Ich glaube dir nie wieder ein Wort.«

Luke sagte streng: »Anna, man soll nie nie sagen... Und sprich nicht so mit deiner Mutter!«

Jackie hob abwehrend die Hand. *Laß mich das machen,* hieß diese Geste. Die ganze Zeit über hatte sie ihrer Tochter in die Augen gesehen, auch als sie jetzt fortfuhr: »Anna, ich habe einen Fehler gemacht. Wir machen alle Fehler. Und wir vergeben einander, weil wir uns lieben.«

Anna wandte sich ab, und an der rücksichtslosen Frage, die sie nun stellen sollte, erkannte Luke, wie verzweifelt sie war.

»Wo ist Isabel?«

»Was?«

»Es ist Donnerstag. Wir sollten heute bei Isabel sein. Sie hätte uns eigentlich schon abholen müssen.« Anna stand stocksteif da, wie die Statue eines wütenden kleinen Kindes.

»Ich will lieber bei Mammi bleiben«, jammerte Ben. Die Wut seiner Schwester machte ihm Angst.

»Sie wird sowieso sterben«, sagte Anna zu ihm. »Isabel ist jetzt deine neue Mutter.« Und dann rannte sie zur Treppe.

Luke war empört, aber als er Jackies gefaßtes Gesicht sah und wie sie versuchte, sich zusammenzureißen und Kräfte zu sammeln, ließ auch seine Anspannung nach. Und er sagte sehr laut: »Anna!«

Anna zuckte zusammen und blieb mit der Hand am Treppengeländer stehen, drehte sich aber nicht um.

»Du benimmst dich deiner Mutter gegenüber nicht so. Hörst du! Du kannst nicht einfach so davonlaufen«, sagte er wütend.

Wie auf Kommando drehte sich Anna um, sah ihn eiskalt an und schien ihre ganze Wut auf ihn abladen zu wollen, als sie fragte: »Und warum nicht?«

Der Unterton in ihrer Stimme ließ Luke zusammenzucken, aber er sah sie weiter streng an. Ohne sich von seinem Blick beeindrucken zu lassen, fuhr Anna fort: »Du hast es doch genauso gemacht.«

Dann stieg sie die Treppe hoch und ließ sie einfach so da sitzen.

Ihr Weggehen riß ein Loch in ihre Mitte, genauso wie Luke, als er damals gegangen war, ein Loch in ihre Mitte gerissen hatte. Und genauso wie Jackie ein Loch in ihre Mitte reißen würde, falls sich Lukes schlimmste Befürchtungen bewahrheiten sollten.

JACKIE

Jackie war auf der Suche nach einer ganz bestimmten Langspielplatte. Sie waren alle unter dem Plattenspieler in ihrem Schlafzimmer – beinahe schon vergessen.

Als Luke noch zu Hause wohnte und sie den CD-Spieler für unten anschafften, hatten sie den Plattenspieler ins Schlafzimmer gestellt. Und Samstagabends, wenn die Kinder schon im Bett waren, spielten sie manchmal etwas aus ihrer Jugend – etwas, daß sie an die Zeit erinnerte, als es leichter war zusammenzusein. Und dann löschten sie das Licht und tanzten ganz langsam miteinander. Und eines Nachts, als Luke schon lange unten im Gästezimmer schlief und gerade dabei war, seine Sachen zu packen, hatte er sie Otis Redding spielen hören. Und nachdem er Anna und Ben einen Gutenachtkuß gegeben hatte, war er auf dem Weg nach unten an ihrer Schlafzimmertür stehengeblieben. Schließlich hatte er sich an den Türrahmen gelehnt – ohne Schuhe, mit einem Fuß auf dem anderen – und sie angesehen. Sie hatte ihm die Arme entgegengestreckt und er war zu ihr gekommen, während die Musik leise spielte. Dann hatten sie wieder miteinander getanzt, sich umeinander gedreht und dieser schrecklichen Zärtlichkeit ergeben, obwohl sie wußten, daß er sie gleich verlassen würde.

Heute wählte sie eine Platte von Gladys Knight. Und dieses Mal ging es nicht um das Verlassenwerden. Dieses Mal drehte sie die Lautstärke ganz auf und ließ die Musik pulsieren wie einen heftigen Herzschlag. Sie ließ die Musik laut ihrem Rhythmus folgen, als sei sie ihr Herz, das immer noch kämpfte und stark war.

Ben saß auf der Chaiselongue und sah ihr zu. Er war immer noch ängstlich, sagte nichts und versuchte zu verstehen, was eigentlich los war. Jackie hielt ihm die Hand hin und zog ihn zu sich hoch. Er landete mit einem Satz auf den Füßen und grinste. Man konnte ihn so leicht aufheitern. Sie nahm ihn hoch und tanzte mit ihm, während seine Füße in der Luft baumelten. Dabei sang sie ganz laut »Ain't No Mountain High Enough« und fühlte, wie ihre Stimme durch ihn hindurch vibrierte.

Und Ben legte den Kopf in den Nacken und lachte laut, lachte alles aus sich heraus, seinen ganzen Kummer. Sie küßte ihn auf seinen kleinen Hals und spürte wieder die flaumige Weichheit des Neugeborenen, den sie mit blaugestreiftem Babymützchen nach Hause gebracht hatte.

Und dann sah sie Anna in der Tür stehen. Die Lippen ihrer Tochter bewegten sich, und sie hörte Anna sagen: »Es tut mir leid, daß du krank bist.«

»Ich kann dich nicht verstehen«, gab Jackie vor, während sie weitertanzte und Ben hinunterließ und herumwirbelte.

»Dann stell die Musik leiser!«, schrie Anna wütend.

Jackie legte eine Hand ans Ohr, schüttelte den Kopf, als ob sie nichts verstehen könnte und winkte Anna zu sich herüber. Ihre Tochter kam langsam auf sie zu und schließlich in ihre Arme. Und Jackie küßte sie auf diese Stelle in ihrem Haar und atmete tief durch.

»Ich wollte sagen…«, begann Anna.

»Ich habe es gehört«, sagte Jackie zu ihr. »Weißt du, ich bin zwar krank, aber nicht taub.«

Dann lächelten sie einander zu und Anna sagte: »Das ist eins von Isabels Lieblingsliedern.«

»Mein Süße«, sagte Jackie theatralisch, »ich habe schon auf dieses Lied getanzt, da hat Isabel noch in die Windeln gemacht.« Und immer noch lächelnd fuhr sie fort: »Sie kennt vielleicht den Text dieses Liedes, aber ich habe die Bewegungen dazu erfunden.«

Und zum großen Erstaunen beider Kinder gab sie dann Ben ihre Haarbürste und Anna das schnurlose Telefon und nahm selbst den Lockenstab. Dann hob sie die Nadel des Tonarms hoch und spielte das Lied noch einmal von vorn. Sie stellte die Kinder neben sich auf und sagte: »Paßt jetzt gut auf und macht es mir einfach nach!« Und sie fing an zu singen und durch den Raum zu tanzen.

Die Kinder starrten sie völlig entgeistert an, und Jackie sagte: »Kommt schon, ihr müßt mitmachen, ihr Schisser.«

»Schisser?«, schrien die Kinder, wie aus einem Mund.

Jackie bewegte die Arme, die Hüfte und die Beine und feuerte die Kinder an, es ihr gleichzutun. Zuerst bewegten sie sich ganz steif und unsicher. Aber als die Musik sie packte und sich ihren Weg in sie hineinbahnte, bis zu der Stelle, die weh tat und immer weh tun würde, begannen sie, mit der Musik zu tanzen.

Bald standen sie alle drei mit ihren merkwürdigen Mikrophonen vor dem Spiegel der Schrankwand, sangen aus vollem Hals und vergaßen dabei für einen Augenblick, was sie nicht ändern konnten.

ISABEL

Isabel schlief noch und bemerkte nicht, daß Luke in einem Stuhl an ihrem Bett saß und sie beobachtete.

Sie schlief ganz fest und war weit weg in ihren Träumen, wo niemand von ihr verlangen konnte, Kompromisse einzugehen oder Zugeständnisse zu machen. In ihren Träumen mußte sie sich nicht vorstellen, welchen Ausdruck Annas Gesicht angenommen hatte – oder Bens –, als ihre Mutter ihnen gesagt hatte, daß sie krank sei. Sie mußte sich nicht mehr daran erinnern, daß sie Luke abends im Badezimmer hatte weinen hören, während er so tat, als würde er sich die Zähne putzen und versucht hatte, sie sein Weinen nicht hören zu lassen, indem er das Wasser ganz aufdrehte.

Isabel war weit weg in ihren Träumen, in der heilen Welt von damals: Großmama Celie war dabei Wäsche aufzuhängen und sang dazu alte Kirchenlieder. In dieser Zeit konnte ein Gute-Laune-Schlager einen ganzen Tag retten. Isabels Mutter saß mit ihr in der Hollywood-Schaukel auf der Veranda, wiegte sie in den Armen, und sie schaukelten immer vor und zurück, vor und zurück. In Isabels Träumen war ihre Mutter immer noch da, ihr Herz war niemals gebrochen worden und sie hatte niemals geweint, weil ihre Mutter nie mehr zurückkam.

In ihren Träumen war sie nie sechs Jahre alt und mußte nie ihre Hand auf Matts Fell legen, um sich zu trösten, damit sie endlich einschlafen konnte.

JACKIE

Es war nur ein kurzes Treffen. Aber Jackie wußte schon seit langem, daß Wendepunkte im Leben nicht viel Zeit brauchten. Vielmehr brauchten sie oft lange, um sich zu entwickeln. Aber wenn es soweit war, passierte alles in Sekunden.

Selbst jetzt, wo es um Leben und Tod ging, sagte ihr eine Sekunde alles. Denn länger dauerte es nicht, die Ärztin anzusehen und Bescheid zu wissen. Die erste Runde der Chemotherapie war vorbei, und sie mußte nicht auf die Interpretation der Röntgenbilder an der Lichttafel oder auf die Prognose der Ärztin warten, um zu wissen, was jetzt kam.

»Es hat sich kaum etwas verändert«, sagte Dr. Sweikert ganz sanft, beinahe zärtlich.

Es ist nur auf die Krankheit zurückzuführen, dachte Jakkie, daß eine gewisse Zärtlichkeit wieder in ihr Leben zurückgekehrt war. Seit ihrer Scheidung hatte sie nur von den zufälligen zärtlichen Gesten ihrer Kinder gelebt, die ihr manchmal so ihre Zuneigung zeigten. Ihre Mutter und ihre Schwester wohnten weit weg, und sie hatte sich ohnehin nie sehr mit ihnen verbunden gefühlt, weil sie so ganz anders waren. Und Jackies Freundschaften beschränkten sich auf das Austauschen von Weihnachtskarten, die sie nur schrieb, weil sie im College einmal das Wohnheimzimmer mit jemandem geteilt hatte oder später im Beruf das Büro.

Luke hatte ihr immer vorgeworfen, daß sie sich von allen zurückzog. Aber das tat sie doch nur, weil sie so ein ausgeprägtes Bedürfnis nach Privatsphäre hatte. Luke durfte eine Zeit lang bis dahin vordringen, und die Kinder taten es immer noch, weil sie ihr Trost boten. Alle anderen riefen in ihr nur das Bedürfnis hervor, sich zu verstecken und ihre Zeit und ihren Frieden vor ihnen zu beschützen.

Durch ihre Krankheit hatte sich das bis zu einem gewissen Grad geändert. Seitdem sie wußte, daß sie krank war, hatte sie sich wieder an sinnvolle Freundlichkeiten gewöhnt.

Ihre ehemalige Kollegin Charlie Drummond zum Beispiel hatte mehr als freundlich auf ihre Bitte reagiert, ein paar Tage bei ihr in Los Angeles verbringen zu dürfen. Und die Lehrer der Kinder hatten ihr ganz aufrichtig versichert, daß sie selbstverständlich darauf achten würden, ob sich in Ben oder Annas Verhalten irgendein Zeichen von Verzweiflung mischte. Die Vorsitzende des Elternbeirates hatte Jackie sogar angeboten, ihr die Adresse der »Frau mit der Perücke« in der 57. Straße zu geben, die ihre beste Freundin gerade mit Würde durch die Chemotherapie begleitet hatte. Selbst die Ärztin, die ihr jetzt gegenüber saß, hätte nicht aufmerksamer sein können. Sogar Luke hatte seine Zärtlichkeit für sie wiederentdeckt.

Sie hätte weinen können, wenn sie an seine Zärtlichkeiten dachte. Aber nicht nur der Gedanke an Luke und die Freundlichkeit der Ärztin trieben ihr die Tränen in die Augen, sondern auch die Diagnose der Ärztin. Jackie versuchte, die Tränen zurückzuhalten, damit sie ihr nicht die Wangen hinunterliefen, als sie fragte: »Also, was kommt jetzt?« Sie beruhigte sich ein wenig damit, daß es nur die erste Runde der Chemotherapie gewesen war. Bestimmt konnte man noch mehr tun. In der *Times* erschienen jeden Dienstag Artikel darüber, daß wieder ein medizinischer Durchbruch gelungen war.

Doch Dr. Sweikert schüttelte den Kopf, als gäbe es keine Hoffnung. Aber als sie sprach, ließ es Jackie doch hoffen. »Es gibt eine Klinik in Seattle«, sagte sie, »das Hutchinson Krebsforschungszentrum. Wir haben ihre Forschungsergebnisse beobachtet und sind mit ihrer Erfolgsrate sehr zufrieden.«

Jackie nickte.

»Es ist eine gute Klinik. Die beste. Sie verbinden ein paar Komponenten, die gute Ergebnisse in Frankreich gezeitigt haben mit Injektionen von Antikörpern. Es scheint die Chemotherapie zu unterstützen.«

Jackie rang sich ein Lächeln ab und sagte: »So? Das läßt ja hoffen!«

Dr. Sweikert nickte und fügte hinzu: »Es ist sehr vielversprechend. Wir sind sehr optimistisch.«

Jackie beeilte sich, nach Hause zu kommen, da heute in Annas Schule das Thanksgiving-Fest stattfand, bei dessen Koordination sie wochenlang mitgeholfen hatte. Und die ganze Zeit ging ihr dieses Wort nicht mehr aus dem Kopf: *Optimistisch, optimistisch, optimistisch,* flüsterte es in ihr.

ISABEL

Als Luke anrief und ihr sagte, daß er zum Erntedankfest der Kinder nicht kommen könne, hatte sich Isabel die Videokamera geschnappt und das Studio verlassen. Duncan würde gar nicht mitkriegen, daß sie eine Stunde nicht im Studio war. Sie würde einfach schnell nach Nyack fahren, die Aufführung der Kinder filmen und dann schnell wieder zurückfahren. Wenn sie dann noch etwas länger arbeitete, als sonst, hätte sie zwei Fliegen mit einer Klappe geschlagen. Luke würde sowieso erst spät nach Hause kommen.

Die Kinder hatten nicht mit ihr darüber gesprochen, daß ihre Mutter krank war. Aber sie hatten ihr eine Menge erzählt, als sie sie heute von der Schule abgeholt hatte, weil Jackie wieder einen Termin bei »Random House« – ihr Codewort für Ärztin – hatte. Besonders Anna war richtig redselig gewesen, und hatte ihr ausführlichst von ihren Problemen mit Jungen erzählt. Und Isabel hatte mit ihr gelitten: Das gehörte nun einmal dazu.

Als Isabel ankam, sah sie Jackie schon am Eingang der Aula stehen. Sie sorgte dafür, daß sich die verkleideten Schulkinder für ihren Auftritt in einer Reihe aufstellten – lauter kleine Gemüsesorten, Indianer und Pilgerväter.

Anna war ein Maiskolben. Und als Isabel ins Gebälk über der Bühne sah, hing Ben da oben als Truthahn verkleidet an Drahtseilen und wartete darauf, in seiner Rolle als zukünftiger Mittelpunkt der Erntedanktafel herunterzuschweben.

Isabel ging zu Jackie und erklärte ihr leise, daß Luke es nicht schaffen würde. Jackie war weder überrascht noch begeistert, ließ sich aber nichts anmerken. Und das fand Isabel sehr ordentlich.

Isabel hätte sich danach zurückziehen können, um ihre Aufnahmen zu machen. Aber irgend etwas ließ sie nicht von Jackie loskommen. Etwas in ihr wollte noch eine Chance. *Vielleicht jetzt…* Deshalb blieb sie bei Jackie und raunte ihr zu: »Ich muß Ihnen etwas erzählen. Es ist vertraulich.« Sie hoffte, es würde sich verschwörerisch anhören.

»Sie bekommen Michael Jackson Baby«, sagte Jackie schlagfertig, wandte aber keinen Blick von der Bühne. Sie mußte sehen, was dort vor sich ging, damit sie dem nächsten Kürbis oder Pilgervater rechtzeitig auf die Schulter klopfen konnte, wenn er dran war.

»Genau«, nickte Isabel und stieg auf Jackies humorige Bemerkung ein – oder was immer das gewesen sein sollte. »Und… Anna ist jetzt verliebt in den tollen Brad Kovitzky.«

Als Jackie das hörte, sah sie Isabel interessiert an und fragte: »Wer ist das?«

Isabel deutete auf die Bühne, zu einem der jungen Pilgerväter, und sagte: »Sehen Sie den blonden Jungen da?«

»Den kleinen Nazi?«, fragte Jackie und tat sehr erschrocken. »Was findet Anna denn an dem?«

»Er ist ihre große Liebe!«

»Ich bin deprimiert!«

»Wieso?«

Jackie tat verzweifelt und sagte: »Ich hatte gehofft, daß

sich meine Tochter in jemanden verlieben würde, der interessanter ist. Nicht in einen, der aussieht als gehöre er zur Sängerfamilie derer von Trapp.«

Isabel grinste.

Dann wollte Jackie Einzelheiten wissen und sagte: »Mir hat sie gar nichts davon erzählt.«

»Sie hat Angst, daß Sie eine große Sache daraus machen könnten. Sie gehen ja erst seit zwei Wochen miteinander.«

Jackie war wirklich erstaunt.

Isabel erklärte ihr: »Sie wissen doch, daß es nichts zu bedeuten hat, wenn man in der sechsten Klasse mit jemandem geht. Sie gehen nicht ins Kino oder so. Sie sitzen noch nicht einmal beim Mittagessen in der Schule zusammen. Es ist einfach nur eine Erklärung für die anderen, daß sie...«

»Miteinander gehen«, sagte Jackie und fügte lächelnd hinzu: »Ja, ja, ich hatte auch einmal Kinder. Damals!«

»Wie auch immer«, fuhr Isabel fort, »da kommt er doch heute im Pausenhof auf sie zu und erzählt ihr in aller Öffentlichkeit – vor all ihren Freundinnen –, daß er mit ihr Schluß macht.«

»Der kleine Scheißer«, zischte Jackie. »Vor allen?«

Isabel nickte ernst und schmückte die Geschichte noch ein bißchen aus. Sie konnte es kaum glauben, sie stand tatsächlich hier mit Jackie und flachste herum. Und Jackie ließ es geschehen.

»Das ist überhaupt der einzige Grund, *miteinander zu gehen*«, sagte Isabel, »daß einer mit dem anderen Schluß machen kann. Und dann imitieren sie das ganze leidenschaftliche Seifenoper-Programm der Erwachsenen, ohne daß sie jemals wirklich miteinander ausgegangen sind.«

»Sie muß am Boden zerstört sein«, sagte Jackie.

»Sie hat sich eine Stunde im Mädchenklo eingeschlossen und geheult.« Isabel schüttelte feierlich den Kopf und fuhr fort: »Ich meine, Sie haben zwar Probleme, aber *das hier* ist wirklich ernst.«

Auch Jackie schüttelte den Kopf. Gab es irgend etwas, daß ernster (oder amüsanter) sein konnte als der erste Liebeskummer eines jungen Mädchens?

Ein als Füllhorn verkleidetes Kind kam auf sie zu und Jackie brachte noch schnell sein Make-up in Ordnung, bevor sie es auf die Bühne schickte.

»Das wollte ich Ihnen eigentlich damit sagen«, sagte Isabel, »ich hole sie also heute von der Schule ab und sie erzählt mir diese ganze Geschichte. Und fragt mich, was sie machen soll.«

»Und was haben Sie gesagt?«

»Da kann ich dir nicht weiterhelfen, habe ich gesagt.« Und Isabel zeigte Jackie, wie sie vor Anna mit den Schultern gezuckt hatte. »Frag deine Mutter, habe ich gesagt.«

Jackie nickte und akzeptierte die Verantwortung, die Isabel wieder in ihre Hände gelegt hatte – wo sie auch hingehörte. Dann schickte sie wieder eines der Kinder hinaus auf die Bühne.

»Also wird sie Sie morgen fragen, was sie machen soll. Seien Sie darauf gefaßt«, schloß Isabel.

Jackie nickte, und Isabel beeilte sich, die Kamera für Bens großen Auftritt bereitzuhalten.

Plötzlich war er da: ein fetter, kleiner Truthahn, der am Himmel kreiste. Er strampelte mit den Beinen und schlug wie wild mit den Flügeln. Und schließlich – peng! – wurde er von einem Pilger abgeschossen. Er fiel herunter und hinkte. Dann versagten ihm die Beine und schließlich schlugen auch seine Flügel nicht mehr.

Das Publikum war begeistert.

»Mein Sohn«, sagte Jackie stolz.

Isabel hatte alles auf Video aufgenommen: Ben als Truthahn und diesen Ausdruck in Jackies Gesicht und was sie gesagt hatte. Ben würde das irgendwann sehen wollen, dachte Isabel. Jetzt mochte es ihm noch nichts bedeuten. Aber irgendwann würde es ihm etwas bedeuten.

JACKIE

Thanksgiving war schon immer ihr Lieblingsfeiertag gewesen. Weil es ein Feiertag war, an dem Dinge gefeiert wurden, die man schon besaß (und nicht welche, die man haben wollte). Und man feierte sie mit gutem Essen: mit Eßkastanien gefülltem Truthahn und mit Ahornsirup verfeinertem Kartoffelbrei und hellen Preiselbeeren. Was konnte schöner sein?

Dieses Jahr war Jackie sehr früh aufgestanden – wie immer am Thanksgiving-Morgen. Aber dieses Mal hatte sie eine Tasse mit dampfendem Apfelwein mit hinaus auf den Rasen genommen und sich auf einen der Stühle gesetzt, von denen man einen so herrlichen Blick auf den Fluß hatte. Das hatte sie noch nie getan. In den vergangenen Jahren war sie am Thanksgiving-Morgen nur damit beschäftigt gewesen, die verschiedensten Gerichte auf der Anrichte aufzubauen, bis sie an der Reihe waren, um im Ofen gegart zu werden. Es war ein bißchen so, als ob sie Flüge am New Yorker La-Guardia-Flughafen organisierte: viel Gedränge und nicht genug Platz. Sie hatte sich mit dem Essen und dem Aufrechterhalten der Tradition immer sehr viel Mühe gegeben. Luke hatte einmal zu ihr gesagt – und dabei hatte er fast geschimpft –, daß sie zu viel Aufhebens um die Feiertage mache, weil der Teil in ihr, der sich nicht damit abfinden konnte, daß sie nicht mehr arbeitete, die Feiertage als Ersatzbefriedigung für mangelnde berufliche Erfolge ansah. Damals war sie beleidigt gewesen und hatte es bestritten – weil es sonst so ausgesehen hätte, als ob sie die Arbeit zu Hause nicht ganz ausfüllte: das Kinderwickeln, das Insbettchenbringen und das Näschenputzen. Heute konnte sie zugeben, daß er damals vielleicht sogar recht gehabt hatte.

Dieses Jahr würde sie nun ganz allein mit ihren Kindern feiern. Luke war bei Isabels Bruder in Jersey eingeladen und Jackies Schwester, die in Pennsylvania wohnte, gab ein Essen. Aber Jackie konnte sich nicht vorstellen, in ihrer derzeitigen Verfassung daran teilzunehmen. Als Entschuldigung hatte sie die lange Fahrt vorgeschoben.

Jackie mochte die Vorstellung, das Silber und Kristall nur für ihre Kinder – ihre kleine Familie – zu putzen und zum Glänzen zu bringen. Sie dachte gern daran, den Tisch nur für drei mit dem Hochzeitsservice zu decken. Wenn sie die Augen schloß und sich vorstellte, wie sie und die Kinder vor dem großen Fenster mit Blick auf den Fluß saßen und aßen und die Sonne dabei ins Zimmer schien – dann war sie wirklich dankbar, daß sie das noch erleben durfte.

Der Apfelwein war süß und schmeckte nach Zimt. Die Wärme, die von ihm ausging, konnte man gut gebrauchen, da es ein wirklich eisiger Morgen war. Und Jackie wärmte sich die Hände an der heißen Tasse. Sie war dankbar für den heißen Apfelwein und die kalte Luft – für diesen Kontrast, der sie beides erst richtig fühlen ließ. Sie war glücklich, daß sie beobachten durfte, wie die Nebelschwaden vom Fluß aufstiegen und sich allmählich im stärker werdenden Sonnenlicht auflösten. Und sie war dankbar für die letzten Eichenblätter, die noch ganz hoch oben in den Bäumen hingen; und dafür, was der Wind ihr erzählte, während er durch die Tannenwipfel strich. Falls dies ihr letztes Thanksgiving…

Aber daran durfte sie jetzt nicht denken. Nicht heute!

Sie war dankbar dafür, daß man an ihr eine neue Behandlungsmethode ausprobieren wollte. Sie war dankbar für das Krebsforschungszentrum in Seattle und für die französischen Forscher, die mit den Antikörpern arbeiteten. Sie war dankbar, daß es direkte Flüge von Newark nach Seattle gab, und daß sie schon bald fliegen konnte – nämlich morgen. Sie wollte endlich mit der Therapie beginnen.

Ihre Vorstellungskraft reichte nicht weiter als bis zum Beginn dieser neuen Therapie, auch wenn sie in letzter Zeit viel öfter geneigt war, weit darüber hinaus zu denken – an die Endlichkeit des Seins. Als sie zum Beispiel zum Metzger ging, um den vorbestellten Freilandtruthahn abzuholen, hatte der Metzger gesagt: »Hier ist ihr üblicher Zwölfpfünder, Mrs. Harrison.« Und sie hatte sich gefragt: ›Ob es wohl mein *letzter* sein wird? Der letzte Thanksgiving-Truthahn, das letzte Knoblauch/Preiselbeer-Chutney und die letzte Theateraufführung?

Auch gestern abend, als sie mit Anna Gemüse für das Thanksgiving-Essen eingekauft hatte, und sie über Annas ersten Freund sprachen, hatte sie gedacht: *Ob ihr erster Freund wohl auch der letzte sein wird, den ich erleben darf?*‹

Natürlich hatte sie diesen Gedanken beiseite geschoben, aber er war trotzdem noch da, kam immer wieder und ging ihr nicht aus dem Kopf. Und dieser Gedanke stellte sich zwischen sie und all ihre Anstrengungen, Annas ersten Liebeskummer ernst zu nehmen. Jackie versuchte, ihre Tochter ein bißchen damit zu necken und sie so aus ihrer Niedergeschlagenheit herauszuholen, indem sie sagte: »Hast du denn wirklich gedacht, daß du mit elf einen triffst, mit dem du den Rest deines Lebens verbringen wirst?«

Anna hatte tief geseufzt, frustriert die Stirn gerunzelt und geantwortet: »Nein, aber... Aber jedes Mal, wenn ich auf dem Pausenhof bin, ist er mit seinen zehn speichelleckenden kleinen Wieseln auch da.«

»Oh, magst du seine Freunde etwa nicht?«

»Sie schreien dann immer alle: ›Da geht die *Jungfrauenkönigin* oder die *Eisprinzessin* oder irgend etwas anderes *wahnsinnig* Intelligentes‹. Etwas, das mir weh tut.«

Jackie hatte gegrinst, weil sie plötzlich begriff: »Du hast ihn also nicht geküßt, hm?«

»Nicht mit offenem Mund.«

»Braves Mädchen«, hatte Jackie gesagt, bevor ihr noch bewußt wurde, was das automatisch bedeutete: »Das heißt, du hast ihn mit geschlossenem Mund geküßt?«

Anna rollte mißbilligend die Augen. Egal wie es nun passiert war, ob mit geschlossenem Mund oder auch nicht, es war alles darauf hinausgelaufen, daß sie sich nun Schimpfwörter an den Kopf warfen. Anna bevorzugte *Arschgesicht* oder *Perverser* oder »irgend etwas ähnlich Blödes«. Und Jackie erklärte ihr, daß sie die Schimpfwörter auch nicht weiterbringen würden. Daß sie den Jungen einfach ignorieren solle.

Erst hatte Anna gedacht, daß Jackie Witze machte. Aber Jackie hatte ihr versichert, daß Brad nur auf sich aufmerksam machen wollte. Wenn Anna aufhören würde, ihn zu beachten, würde er es einige Zeit lang noch toller treiben, und dann von ganz allein damit aufhören – weil es keinen Spaß mehr machte.

Und Anna hatte Jackie genau zugehört, als sie ihr erklärte, wie sie sich verhalten sollte: »Er existiert einfach nicht mehr für dich. Du siehst ihn gar nicht. Du hörst ihn nicht. Du bist viel zu erwachsen, um dich darum zu kümmern, was dieser kleine Junge macht.«

Anna hatte Probleme, sich mit dem Plan ihrer Mutter abzufinden und fragte: »Ich ignoriere ihn also einfach? Und sage nichts?«

Jackie hatte genickt und sich gefreut, daß sich ihre Tochter auch in Herzensangelegenheiten an sie wandte. Und sie hatte diesen Augenblick genossen, bis Anna fragte: »Glaubst du, Isabel würde das auch tun?«

Jackie konnte ihre Enttäuschung über diese Frage nicht verbergen und Anna versuchte, ungeschehen zu machen, was sie gesagt hatte, indem sie schnell hinzufügte: »Ich meine, es ist nur, weil sie jünger ist. Vielleicht erinnert sie sich besser daran, wie man damit umgeht?«

Anna konnte ja nicht wissen, daß dieser Zusatz alles noch schlimmer machte, und Jackie zuckte nur mit den Schultern.

Trotzdem dachte Anna weiter über ihren Rat nach und fragte: »Du meinst also wirklich, daß das hilft?«

»Bestimmt«, hatte Jackie ihr versichert.

An diesem Abend waren sie lange aufgeblieben. Nach den Einkäufen hatten sie in der Küche Vorbereitungen für das Thanksgiving-Essen am nächsten Tag getroffen. Schließlich hatten sie den eingekochten Kürbis in die Backform gegossen, in den Ofen geschoben und noch eine Weile geredet, während allmählich ein leckerer Geruch die Küche durchzog. Und bevor sie ins Bett gegangen waren, hatten sie noch die Tischwäsche und die silberne Vase hervorgeholt.

Mittlerweile hatte die Sonne alle Nebelschwaden vertrieben und schien direkt auf den Fluß. Jackie dachte, daß sie später Blumen für die Vase aus dem Garten holen würde: Astern von den Beeten vorn am Zaun, Dalien hinten aus dem Garten und ein paar Farnfedel, die bei dem schattigen Fleckchen an der Hausecke wuchsen. Und sie wollte es mit Andacht tun, im Bewußtsein, daß es vielleicht das letzte Mal sein würde, daß sie Herbstblumen für ihre silberne Vase schnitt. Es sollte ein Zeichen der Dankbarkeit für die Dinge sein, die sie in diesem Augenblick besaß – an diesem Thanksgiving. Und als sie sich diesen Gedanken gestattete, blickte sie auf und sah ihre Kinder auf sich zukommen, die einander an den Händen hielten.

Sie hatten noch ihre Pyjamas an, trugen aber Gummistiefel, und Jackie schlug die Decke auf, in die sie sich eingehüllt hatte, und nahm ihre Kinder auf den Schoß. Und so saßen sie alle drei da, während die Sonne immer höher stieg, und genossen diesen Augenblick, der ihnen allein gehörte. Und Jackie dachte, wie schön es doch war, einen Erntedankfest-Morgen auf diese Art zu begehen.

Das Gefühl dieses Augenblicks, da draußen zu sitzen und mit den beiden Kindern im Arm den Sonnenaufgang zu beobachten, hatte sie auch noch spätnachts dazu veranlaßt, Anna zu wecken.

Anna und Ben waren von dem üppigen Mahl, der großen Aufräumaktion und dem langen Spaziergang am Fluß in der Abendämmerung ganz erschöpft gewesen. Nachdem sie vorm Feuer eingeschlafen waren und Jackie sie wie zwei Schlafwandler die Treppe hinaufgeführt hatte, dachte sie, daß es ganz gut war, daß die Kinder so früh im Bett waren – obwohl sie sie schon fast wieder vermißte.

Sie mußte am nächsten Morgen ganz früh nach Seattle und hatte noch nicht gepackt. Aber während sie in ihrem Schlafzimmer dabei war, die Sachen in den Koffer zu legen, sah sie zufällig zum Fenster hinaus. Und dort draußen, im Strahl der Straßenlaterne, fiel der erste Schnee – ganz, ganz sacht.

Vor ihrer Krankheit wäre sie nicht im Traum darauf gekommen, Colleen so spät am Abend noch herüberzubitten, um auf Ben aufzupassen, falls er aufwachte. Und sie wäre auch niemals auf die Idee gekommen, ihre Tochter aus dem warmen Bett zu holen, um mit ihr hinauszugehen, weil es schneite. Aber nun war es alles wie ein Sakrament an die Letzten Dinge. Ob sie nun weiterlebte oder starb, dies würde der letzte erste Schneefall sein, den Anna in der sechsten Klasse erlebte, und der letzte erste Schneefall ihres ersten Liebeskummers. Jeder Augenblick war ein letzter, ein einziger.

Sie schlich also in Annas Zimmer, wo ihre Tochter fest schlief. Ihr Haar umgab ihren Kopf wie ein Heiligenschein, wie es so auf den Kissen ausgebreitet lag. Es war so fein, daß es sogar im Nachtlicht glänzte. Jackie beugte sich über sie und flüsterte: »Anna, wach auf, mein Schatz.«

»Mama? Was ist denn los?«, murmelte Anna schlaftrunken und hatte Mühe, sich aufzusetzen. »Ist es schon Zeit für dich, nach Seattle zu gehen?«

»Nein, es ist immer noch Nacht, Liebling«, sagte Jakkie, und ihr Herz versuchte Anna zu erreichen, die auch so kurz nach dem Aufwachen schon an Seattle dachte und daran, was kommen würde. Und deshalb war es nicht verrückt, sie so spät in der Nacht noch einmal aus dem Bett zu holen.

Jackie fragte: »Wie würde es dir gefallen, mit mir an einen ganz besonderen Ort zu gehen? Und zwar jetzt gleich?«

Anna nickte ein wenig unsicher und immer noch ganz benommen vom Schlaf. Aber sie schwang ihre Beine aus dem Bett und stand auf. Jackie gab ihr eine Jeans und sagte: »Stopf dein Nachthemd rein.«

»Wir gehen in unseren Schlafklamotten?«, fragte Anna, als sie sah, daß auch Jackie ihren Schlafanzug unter den Jeans trug.

»Ja, wir ziehen uns nur noch Mäntel drüber.«

Und dann fuhren sie zu den Pferdeställen. Jackie ließ nur das Standlicht an, als sie die Auffahrt zum Gestüt hinauffuhren. Sie schlossen leise die Autotüren und schlichen sich in die große Scheune, in der es nach Stroh und Pferdedung roch: warme Gerüche gegen die Kälte der Nacht. Das Wohnhaus jenseits der Ställe lag bereits im Dunkeln. Falls die Winslows aufwachen sollten, würde Jackie es ihnen schon irgendwie erklären.

Als Jackie und Anna in den Stall kamen, schnaubten die Pferde und reckten ihnen neugierig ihre großen Köpfe entgegen. Hier war es wärmer als in der Scheune. Jackie kannte diesen Ort so genau, daß es ihr keine Probleme bereitete, auch im Dunkeln alles zu finden. Sie amüsierte sich über Tomboys Verwirrung, mitten in der Nacht gesattelt zu werden. »Du weißt gar nicht, was los ist, mein Junge, hm?« fragte sie und täschelte ihm beruhigend den Hals.

»Was ist mit Rascal?«, fragte Anna, als Jackie nur Tomboy aus der Box führte.

»Du kommst mit mir«, sagte Jackie.

Sie half Anna in den Sattel und schwang sich dann hinter sie. Draußen vor der Tür wehte ein eisiger Wind, der die Schneewolken wegblasen würde. Hier und da war schon der Mond zu sehen. Es war Vollmond.

Vielleicht erklärt das meinen drängenden Wunsch, mitten in der Nacht hierher zu kommen, dachte Jackie, *ich bin mondsüchtig!* Sie gab dem Pferd die Sporen und sie ritten durch die klirrende Kälte den Pfad hinten am Stall entlang, der zum Wald hinaufführte.

Vom den Nüstern des Tieres stiegen kleine Wölkchen auf, und auch ihren Atem konnte man sehen. Sie ritten zwischen den Bäumen hindurch, die bläuliche Schatten warfen. Und als sie wieder aufs freie Land hinauskamen, glänzten die schneebedeckten Hügel im Mondlicht als seien sie aus Platin. Der Mond erhellte alles um sie herum und auch die Augen ihrer Tochter. Anna hatte sich umgedreht und lächelte Jackie zu, um ihr so für den wundervollen Ausritt zu danken. Eine ganze Zeit ritten sie nur so dahin, ohne ein Wort zu wechseln. Abgesehen vom Traben des Pferdes, das durch den Schnee gedämpft wurde, hörte man nichts. Es war wie ein Geschenk Gottes, in einer Nacht wie dieser draußen zu sein. Und Jackie hoffte, daß Anna das auch so empfand.

Und als könne sie Gedanken lesen, sagte Anna auf einmal: »Es ist hier nachts so wunderschön.«

Die wohlbekannte Landschaft um sie herum hatte sich in ein Traumland verwandelt. Überall glitzerte der Schnee, und es war ein bißchen unwirklich, daß sie hier mitten in der Nacht zusammenwaren. Jackie schloß die Augen und versuchte, all diese Eindrück zu behalten – den Geruch von Annas Haar, das Licht des Mondes und das Gefühl der kalten Luft auf ihrem Gesicht. Jackie wollte, daß ihre Zellen diese Eindrück aufnahmen. Sie dachte, daß etwas, das einen so starken Eindruck auf sie machte, sie doch heilen müßte. Mit Sicherheit war diese Mondnacht mit Anna eine stärkere Droge als jede Chemotherapie. Vielleicht konnte dieses Gefühl alle bösartigen Zellen besiegen.

Anna hatte sich an ihre Mutter gelehnt und alles war so friedlich. Und sie ritten so lange, bis sie oben an einen Bergvorsprung gelangten, von dem aus sie über den Fluß blicken konnten, der sich unter ihnen dahinschlängelte wie ein Strom aus flüssigem Mondlicht. Und dann fing Jackie an zu weinen – sie weinte um die Schönheit ihres Lebens, das sich vor ihr ausbreitete wie der glitzernde Schnee dort unten über die Landschaft. In letzter Zeit dachte sie oft an früher, an Begebenheiten, die ihr Leben ausgemacht hatten und die alle zusammen die innere Landschaft ihres Lebens bildeten. Und es war ein zu schöner Ort, um ihn einfach zu verlassen. Sie konnte ihr Leben nicht einfach so aufgeben. Sie durfte nicht weggehen.

Jackie bemühte sich, Anna nicht merken zu lassen, daß sie weinte. Diese Tränen gehörten ihr allein und sollten nicht zu Annas Erinnerungen werden. Jackie wollte nicht, daß sich ihre Tochter später, immer wenn wieder einmal der erste Schnee fiel, daran erinnerte, daß ihre Mutter in dieser Nacht geweint hatte. Anna sollte sich an die Freude dieser Nacht erinnern, und Jackie sagte zu ihr: »Ich werde diese Nacht nie vergessen.«

»Sag niemals nie«, entgegnete Anna froh und kuschelte sich glücklich an Jackies Oberkörper.

Und Jackie vergrub ihre Nase im Haar ihrer Tochter und sagte: »Es gibt eine Ausnahme. Du kannst *nie nie* sagen, wenn du so fest an etwas glaubst, daß du es zweimal sagen kannst.«

»Ich werde es *nie nie* vergessen und *immer immer* daran denken«, sagte Anna.

Und Jackie drückte ihre Tochter noch ein bißchen fester an sich und flüsterte: »Versprich es, versprich es!«

ISABEL

Es war wahrscheinlich der teuerste Set, an dem sie als Fotografin jemals beteiligt war. Es war fast, als ob man ein Buch von Edith Warton verfilmte: Von den Sandsteinhäusern hatte man die Rückstände der Autoabgase entfernen lassen, damit sie so aussahen wie im letzten Jahrhundert. Damen flanierten mit Reifröcken und Sonnenschirmchen auf und ab, die Männer trugen Schwalbenschwänze und Zylinder. Und das alles, um im ausgehenden zwanzigsten Jahrhundert teuere Sportwagen an den Mann – beziehungsweise die Frau – zu bringen.

Duncan war die ganze Zeit wie ein Tiger auf- und abmarschiert, weil die Crew sechs Stunden gebraucht hatte, um dieses extravagante Szenario aufzubauen – anstatt zwei. Und Isabel war sich die ganze Zeit bewußt gewesen, wie die Zeit verrann.

Auch jetzt wußte sie ganz genau, daß sie erst seit genau sechsunddreißig Minuten Fotos machte und daß sie weg mußte. Jetzt. Im Grunde war sie fertig und hatte alles, was sie brauchte, auf Film und Diskette aufgenommen. Aber sie wußte auch, daß Duncan der Meinung war, daß sie nicht genug Aufnahmen gemacht hatte. Und das bedeutete, daß ihr eigentlich noch einmal sechs Stunden bevorstanden, um alles aus jeder Perspektive aufzunehmen, damit Duncan der Meinung war, daß sich der Aufwand gelohnt hatte.

Ihrer Meinung nach aber war das reine Zeit- und Geldverschwendung. Sie hatte, was sie brauchte, nicht mehr und nicht weniger, und sie mußte jetzt los. Cooper würde alles abbauen. Sie nahm ihre Handtasche und ging in Richtung Land Rover. Sie wußte, daß Duncan hinter ihr war, noch bevor sie seine Hand am Arm spürte. Und sie ahnte, was ihr jetzt bevorstand.

Aber bevor er noch etwas sagen konnte, sagte sie: »Es ist 13 Uhr 45 und ich hab' dir doch gesagt, daß niemand da ist, um Anna abzuholen.«

»Du bist aber noch nicht fertig.«

»Ich hab's. Es ist alles im Kasten. Wir brauchen nicht mehr. Cooper kann...«

»Es handelt sich hier um meinen besten Kunden«, erwiderte Duncan aufgeregt. »Ich muß ihm ein paar Fotos zur Auswahl vorlegen können.«

»Ich hab' alles aus zwanzig verschiedenen Perspektiven aufgenommen. Dein Kunde wird eine Auswahl haben. Vertrau mir.«

Duncans Gesicht zuckte. »Paß auf«, sagte er, »ich werde eine Produktionsassistentin schicken, die die Kinder abholt und du...«

»Nein«, fiel ihm Isabel ins Wort. Auf keinen Fall würde sie zulassen, daß eine wildfremde Frau Anna und Ben abholte, während sich ihre Mutter in Seattle gerade einer allerletzten Behandlung gegen Brustkrebs unterzog, der schon Metastasen gebildet hatte.

»Aber...«, versuchte Duncan es wieder.

»Welchen Teil des Wortes *nein* verstehst du eigentlich nicht?« Isabel war jetzt wirklich geladen. Duncan war einfach eine herrschsüchtige, gefühllose Nervensäge. Das sagte sie ihm natürlich nicht. Stattdessen drehte sie sich ohne ein weiteres Wort um und ließ ihn stehen.

Aber er war nicht so leicht abzuschütteln. »Es geht hier um deinen Job«, rief er ihr nach.

Sie drehte sich um, sah Duncan, der ihr gefolgt war, direkt in die Augen und fragte: »Was willst du damit sagen?«

Er fühlte sich plötzlich unbehaglich und bemühte sich, sanfter mit ihr zu reden. Er klang irgendwie niedergeschlagen, als er sagte: »Isabel, du bist die beste Fotografin, die ich je hatte, mit der ich jemals zusammengearbeitet habe. Aber in den letzten Monaten hat deine Leistung stark nachgelassen.« Dabei konnte er ihr kaum in die Augen sehen. »Du bist immer noch gut«, fuhr er fort, »aber du verlierst an Biß. Deine Konzentration und deine Hingabe gelten nicht mehr allein deiner Arbeit, und deine ganze Einstellung ist sehr enttäuschend.«

Das versetzte ihr einen Stich in den Magen. Ein Gefühl, das sie schon seit Jahren nicht mehr gehabt hatte. Sie war so daran gewöhnt, »die starke Isabel« zu sein, die sich durch ihre Arbeit und ihre Glanzleistungen auszeichnete, und sich deshalb alles erlauben konnte. Jetzt hatte sie Angst. Aber sie ließ sich nichts anmerken und fragte herausfordernd: »Also was, Duncan? Wenn ich jetzt gehe, wirfst du mich dann raus?«

Er sah sie ernst an, blickte dann zur Seite und nickte langsam. Er stand zu seiner Entscheidung, obwohl es so aussah, als wüßte er, daß es ihm schon bald leid tun würde. Und es klang wie eine Vorwegnahme der Ereignisse, als er schließlich sagte: »Es tut mir leid.«

Und sie glaubte ihm. Er sah genauso traurig aus wie sie sich fühlte. Sie biß sich auf die Lippe und sah Cooper an, der ihr zunickte. Er verstand ihre Beweggründe. Seine Erlaubnis hatte sie.

Isabel wandte sich wieder Duncan zu und sagte: »Danke für alles!« Und dann gab sie den besten Job auf, den sie je hatte, ohne zu wissen, ob sie jemals wieder eine solche Chance bekommen würde. Aber Anna und Ben warteten.

Sie fuhr nach Nyack. Und als sie vor der Schule anhielt, hatte sie alle Tränen weggewischt und hinuntergeschluckt. Natürlich war sie wieder zu spät dran. Die einzigen Kinder, die noch da waren, waren Anna und Ben. Sie saßen in der Nähe des Fahnenmastes, und Anna weinte.

Isabel stürmte aus dem Auto und rannte zu ihnen hin. Aus Anna war nichts herauszubekommen und Ben sah sie besorgt an. Isabel nickte ihm zu und sagte: »Setz dich schon mal ins Auto, Benjamin!« Er sauste für ihre Begriffe ein bißchen zu flott davon und sie rief ihm nach: »Aber daß du mir nicht etwa nach Hause fährst!«

Anstelle einer Antwort grinste er ihr über die Schulter zu.

Als sich Isabel neben Anna setzte, konnte sie sehen, daß sie nicht nur weinte, sonder vor Wut schäumte. Die roten Flecken in ihrem Gesicht schienen förmlich herauszuspringen. »Was ist denn passiert?«, fragte Isabel.

Anna erzählte ihr, wie sie Brad Kovitzky hatte ignorieren wollen. »Ich hab' einfach nur gemacht, was Mama gesagt hat. Und es wurde nur noch schlimmer. Heute hat er mich vor allen anderen *Frosty, die Eisschlampe* genannt.

Saukerl, dachte Isabel und sagte: »Männer können so gemein sein. Dein Bruderherz und dein Vater natürlich ausgenommen.« Dann sah sie sich um und fragte: »Ist dieser kleine Scheißer noch hier? Denn falls er noch da sein sollte, kann er was erleben!«

»Nein«, entgegnete Anna betrübt, »seine Mutter holt ihn immer rechtzeitig ab.«

Isabel wischte ihr die Tränen aus dem Gesicht und sagte: »Paß auf, ich hab' eine Idee.«

»Nein, danke«, sagte Anna, »ich brauche nicht auch noch einen Rat von meiner Stiefmutter.«

»Hmmm«, machte Isabel und überlegte einen Augenblick. »Noch bin ich nicht deine Stiefmutter, aber ich freue mich schon sehr darauf.«

Anna sagte nichts dazu.

»Paß auf, wenn du erwachsen sein willst, mußt du dich auch wie eine Erwachsene benehmen. Ich helf' dir auch dabei.« Sie sah Anna von der Seite an und bemerkte, daß sie nicht gerade begeistert war. »Du hast zwei Möglichkeiten«, fuhr Isabel fort, »heulen oder ihm eins auswischen! Also, was willst du tun?«

Anna weinte ein bißchen weniger, schniefte schließlich nur noch und sagte dann mit dem Kopf nickend: »Ihm eins auswischen.«

Und sie lächelten sich an.

Da Luke wieder einmal außerhalb der Stadt zu tun hatte und vor dem nächsten Morgen nicht zurück sein würde, ging Isabel mit den Kindern in die »Cowgirl Hall of Fame« zum Abendessen. Nachdem sie darüber debattiert hatten, wer was auf seiner Pizza haben wollte, schickte Isabel Ben mit einer Handvoll Vierteldollarstücken zur Jukebox. Und kurze Zeit später quälte er das ganze Lokal mit seiner Liedwahl.

»Okay«, sagte Isabel zu Anna und legte die Hände auf den Tisch.

Anna sah sie aufmerksam an.

»Fangen wir mit dem Aussehen an. Ich weiß, daß er gut aussieht. Aber die bestaussehendsten Leute sind sehr eitel und es gibt immer etwas, was sie an sich nicht leiden können.«

Anna konnte nicht glauben, daß es irgend etwas gab, das Brad Kovitzky an sich nicht mochte.

»Hat er Pickel?« fragte Isabel. »Dann könnten wir ihn Pizzagesicht nennen.«

»Nein.«

»Hilf mir! Du kennst ihn besser als ich.«

»Äh«, überlegte Anna, »er glaubt, daß seine Nase zu groß ist. Aber das stimmt nicht.«

»Gut. Wie sieht's mit seinen Ohren aus? Sind die groß?«

Anna dachte nach und erklärte dann: »Nein, aber sie stehen ein bißchen ab. So etwa«, und dann zeigte sie Isabel, wie seine Ohren abstanden.

»Damit kriegen wir ihn«, sagte Isabel und sah schon alles deutlich vor sich. »Er ist ein toter Mann.« Sie warf sich in Pose, um Anna zu zeigen, wie sie es machen sollte. »Montag beim Lunch gehst du zu ihm. Mit Haltung, hörst du?«

Anna nickte und wartete gespannt.

Isabel tat so, als sei sie Anna, deutete mit dem Finger auf einen imaginären Brad Kovitzky und sagte: »Hey, du hast ja ganz schöne Segelohren!« Dabei hielt sie die Hände hinter die Ohren, so daß es aussah, als habe sie riesige abstehende Ohren, und fuhr fort: »Hör mir zu, du Schlappschwanz! Ich sage es nur einmal! Und ihr kleinen Arschkriecher paßt besser auch auf.« Damit meinte sie seine Freunde.

Anna war ganz aufgeregt und konnte vor Begeisterung kaum stillsitzen.

Isabel fuhr fort, den imaginären Brad fertigzumachen: »Wir wollen ja gar nicht erst davon reden, was deine lächerliche Vorstellung darüber angeht, was Mädchen wirklich wollen… Ich werde meine Zeit auf jeden Fall nicht mehr mit so einem Loser wie dir vergeuden, der noch nicht einmal weiß, was *Schneeblasen* heißt!«

»Äh«, unterbrach Anna sie, »was is'n das?«

Isabel wurde plötzlich klar, daß sie da wohl etwas zu weit gegangen war. Sie konnte Lukes Tochter auf keinen Fall erzählen, was Schneeblasen bedeutete, deshalb sagte sie nur: »Oh, es ist eine unglaublich widerliche und überhaupt nicht sexy Sache, die sie einmal in einem Film beschrieben haben, in den ich dich nie gehen lassen würde. Aber es existiert. – Hat Brad einen älteren Bruder?«

»Ja, in der High School.«

»Der wird beeindruckt sein«, versicherte ihr Isabel. »Und nachdem du Brad das alles gesagt hast, kommt das Wichtigste. Die Krönung des Ganzen. Du läßt ihn einfach stehen, drehst dich dann aber noch einmal um...« Isabel zeigte ihr, wie sie es machen sollte – ganz cool. »Und dann sagst du zu Brad: ›Der Typ aus der achten Klasse, mit dem ich jetzt gehe, lacht sich jedesmal tot, wenn ich ihm von dir erzähle.‹«

Annas Gesicht verdüsterte sich. »Aber Isabel, ich kenne niemanden aus der Mittelstufe.«

Isabel überlegte einen Augenblick und lächelte dann: »Es wird ein passender Junge vor der Schule auf dich warten. Am Montag. Um 15 Uhr 30. Mit einem wahnsinnig teuren Mountainbike. Und er wird super aussehen, selbst wenn ich dafür einen vom Begleitservice verpflichten muß.«

Anna grinste und war total begeistert. Sie quietschte vor Vergnügen und klatschte Isabel auf die erhobene Hand, zur Besiegelung ihres Deals.

»Ich hatte einen furchtbaren Tag«, sagte sie, »aber jetzt nicht mehr.«

»Ich auch«, sagte Isabel und dachte dann: *Duncan kann mich mal.*

JACKIE

Jackie saß im Flugzeug zurück nach Hause und überlegte verzweifelt, woher sie wohl die Kraft nehmen sollte, um vom Flugzeug in die Ankunftshalle zu kommen und vom

Flughafen zum Haus in Nyack. Die Krebsbehandlung war hart gewesen, und das Wetter hatte seinen Teil dazu beigetragen, daß es ihr noch schlechter ging. In Seattle hatte es die ganze Zeit geregnet. Sie hatte in ihrem Krankenhausbett gelegen und beobachtet, wie das Wasser am Fenster hinunterlief, und es war ihr so vorgekommen, als ob der Regen die ganze Lebenskraft aus ihr herausschwemmte. Außerdem hatte sie sich dort ganz fremd gefühlt und das Haus in Nyack und ihre Kinder vermißt.

Sie hatte auch nur einmal angerufen, weil sie das Gefühl gehabt hatte, daß ihre Kinder nicht mit ihr sprechen wollten. Ben hatte ihr nur von einem seiner Zaubertricks erzählt, der gerade schiefgegangen war. Und im Hintergrund konnte sie Isabels Stimme hören, die Anna dazu überreden mußte, ans Telefon zu gehen. Es hatte ihr nicht gefallen, daß Isabel sich da einmischte. Sie wollte ihr Mitleid nicht. Als Anna schließlich am Apparat war, hatte sie kaum etwas gesagt. Und Jackie hatte begriffen, daß ihre Kinder jetzt Angst vor ihr hatten. Zwischen ihnen stand plötzlich eine unsichtbare, aber scheinbar undurchdringliche Mauer aus Angst. Sie hatten Angst, daß Jackie ihnen weh tun könnte.

Jackie selbst hatte Angst davor, ihnen weh zu tun. Diese Reise hatte sie so verletzlich gemacht, daß sie jetzt nur noch die schwarzen Seiten der Letzten Dinge sah. Sich das eingestehen zu müssen, war wie ein neues Stadium der Krankheit. Diese Behandlung war ihre letzte Chance, und wenn sie nicht anschlug, war das hier ihre letzte Reise. Und irgendwann, sehr bald schon, würde es dann den letzten Sonnenaufgang geben, die letzte Berührung und die letzte Tasse Tee. Es würde einen letzten Augenblick mit Anna geben. Einen letzten mit Ben. Und einen letzten Atemzug. Es war jetzt nicht mehr so schwer, sich diese Möglichkeit vorzustellen. Es war zwar schrecklich, aber nicht schwierig. Sie glaubte mittlerweile an die Endlichkeit der Dinge. Und besonders an ihre eigene.

Die Kinder waren noch so jung. Natürlich waren sie schon lang nicht mehr die befruchteten Eizellen in ihr, die sie mit viel Hoffnung und ausgewogener, folsäurehaltiger und proteinreicher Nahrung ernährt hatte.

Als sie schwanger war, hatte sie sich jedesmal vorgestellt, wie sich das Zellsystem ihres Babys allmählich entwickelt und wie sein winziges Herz entsteht und wann es zu schlagen beginnt. Durch die ganzen Bücher, die sie über die Schwangerschaft gelesen hatte, wußte sie ganz genau, in welcher Woche sich die Hände formten und wann die Haare und Fingernägel wuchsen. Und als Anna und Ben erst einmal auf der Welt waren, hatte sie jede ihrer Veränderungen wahrgenommen: das erste Lächeln, das erste Fieber, das erste Wort.

Sie hatten beide zuerst »Mama« gesagt, bevor sie irgend etwas anderes herausbrachten. Und das war für Jackie Belohnung genug gewesen. Belohnung für all das, was sie ihr abverlangt hatten und was sie ihretwegen entbehren mußte.

Sie kannte genau die Rundung ihrer kleinen Fersen und hätte blind den exakten Rosaton ihrer winzigen Zungen bestimmen können. Sie wußte, daß Ben zwei Muttermale auf der Brust hatte, so daß es aussah, als hätte er vier Brustwarzen, und daß Anna auf der linken Schulter ein Geburtsmal in Form eines Mundes besaß.

Sie kannte ihre Kinder vom Scheitel bis zur Sohle.

Aber würden sie sich später überhaupt an sie erinnern können? Sie wollte sich nicht selbst bemitleiden, sondern wünschte nur, daß ihren Kindern in Erinnerung blieb, daß es da einmal jemanden gab, der sie so liebte, wie sie waren. Der sie mit Hingabe geliebt und ihnen soviel Aufmerksamkeit geschenkt hatte und sich nicht nur darum kümmerte, daß sie mit Appetit aßen und sauber waren.

Ihre Aufmerksamkeit ging so weit, daß sie ganz genau wußte, daß Anna bei ihren Bildern immer zuerst den Himmel ausmalte und dann erst das Gras. Und daß Ben, wenn er im Schneidersitz vor einem Kindervideo saß, immer das rechte Bein über das linke kreuzte. Sie wußte, daß er Angst vor Mücken hatte und Anna eine merkwürdige Zuneigung zu Kellerasseln entwickelt hatte. Sie wußte, daß Anna pupsen mußte, wenn sie nervös war und Ben dann immer ganz verstockt wurde. Niemand würde ihre Kinder jemals besser kennen, als sie – ihre Mutter!

Sie sah aus dem Flugzeugfenster – von Seattle bis New York schien sich eine einzige Wolkendecke über das Land gelegt zu haben – und sie war in diesem Metallkasten gefangen und ihren Gedanken ausgeliefert. Einerseits wollte sie aus dem Flugzeug raus, andererseits wünschte sie, daß dieser Flug niemals zu Ende ginge. Wie konnte sie denn so nach Hause gehen? Sie konnte ihren Kindern doch nicht so geschwächt gegenübertreten. Vielleicht würden sie sich später nur daran erinnern, wie sie in ihrer Krankheit gewesen war. Vielleicht würden sie sich überhaupt nur an ihr Ende erinnern, weil das so traumatisch für sie gewesen war.

Sie hatte sich körperlich noch nie so beeinträchtigt gefühlt wie in den letzten Tagen. Sie war nie gern verreist, deshalb konnte sie es zum Teil auf diesen Überlandflug schieben und auf die ungewohnte Umgebung. Aber sie fühlte sich jetzt immer so schwach. Sie konnte diese Schwäche nicht länger verheimlichen. Nachdem eine Schwester sie zum Flughafen gebracht hatte, mußte Jakkie einen Rollstuhl benutzen, um überhaupt zum Gate zu kommen.

Und als der Pilot endlich zum Landeanflug auf New York ansetzte, wartete unten in der Flughafenhalle schon ein anderer Rollstuhl auf sie. Jackie blieb angeschnallt sitzen und war sogar zu schwach, um dagegen zu protestieren, daß sie es erniedrigend fand, warten zu müssen, bis sie jemand mit dem Rollstuhl abholte.

Nachdem alle anderen das Flugzeug verlassen hatten, half ihr schließlich ein Flugbeleiter aus dem Sitz. Jackie betete, daß ein Taxifahrer mit einem Schild, auf dem in schwarzen ungelenken Buchstaben ihr Name stand, auf sie warten würde. Sie hoffte, daß es ein freundlicher Mann mit breiten Schultern war, der nicht gut Englisch sprach. Denn sie wußte nicht, ob sie in ihrer Verfassung reden konnte. Sie wußte nicht, ob sie die Wörter überhaupt zu Sätzen formen könnte. Sie befürchtete, sie würde die ganze Fahrt bis Nyack brauchen, um sich zusammenzureißen, damit sie Anna und Ben entgegentreten konnte. Sie wollte bei ihnen keinen Eindruck hinterlassen, an den sie sich für den Rest ihres Lebens schmerzlich erinnern mußten – egal, ob sie nun weiterlebte oder nicht.

Als der Flugbegleiter sie die Gangway hinaufschob, wurde ihr schwindelig. Sie hatte das Gefühl, als habe sich ihr Gehirn gelöst, um in ihrem Körper umherzuwandern und alle Möglichkeiten auszuloten, bei denen er versagen könnte.

Und dann sah sie die Kinder, die mit Isabel im Terminal auf sie warteten. Jackie stoppte schnell den Rollstuhl, aber es war zu spät. Sie hatten sie schon gesehen und waren sehr erschrocken.

»Überraschung«, sagte Isabel überflüssigerweise. Sie stand zwischen den Kindern und hatte jedem eine Hand auf die Schulter gelegt. Sie sah genauso betroffen aus wie Anna und Ben. Keiner von ihnen hatte damit gerechnet, Jackie in so schlechter Verfassung wiederzusehen.

Und dann stand Jackie auf. Sie zwang ihre Beine, ihr zu gehorchen, und sie rang sich ein Lächeln ab. Und dann lief sie plötzlich und wußte nicht, wie sie es schaffte, ihre Muskeln zu koordinieren und ihr Herz dazu zu bringen, schnell genug zu schlagen. Sie rannte einfach auf ihre Kinder zu, nahm sie in die Arme und sagte leichthin: »Ein Wunder ist geschehen, ich kann wieder laufen.«

Anna mußte darüber lachen, zu lang und zu heftig. Aber sie lachte wenigstens. Und Ben bedeckte Jackie mit Küssen und wollte ihre Hand gar nicht mehr loslassen.

Isabel fuhr den Wagen und Jackie ließ sich vom Geschnatter ihrer Kinder tragen. Erschöpft wie sie war, war sie ganz zufrieden damit, sich einfach nur anzuhören, was während ihrer Abwesenheit alles passiert war: Der Schnee war geschmolzen. Am Samstag hatten sie Plätzchen gebacken, mit M&Ms drin. Am Sonntag waren sie in New York im Theater gewesen und die Schauspieler hatten sie mit Essen beworfen. (Nur Isabel konnte mit den Kindern in so ein Theater gehen!) Und sie hatten eine Überraschung für sie. Das sagten sie ihr nicht, aber sie merkte es daran, daß sie vor Vorfreude ganz aufgeregt waren.

Als sie in Nyack ankamen, nahmen Anna und Ben Jackie bei der Hand, zogen sie ganz aufgeregt ins Haus und führten sie zum Schlafzimmer, wo die Überraschung schon auf sie wartete. Isabel kam mit den Koffern hinter ihnen die Treppe hoch, obwohl es Jackie lieber gewesen wäre, sie wäre gegangen. Es strengte sie an, Isabel um sich zu haben. Auch wenn sie wußte, daß sie sich ihretwegen so viel Mühe gab, fühlte sie sich einfach nicht wohl in ihrer Nähe.

»Augen zumachen«, sagte Ben, als sie bei Jackies Schlafzimmer angekommen waren. Jackie folgte seiner Anweisung, und die Kinder führten sie ins Zimmer.

Als sie die Augen öffnete, konnte sie es kaum glauben: überall standen lebensgroße Fotos von Anna und Ben bei allen möglichen Gelegenheiten. Da war Ben in voller Zauberermontur bei einem seiner Tricks. Da war Anna, die ihr Gesicht an der Schnauze ihres Pferdes rieb. Ben, der sich mit dem Kopf nach unten von einem Ast hängen ließ. Anna als Maiskolben. Und noch viele, viele mehr. Als sie die Riesenfotos betrachtete, stiegen ihr Tränen in die Augen. Aber sie bemühte sich, nicht zu weinen und schaffte es irgendwie, zu sagen: »Die sind wirklich gut«, obwohl ihr die Kehle wie zugeschnürt war. Es dauerte Minuten, bis sie sich wieder gefangen hatte. Sie redete sich ein, daß es an ihrer Erschöpfung lag. Es waren die Medikamente. Der Jetlag.

Aber eigentlich wußte sie ganz genau, daß der plötzliche Anblick all dessen war, was ihr lieb und teuer war, sie so aus der Bahn geworfen hatte. Hier in ihrem Schlafzimmer stand all das versammelt, war ihr Leben ausmachte. Und sie brauchte ein paar Minuten, um sich dem Ansturm der Gefühle wieder zu entziehen.

Auf so eine Idee konnte nur Isabel kommen. Das hatte Isabel für sie getan.

Jackie wollte etwas zu ihr sagen, aber Isabel war schon nicht mehr im Zimmer. Als Jackie ihr nachging, war sie gerade dabei, unten in der Halle Mantel und Schal anzuziehen. Jackie rief ihr von oben zu: »Bitte warten Sie noch einen Moment.« Und Isabel sah erwartungsvoll nach oben.

Aber Jackie hätte nicht sagen können, ob Isabel darauf wartete, gescholten zu werden, weil sie es gewagt hatte, ihr mit den Kindern im Flughafen aufzulauern, oder ob sie erwartete, daß Jackie ihr für die erwiesene Hilfe in den vergangenen Tagen dankte. Isabel war ganz offen und würde alles nehmen, was da kam, ob gut oder schlecht.

Jackie sagte schließlich: »Könnten Sie mir noch einen Gefallen tun? Ich arbeite da an einer Sache: ein Weihnachtsgeschenk für Anna und Ben. Und ich brauche Ihre Hilfe. Könnten Sie ein paar Bilder von mir und den Kindern machen?«

Isabel lächelte und fragte verwundert: »Wollen Sie mir damit sagen, daß Sie nicht jeden Augenblick im Leben ihrer Kinder per Video und Kleinbildkamera dokumentiert haben?«

Natürlich hatte Jackie das. Aber da fehlte etwas. Es gab eine Lücke, die sie füllen wollte, ja füllen mußte, solange noch Zeit dazu war: »Ich bin nur auf ganz wenigen Bildern«, sagte sie, »weil ich die meisten Aufnahmen selbst gemacht habe.«

»Ich verstehe«, sagte Isabel und dann: »Kein Problem, ich habe jetzt viel Zeit.«

ISABEL

Isabel war überzeugt davon, daß sie nur Fotografin geworden war, weil ihre Mutter so früh gestorben war. Aber das hatte sie noch niemandem erzählt – nicht einmal Luke.

Als sie heranwuchs, war eine ihrer Lieblingsbeschäftigungen gewesen: mit einem Fotoalbum auf den Knien auf dem Sofa zu sitzen und alle alten Fotos anzuschauen. Die meisten waren schwarzweiß, und sie konnte nie genug davon bekommen. Sie kannte sie alle auswendig, studierte ganz genau, wie das Haar ihrer Mutter auf einem der Bilder gewellt war und wie sie auf einem anderen die Beine übereinanderschlug. Sie besah sich ganz genau das Gesicht ihrer Mutter und ging dann zum Spiegel, um zu sehen, ob sie Ähnlichkeit mir ihr hatte.

Und damals hatte sie begriffen, wozu Fotografieren gut waren. Fotos waren so etwas wie zu Bernstein gewordener Harz oder in Stein gehauene Worte oder Bücher in einer Bibliothek: sie bewahrten, was sonst auf immer verloren wäre.

Während Isabel durch den Sucher auf Jackie blickte, mußte sie unwillkürlich daran denken. Und wenn sie Jackie mit ihren Kinder zusammen sah, war es schwierig, sich vorzustellen, daß sie verschwinden könnte, daß sie irgendwann nicht mehr dasein sollte. Jackie war die Energie, die ihre Kinder antrieb, und Isabel hätte nie gedacht, daß Jackie so... so menschlich sein konnte.

Jackie trat in frischen Pferdemist und es machte ihr überhaupt nichts aus. Sie erklärte Ben, daß er sich seine Nase besser selbst und sofort putzen sollte, oder sie würde sie ihm putzen – und zwar richtig. Jackie konnte den Kopf in den Nacken werfen und aus vollem Hals lachen – wie andere auch.

Isabel durfte all diese Dinge durch ihre Nikon-Kamera sehen, weil Jackie es ihr erlaubte.

Eine Woche lang folgte Isabel Jackie und ihren Kindern überall hin: von den Ställen zum Schwimmbad und auf den Spaziergang am Fluß, den sie gewöhnlich immer vor oder nach dem Abendessen unternahmen. Sie saß mit ihrer Kamera am Küchentisch, während Jackie Anna und Ben half, Weihnachtsschmuck aus rosa Pfefferkörnern und Stechpalmenblättern zu basteln. Sie folgte den dreien durch das ganze Haus, in dem Luke damals die Holzverkleidungen abgebaut, die Farbe vom Milchglas gekratzt und das Himmelbett die Treppe hochgewuchtet hatte.

Sie erhielt einen Einblick in sein früheres Leben. Und sie konnte sich ausmalen, was aus Jackies Leben ohne ihn geworden war.

Sie war sich immer bewußt, daß man ihr nur *erlaubt hatte* dazusein. Sie wußte immer, daß sie nur dasein durfte, weil Jackie sie darum gebeten hatte. Sie fühlte sich nicht wirklich willkommen, eher engagiert. Das ließ sie wenigstens vergessen, daß sie erst kürzlich ihren Job verloren hatte.

Während Anna ihrem Bruder bei seiner ersten Runde auf Schlittschuhen behilflich war, stand Isabel im Eisstadion an der Bande. Jackie ließ ihre Kinder keine Sekunde aus den Augen, als ob sie durch ihren Blick verhindern könnte, daß Ben hinfiel.

Jackie sprach mit ihr, aber Isabel war sich nicht sicher, ob ihre Worte auch für sie bestimmt waren. Es war eher so, als ob Jackie ihre Erinnerungen laut aussprach. Sie schien Selbstgespräche zu führen, um sich zu trösten.

Jackie sagte: »Bens Geburt dauerte nur zwei Stunden. Er krabbelte direkt an meine Brust und schlug dort für drei Tage seine Zelte auf. Und dabei hatte er die ganze Zeit so einen schelmischen Ausdruck im Gesicht.«

Isabel nickte, aber Jackie sah sie gar nicht an. Sie dachte an ihre Kinder – da draußen auf dem Eis, aber auch an die Kinder in ihren Erinnerungen, als sie noch ganz klein waren und sich ihre Welt auf Jackies Arme und ihre Brust beschränkt hatte.

Und sie fuhr fort: »Irgendwie sah seine Decke immer wie ein Umhang aus. Das haben auch die Schwestern gesagt. Er mag es, wenn ich ihm diese Geschichte erzähle – daß er schon als Zauberer auf die Welt kam.«

»Und Anna?«, fragte Isabel, während sie Anna beobachtete, wie sie sich beim Schlittschuhfahren über Ben beugte – dabei beinahe wie ein Schutzengel über ihm schwebte.

Jackie verzog einen Mundwinkel zu einem halben Grinsen und sagte: »Es hat achtundzwanzig Stunden gedauert. Sie war sich einfach nicht sicher, ob sie auf die Welt kommen wollte.« In Erinnerung daran schüttelte Jackie den Kopf. »Die Ärtze wollten sie schon mit einem Kaiserschnitt holen. Aber ich wußte, daß sie kommen würde, wenn sie dazu bereit war.«

Und dann sah Jackie Isabel das erste Mal, seit sie da standen, direkt in die Augen und sagte eindringlich: »So ist sie nun einmal. Passen Sie auf, daß niemand sie zu sehr zur Eile antreibt.«

Isabel nickte nur. Sie konnte jetzt nichts sagen, da sie in diesem Augenblick begriff, daß Jackie nicht mit sich sprach, um sich ihre Erinnerungen ins Gedächtnis zu rufen, sondern mit Isabel, damit sie Anna und Ben später alles erzählen konnte.

»Ich werde daran denken«, sagte Isabel schließlich, mehr brachte sie nicht heraus. Aber sie hoffte, daß Jackie den Ausdruck in ihren Augen richtig deutete, der Jackie versprach, daß sie der Harz sein würde, der zu Bernstein wurde, daß sie diese Worte behalten würde, so als habe man sie in sie hineingemeißelt, als sei sie das Licht, das die Augenblicke auf Fotos bannte.

JACKIE

War sie jetz auch schon *telepathetisch* wie Ben, fragte sich Jackie, als sie wieder im Wagen saß.

Sie hatte die Ärztin nur anzusehen brauchen, um zu wissen, daß die Behandlung in Seattle nichts verändert hatte. Dr. Sweikert hatte gesagt, daß es ihr leid täte, und Jackie hatte einen Scherz über einen Ausflug nach Lourdes gemacht. Und schließlich hatte die Ärtzin gesagt, es gebe da vielleicht noch eine Möglichkeit, aber…

Und Jackie hatte abgewunken. Jetzt war Schluß! Keine Experimente mehr! Sie hatte nicht vor, das letzte bißchen Energie, das ihr noch blieb, und ihre letzten wertvollen Augenblicke an ein Vielleicht zu verschwenden. Sie würde mit ihren Kindern Weihnachten feiern. Sie würde sich dieses letzte Geschenk von niemandem nehmen lassen.

Nachdem sie das Büro der Ärztin verlassen hatte, hatte sie sich erst einmal ins Auto gesetzt, um sich auszuweinen. Autos kamen und gingen in dem voll besetzten Parkhaus. Sie hörte Päarchen vorbeigehen, die sich unterhielten, sah Rücklichter oder Bremsleuchten, die sich auf der Heckscheibe ihres Wagens spiegelten. Aber sie saß einfach nur da und ließ ihren Gefühlen freien Lauf.

Sie würde sterben! Nicht irgendwann in ferner Zukunft, sondern an einem Dienstag oder Donnerstag oder Sonntag, den man jetzt schon auf dem Kalender in der Küche beim Kühlschrank ablesen konnte. So wie ihr Geburtstag stand da auch schon ihr Todestag und wartete nur auf sie – ein schwarzes Kästchen, eine Zahl und Platz für ein paar Notizen: ein Datum. Bis es soweit war, würde es Tage geben, an denen sie mit ihren Kindern zum Reiten ging und Tage, an denen sie auf ihrer Chaiselongue am Fenster sitzen würde, um dabei zuzusehen, wie der Schnee fiel und langsam ein Hütchen auf dem Pfosten am Gartentor bildete. Und es würde Tage geben, an denen sie ihren Kindern ihre Lieblingsgeschichten vorlas. Und dann würde der Tag kommen, an dem es Zeit zum Sterben war. Bald schon. Sehr bald.

Sie würde niemals älter werden: Die Haut unter ihren Augen würde nicht irgendwann aussehen wie Pergamentpapier, ihr Haar würde nicht weiß werden und sie würde niemals allein in einem Haus leben und sich überlegen, was die Kinder wohl gerade taten – in ihren eigenen Häusern. Sie würde niemals sehen, zu welcher Schönheit Anna erblüht oder wie groß Ben geworden war. Sie würde nur haben, was sie immer schon hatte – ihre Vorstellungen von der Zukunft.

Sehr, sehr lange hatte sie weinend darüber nachgedacht, und als sie sich schließlich zusammenriß, wollte sie unbedingt Trost finden. Deshalb fuhr sie direkt zur Schule. Eigentlich hätte Isabel die Kinder abholen sollen.

Aber nun zählte jede Minute. Natürlich war das vorher auch schon so gewesen. Aber als Jackie bei der Ärztin gewesen war, war ihr klargeworden, daß die Zeit für sie nun rückwärts zählte.

Als sie vor der Schule anhielt, war Isabel tatsächlich schon da – rechtzeitig. Es geschahen doch noch Zeichen und Wunder. Isabel stand am Auto und beobachtete Anna, die ihren Zeigefinger diesem blonden Nazijungen, der ihr das Herz gebrochen hatte, ins Gesicht hielt. Und Jackie konnte hören, wie Anna stolz sagte: »Der Typ mit dem ich jetzt gehe, ist in der achten Klasse, und er lacht sich jedesmal tot, wenn wir von dir reden.«

Jackie hatte ihre Tochter noch nie so gesehen. Und dem Gesichtsausdruck der anderen Kinder war zu entnehmen, daß sie Anna auch noch nie so gesehen hatten. Es war ein empörendes, unmöglich extrovertiertes Verhalten. So benahm sich ihre gelehrige und wohlerzogene Tochter doch nicht. Als Jackie sich umsah, entdeckte sie nur einen einzigen Menschen, der nicht schockiert war – und zwar Isabel. Im Gegenteil, sie sah sogar äußerst zufrieden aus.

Jackie sah wieder zu ihrer Tochter hin, die in diesem Augenblick herumwirbelte, Brad Kovitzky und seine Freunde einfach stehenließ und auf direktem Wege zu diesem unglaublich gutaussehenden Jungen stolzierte, der Jackie irgendwie bekannt vorkam. Anna umarmte ihn, und in der Zwischenzeit hatten Brads Kumpels damit begonnen, Brad mit Ellbogen zu schubsen und erstaunt anzusehen.

»Wer in alles in der Welt ist dieser gutaussehende Junge?«, sagte Jackie laut.

Erschrocken fuhr Isabel herum. Sie hatte Jackie gar nicht kommen hören. »Was machen Sie denn hier?«, fragte sie und sah aus, als habe man sie auf frischer Tat ertappt.

»Ich hole meine Tochter ab«, entgegnete Jackie und

machte eine Bewegung mit dem Kopf in Richtung Anna und diesem unverschämt gutaussehenden Jungen mit dem teuren Fahrrad, der gerade dabei war, ihre Tochter zum Abschied auf die Wange zu küssen. Und da dämmerte Jackie allmählich, was hier los war. »Er kommt mir bekannt vor«, sagte sie zu Isabel, »war er nicht in dieser Werbung für Calvin Klein?«

»Ralph Lauren«, gab Isabel verlegen zu.

»Was?« Jackie konnte nicht glauben, daß sie ihre Tochter bei einer Betrügerei erwischt hatte, zu der Isabel sie auch noch angestiftet hatte. Nun ja, wenn sie ehrlich war, hatte sie von Isabel nichts anderes erwartet. (Diese Frau trug auch schwarze Lederhosen.)

Aber warum mußte es gerade jetzt passieren? Gerade jetzt, wo Jackie genau wußte, daß sie nichts mehr tun konnte, um ihre Tochter und ihren Sohn Isabels Einfluß zu entziehen.

Isabel versuchte, die Sache herunterzuspielen. »Das hat nichts zu sagen«, sagte sie.

Jackie war nicht in der Lage, diese Angelegenheit als *Nichts* abzutun. Ihre elfjährige Tochter wurde von der Geliebten ihres Vaters, die zu allem Übel auch noch bei ihm wohnte, dazu angestiftet, eine Liebesaffäre mit einem Dressman aus New York vorzutäuschen, der sich sein Geld vorwiegend damit verdiente, in Unterwäsche zu posieren. Und sie sollte einfach so tun, als sei nichts passiert?

Aber bevor sie Isabel noch Vorhaltungen darüber machen konnte, stürzte Anna auch schon begeistert auf Isabel zu. Sie war total aus dem Häuschen, so wie man es nur bei Heranwachsenden erlebt. Auch als Brad Kovitzky total gedemütigt davonschlich – weil seine Ex-Freundin vor allen anderen von diesem wunderschönen Jungen geküßt worden war, kannte sie kein Pardon, sondern schrie begeistert: »Es hat geklappt, geklappt, geklappt! Hast du Brads Gesicht gesehen, Isabel?«

Sie fiel Isabel um den Hals, aber Isabel schielte dabei zu Jackie hinüber, deren Blick ganz unmißverständlich ausdrückte: »Nein, das hat es nicht. Es hat nicht geklappt.«

ISABEL

Sie hätte einfach nach Hause gehen sollen. Sie hätte nach SoHo fahren können und zu den gebogenen Fenstern des Lofts hinaufsehen, um dann nach oben zu gehen, damit Luke ihr etwas zu Essen machte und ihr ein Glas Pinot Noir eingoß.

Wenn Jackie über etwas sauer sein wollte, dann war sie es eben. Isabel hatte es Anna zuliebe getan, und die war glücklich – geradezu selig.

Aber Isabel konnte diesen mißbilligenden Blick in Jakkies Augen nicht vergessen. Sie fühlte sich ungerecht behandelt. Wie konnte man denn etwas, das sie aus Zuneigung getan hatte, so hindrehen, als habe sie es aus Böswilligkeit getan? Dieser Vorwurf nagte an ihr. Sie mußte mit Jackie darüber reden und fuhr deshalb nach Nyack.

Als sie ankam, waren Jackie und die Kinder gerade dabei, die Schachteln mit der Weihnachtsdekoration hervorzuholen. Und Jackie war so sehr damit beschäftigt, wütend zu sein, daß sie Isabel kaum wahrnahm.

»Jackie«, versuchte Isabel ein Gespräch anzufangen, »ich wollte Ihnen nur die Sache von vorhin erklären.«

»Kinder«, sagte Jackie, »es wird Zeit nach oben zu gehen und Hausaufgaben zu machen.«

Anna und Ben rannten sofort hinaus und polterten die Treppe hoch. Sie wußten, was bevorstand.

Sobald sie außer Hörweite waren, sah Jackie Isabel herausfordernd an und ließ einen Wortschwall los: »Okay, was ein *Schlappschwanz* ist weiß ich, aber was heißt *Schneeblasen*?«

»Das ist egal. Ich habe es ihr nicht erklärt…«

»Aber ich muß es wissen, weil mich in der nächsten Stunde etwa zwanzig bis dreißig Mütter anrufen werden, die wissen wollen, was das heißt.«

»Geben Sie ihnen meine Nummer.«

»Nun«, sagte Jackie, »ich denke, sie werden mit Annas Mutter sprechen wollen.«

Das saß. Aber Isabel schlug zurück. Wegen so einem bißchen ging sie noch lange nicht zu Boden. »Ist es das, was Ihnen Sorgen macht?«, fragte sie. »Vor der Vorsitzenden des Elternbeirats schlecht dazustehen?«

Jackie verzog verächtlich die Mundwinkel und sagte: »Wollen Sie etwa auch noch verteidigen, was Sie getan haben?«

»Bis zum letzten«, beharrte Isabel.

»Sie haben meiner Tochter unflätige Worte in den Mund gelegt.«

»Oho!«

»Sie haben sie dazu gebracht, daß sie lügt, was dieses… dieses Fotomodell anging.«

»Es hat funktioniert«, sagte Isabel, »wie von Zauberhand.«

Jackie sah sie immer noch mit diesem Blick an, der ausdrückte, *ich kann es einfach nicht glauben.*

Isabel versuchte, ihre Beweggründe darzulegen: »Anna war verletzt und niedergeschlagen. Und es sah schwer danach aus, als ob dieser Brad immer so weitermachen würde. Und deshalb…«

»Und deshalb sind Sie wie der Phönix aus der Asche erschienen, und ich war das unfähige Dummchen.«

Jetzt dämmerte Isabel allmählich, worum es Jackie eigentlich ging. Es hatte nichts damit zu tun, daß sie Anna *Schlappschwanz* hatte sagen lassen.

Jackie fuhr fort: »Sie haben meinen Kindern gezeigt, daß ich eine Versagerin bin, die nicht einmal in der Lage ist, ihnen bei ihren Problemen zu helfen.«

»Das wollte ich damit nicht...«

»Denken Sie denn etwa, daß mir nicht auch ein paar schmutzige Wörter für diesen kleinen Scheißer eingefallen wären? Glauben Sie etwa, daß ich mir nicht ein paar Schläge unter die Gürtellinie hätte ausdenken können?«

Isabel zuckte die Achseln und sagte: »Sie haben sie aber nicht rausgelassen.«

Daraufhin stürmte Jackie wie eine Wilde mit den Weihnachtsdeko-Schachteln durchs Wohnzimmer. Für eine schwache kranke Frau braute sich da ein ganz gehöriger Sturm zusammen. Dann blieb sie stehen, sah Isabel ganz streng an und sagte: »Vielleicht sind Sie der Meinung, daß es das Wichtigste ist, wenn man gewinnt: koste es, was es wolle. Ich bin der Ansicht, daß man bei Problemen immer zwei Möglichkeiten hat. Und eine davon ist ehrbar und anständig. Und wenn man diese Möglichkeit wählt, dann zeigt man wahre Größe. Wenn man sich erniedrigen muß, um zu gewinnen, hat man dann wirklich gewonnen?«

»Oh, bitte!«

»Es war eine Lüge«, beharrte Jackie. »Ohne Würde oder Anmut zu gewinnen, heißt nicht gewinnen. Anna muß lernen, wer sie ist, damit sie sich nicht dem Druck anderer Gleichaltriger beugen muß, sondern ihren eigenen Weg gehen kann...«

»Sie ist nicht ihren eigenen Weg gegangen. Sie hat gemacht, was Sie ihr gesagt haben«, bemerkte Isabel. »Sie hat versucht, ihn zu ignorieren, weil Sie es so wollten!«

»Ja, sehen Sie, darum geht es, bei der Kindererziehung, junge Frau! Die Kinder wollen unbedingt von ihrer

Mutter wissen, was das Richtige ist. Und dann kommen Sie und funken mir dazwischen, verdammt noch mal. Und es wird eine andere Situation kommen, in der es wirklich um etwas geht, und Anna wird sich an diese Sache erinnern. Wie gut es getan hat und wie einfach es war…«

»Und sie wird aufstehen und für sich selber kämpfen«, sagte Isabel. »Gott bewahre, was habe ich bloß Furchtbares getan?« Wenn Cooper sie so hören könnte, hätte er gesagt, daß sie vor Sarkasmus nur so triefte. Aber wie sollte man sonst gegen jemanden wie Jackie ankommen?

Jackies Stimme wurde leiser und klang bedrohlich, als sie sagte: »Sie haben eine zweite Isabel aus ihr gemacht!«

Aha, dachte Isabel und sagte: »Das ist es also. Und nur darum geht es Ihnen.«

»Da haben Sie ausnahmsweise einmal recht«, Jackie flüsterte fast, »in der Tat!« Und dann trat sie ganz nah an Isabel heran, fuchtelte mit ihrem Finger vor Isabels Nase herum und sagte: »Ihnen war nicht sieben Monate lang jeden Morgen schlecht. Sie haben nicht gestillt, bis Ihnen die Brustwarzen abfielen. Sie haben nicht jeden Tag, jede Minute damit zugebracht, sich zu überlegen, ob Ihre Entscheidungen richtig waren und ob die Kinder dadurch zu guten Menschen würden.«

Sie machte eine Pause und sprach dann noch leiser: »Und ich will nicht, daß meine Kinder so werden wie Sie!«

Isabel war immer noch wütend, aber ihr Ärger wurde von einem anderen Gefühl überlagert, das noch schlimmer war. Sie überlegte ganz genau, bevor sie schließlich sagte: »Das ganze Jahr habe ich mir angesehen, wie Sie das machen: die Ängste, die Sie um sie ausstehen, die Opfer, die Sie ihnen bringen und die Signale, die Sie ihnen geben…« Sie hielt Jackies Blick stand und fuhr fort: »Und ich kann nicht mein Leben danach ausrichten, der einzig wahren perfekten Mama nachzueifern, wenn Sie einmal nicht mehr da sind. Das kann ich nicht und das will ich nicht.«

Trotz dieser Worte gab sich Isabel geschlagen. Die Umstände sprachen gegen sie: Jackie war nun einmal die Mutter der Kinder. Aber am meisten litt Isabel unter ihrem Mitgefühl für Jackie.

Jackie tat ihr so leid. Ihr eigenes Problem – das Gefühl zu haben, ungerecht behandelt worden zu sein –, war nichts gegen Jackies Verzweiflung. Keiner von ihnen war hier der Gewinner, und am allerwenigsten Jackie.

JACKIE

Jackie, Anna und Ben krabbelten alle drei in Annas Bett, stopften sich Kissen und Stofftiere in den Rücken, und Jackie las den Kindern aus *Der verwunschene Garten* vor. Ben schlief natürlich gleich dabei ein, und sie konnte hören, wie ihr sabbernder kleiner Liebling kleine Bläschen ein- und ausatmete.

Anna hatte den Kopf an ihre Schulter gelegt, und Jakkie spürte, wie aufmerksam ihre Tochter zuhörte. Sie war so präsent. Das war nun schon das fünfte Mal, daß Jackie ihr aus *Der verwunschene Garten* vorlas. Einmal im Jahr wollte Anna unbedingt diese Geschichte hören – auch jetzt noch, wo sie doch selber gut lesen konnte.

Als Jackie am Ende des zweiten Kapitels angekommen war, küßte sie Anna auf die Stirn und dachte daran, wie Annas Gesicht am Nachmittag ausgesehen hatte – ganz gerötet vor Aufregung darüber, daß sie es ihrem Ex-Freund gezeigt hatte: mit einem erkauften Kuß. Und Jakkie fragte: »Bist du nicht zu alt dafür?«

»Für was?«

»Daß deine Mutter dir vorliest.«

»Nie nie«, sagte Anna, und erst da bemerkte Jackie, daß ihr kleines Mädchen still und leise vor sich hinweinte. Die Tränen drangen schon allmählich durch Jackies Nachthemd, und sie preßte die Augen zusammen, damit sie nicht auch noch anfing zu weinen. Das konnte sie Anna nicht antun. Sie durfte ihr ihre Schwäche nicht zeigen.

Stattdessen nahm sie Anna in die Arme und drückte sie ganz fest an sich, bis sie das Gefühl hatte, daß ihre Herzen im Takt schlugen. Und sie fragte sich, ob wohl, falls eines aussetzte, das andere weiterschlüge. Ob es wohl in der Lage wäre, von nun an für sie beide zu schlagen? Immer immer!

Jackie hielt ihre Tochter im Arm, bis Anna eingeschlafen war, und konnte sie auch dann noch nicht loslassen. Sie hatte sich selbst weh getan, weil sie ihre Kinder so sehr liebte.

Und sie hatte Luke weh getan. Ihre Ehe war nicht gescheitert, weil Luke und sie sich nicht mehr liebten, sondern weil ihre Liebe für Luke ganz in der Liebe für die Kinder aufging. Weil sie sie wie eine Besessene liebte. Und das hatte sich in einem einzigen Augenblick entschieden, als sie einen Moment nicht aufgepaßt hatte und einen Fehler gemacht hatte, der alles veränderte.

Anna war vier Monate alt gewesen und hatte leichtes Fieber gehabt. Aber der Doktor hatte gesagt, daß es keinen Grund zur Besorgnis gebe. Sie solle Anna nur beobachten, und das hatte sie getan. Sie hatte das Baby unten im Wohnzimmer auf eine Decke gelegt, während sie ein paar Sachen fürs Büro erledigte. Damals hatte sie noch vor, wieder arbeiten zu gehen, wenn Anna erst einmal sechs Monate alt war.

Sie saß im Wohnzimmer und telefonierte. Dann überarbeitete sie einige Manuskriptseiten, die ihr ihre Assistentin gefaxt hatte. Schließlich schrieb sie noch einen Klappentext am Computer. Und jedes Mal, wenn sie einen neuen Absatz anfing, sah sie nach dem Baby. Und dann war Anna mit einem Mal ganz blau im Gesicht. Sie hatte ein Bäuerchen gemacht, und das Aufgestoßene war ihr in die Luftröhre geraten.

Jackie konnte danach nur noch eins denken: *Was, wenn ich nur einen Augenblick später hingesehen hätte?*

Monatelang konnte sie nicht mehr richtig schlafen und ging stundenlang mit Anna auf dem Arm auf und ab – jeden Tag. Immer und immer wieder. Und jede Nacht stand sie auf, um Annas Atem zu lauschen und ihre warme Haut zu berühren. Und dann machte sie immer das Licht an, um sich zu vergewissern, daß Anna nicht wieder blau im Gesicht war. Danach setzte sie sich in den Schaukelstuhl und sah ihrer Tochter beim Schlafen zu.

Luke hatte versucht, sie zu verstehen. Auch ihn belastete der Gedanke daran, was hätte passieren können. Aber Jackie wurde von diesem Gedanken regelrecht verfolgt. Sie sagte dem Babysitter ab – dem ersten und einzigen, den sie jemals bestellt hatte. Sie wollte eigentlich mit Luke, der gerade zum Sozius ernannt worden war, und seinen Geschäftspartnern zum Essen gehen. Aber sie konnte es nicht ertragen, ihr Kind jemandem zu überlassen, der weniger aufmerksam war als sie. Wo doch ihre eigene – ihre mütterliche – Aufmerksamkeit beinahe nicht ausgereicht hätte, um ihr Baby zu beschützen.

Später brachte sie Luke dazu, mit ihr nach Nyack zu ziehen. Vielleicht hatte er gehofft, daß sie sich in einer ruhigeren Umgebung auch wieder beruhigen würde. Wahrscheinlich hatte er erwartet, daß sie sich schon noch an das Muttersein gewöhnen und und auch lernen würde, die Risiken zu akzeptieren, die das nun einmal mit sich brachte. Anderen Müttern gelang es schließlich auch.

Aber Nyack gab ihr nur die Möglichkeit, alles noch viel besessener zu sehen: Das einzige, was in ihrem Leben jetzt noch zählte, waren die Kinder. Und von ihren Ansprüchen an Luke als Geldverdiener einmal abgesehen, gab es für ihn kaum noch eine Daseinsberechtigung in ihrem Leben, das sich ausschließlich in Nyack abspielte und voll ganz auf die Kinder konzentrierte.

Die ersten Tage nach der Einschulung eines Kindes hatte sie immer geweint. Und sie war bei jedem Schulsausflug mitgegangen und selbst gefahren, nur damit ihre Kinder nicht mit dem gefährlichen Bus fahren mußten. Sie war so besorgt, daß sie ihnen beinahe das Essen vorgekaut hätte, damit sie sich nicht verschluckten.

Als sie und Luke noch versuchten, ihre Ehe zu retten, hatte sie sich eine Zeitlang einer Therapie unterzogen. Und die hatte ihr auch geholfen. Aber für ihre Ehe war es zu spät gewesen. Es war vorbei.

Das war das Schlimmste am Sterben, dachte sie jetzt, als sie die schlafende Anna auf die Kissen legte und Ben auf die Füße stellte, damit er – zwar taumelnd, aber ohne Aufzuwachen –, in sein eigenes Bett gehen konnte. Das Schlimmste war, daß sie Anna und Ben allein zurücklassen mußte, ohne sie weiter beschützen zu können. Wer würde denn all die Gefahren vorhersehen, die auf ihre Kinder lauerten? Wer konnte denn um drei Ecken sehen? Wer würde seine Augen überall haben, wenn sie einmal nicht mehr da war?

Jackie steckte Ben ins Bett und gab ihm noch einen Gutenachtkuß. An der Tür drehte sie sich noch einmal um, um ihm dabei zuzusehen, wie er sich auf die linke Seite drehte, die Zudecke an die Nase zog und sie daran rieb. Ben kuschelte sich immer so ins Bett. Sie kannte seine Bewegungen in- und auswendig. Sie hätte ihm von ihrem eigenen Bett aus dabei zusehen können, durch verschlossene Türen und Wände und mit geschlossenen Augen, und hätte doch das gleiche gesehen.

»Lieber Gott, ich werde alles tun«, hauchte sie in die Stille des Raumes. Sie war sich nicht sicher, ob man das, was sie tat, beten nennen konnte. Sie war nicht sicher, zu wem sie da eigentlich sprach. Aber wenn ein Gebet ein drängender Wunsch war, dann war es ein Gebet. »Ich werde alle Schmerzen erdulden, die du mir auferlegst. Wenn du mir nur versprichst, daß es meine Kleinen gut-haben.«

Aber nichts rührte sich, nicht einmal ihr Ben in seinem Bettchen.

Ist denn das zuviel verlangt?, hätte sie am liebsten in den Raum geschrien.

LUKE

Luke war früh aufgestanden. Er konnte in letzter Zeit sowieso kaum noch schlafen. Er träumte immer davon, daß die Kinder mit Jackie Verstecken spielten und sie nicht mehr finden konnten. Dann wachte er jedesmal davon auf, daß sie im Traum verzweifelt nach ihr riefen. Oder er träumte davon, daß er eine Möglichkeit gefunden hatte, Jackie zu retten – der Richter ihn aber abwies. Und wenn er dann im Traum auf die Uhr sah, um zu überprüfen, wieviel Zeit seiner Frau noch blieb, hatte er die Uhr immer verkehrt herum auf. Wenn er dann sein Armgelenk verdrehte, um doch zu sehen, wie spät es war, verwirrte ihn das nur noch mehr. Er haßte diese Träume.

Er hatte sich vorgenommen, ein paar Weihnachtseinkäufe zu machen und ein bißchen herumzulaufen, um sich abzulenken. Isabel ließ er extra schlafen und küßte sie, bevor er ging, noch einmal auf die Schläfe. Sein armer

Liebling! Die Sorge um Jackie hatte sie sehr mitgenommen. Isabel hatte wegen Anna einen heftigen Streit mit ihr gehabt und machte sich jetzt ständig Vorwürfe, ob sie sich nicht doch anders hätte verhalten sollen. Er konnte überhaupt nicht verstehen, wie Jackie so hart zu Isabel sein konnte, obwohl sie Stunden in der Dunkelkammer verbrachte und für Jackie schuftete, um ihr bei einem Projekt für Weihnachten zu helfen.

Jeden Tag tauchte Isabel mit anderen Fotos auf, deren Anblick er kaum noch ertragen konnte: immer wieder Jackie mit den Kindern. Die Verbindung zwischen ihr und den Kindern war für ihn so deutlich wie ein dickes Tau. Und er konnte nicht umhin, zu denken…

Als er aus der Tür ging, war es auf den Straßen noch ganz ruhig – und das in Manhatten. So früh war es noch. Und er dachte, daß das die ideale Zeit sei, um zu F.A.O. Schwarz zu fahren. Aber als er im Auto saß, fuhr er stattdessen nach Hause – nach Nyack. Warum dachte er eigentlich immer noch so von Nyack? Nur weil dort seine Kinder wohnten und weil dort, wo die Kinder waren, auch sein Zuhause war?

Wie auch immer. Er hätte den extravaganten, klingelnden Plastikkram im Spielwarenladen am Park jetzt nicht ertragen können. Was sollte man auch Kindern kaufen, die gerade ihre Mutter verloren? Welches Geschenk konnte im Angesicht dieser einen, unumstößlichen Tatsache überhaupt von Bedeutung sein?

Während er am Hudson entlangfuhr, bemerkte er, wie sehr sich die Landschaft durch den hereinbrechenden Winter verändert hatte. In der Stadt fiel einem das gar nicht so auf. Normalerweise wachte er im Loft auf und kleidete sich gemäß der Wettervorhersage von WNEW. Irgendwann war es einfach so kalt geworden, daß man Wollpullover und Mäntel anziehen mußte, und es war immer dunkel, wenn man von der Arbeit nach Hause kam. Selbst im Sommer arbeitete er manchmal noch, wenn es draußen schon dunkel war, aber im Winter war es unvermeidlich.

Allerdings konnte man den Winter in der Stadt nicht richtig *spüren*. Es war dort irgendwie immer hell, und das Leben pulsierte so, daß jede Jahreszeit davon überdeckt wurde. Eigentlich hatte er den Winter dieses Jahr überhaupt noch nicht wahrgenommen. Erst jetzt, als er die kahlen Äste sah, die sich hart gegen den verhangenen grauen Himmel abhoben, und das Wasser des Hudson, das wie gehämmertes Metall wirkte, wurde ihm bewußt, daß die Tage wie im Flug vergangen waren und das Jahr sich dem Ende zuneigte. Wie schnell doch die Zeit verging.

Als er an Jack Hopes Kinderhort vorbeifuhr, waren die Weihnachtsbäume schon alle aufgestellt, und er wendete den Wagen, um einen Baum zu kaufen. Einen ganz großen für Jackie – für das riesige Frontfenster mit dem geätzten Glas, das der einzige Grund dafür gewesen war, warum Jackie unbedingt dieses Haus haben wollte. Obwohl das Haus damals, als sie es sich angesehen hatten, so heruntergekommen und deprimierend gewirkt hatte. Aber das Fenster hatte es ihr angetan... Luke hatte immer lieber kleinere Weihnachstbäume gekauft, die man auf einen Karton stellte, wenn man den Baum erst einmal im Haus hatte. Mit einem kleineren Baum hatte man einfach weniger Arbeit. Aber Jackie wollte immer einen Baum, der vom Boden bis zur Decke reichte – und so einen Baum kaufte er jetzt.

Sie öffnete die Tür, als er gerade dabei war, das Ding die Veranda hochzuhiefen. Er wußte, daß die Kinder bei einer Rollschuhparty waren und hatte eigentlich angenommen, daß Jackie sie wie immer begleitete. Deshalb war er erstaunt, sie zu sehen. Auch Jackie hatte nicht mit ihm gerechnet. Aber der riesige Baum war Erklärung genug.

»Ich konnte einfach nicht daran vorbeifahren«, sagte er und deutete zum Baum, »und ich dachte, du brauchst vielleicht einen.«

»Allerdings«, sagte Jackie und bat ihn ins Haus.

Sie setzte sich auf die Couch, lächelte und redete ganz fröhlich mit ihm. Aber dann wurde ihm plötzlich klar, daß sie nur zu Hause war, weil es ihr nicht gut ging. Heute war einer ihrer schlechten Tage. Vielleicht waren sie jetzt alle schlecht. Aber er wollte sie nicht danach fragen.

Jackie war immer die Stärkere von beiden gewesen. Sie hatte ihn durchs College gebracht – sie war wie ein Pfahl gewesen, den man neben ein schwaches Pflänzchen setzt. Sie hatte ihm solange beim Lernen geholfen, bis er es allein konnte. Sie hatte ihm geholfen, groß und stark zu werden. Und er konnte es nicht ertragen, sie so schwach zu sehen. Er brauchte die Stärke ihrer Opposition, wie er einst ihre leidenschaftliche Hingabe gebraucht hatte. Manchmal dachte er, daß er ihr Urteil brauchte, um sich selber milder beurteilen zu können. Durch ihr Unglück hatte sie ihn zu seinem Glück gezwungen.

Aus all diesen Gründen brauchte er sie, und nicht zuletzt auch wegen der Kinder. So sehr er auch Jackies übertriebene Fürsorge für Anna und Ben verurteilt hatte, weil ihre Ehe daran zerbrochen war, so sehr hatte er diese Fürsorge auch geschätzt. Es war unübersehbar, wie gut die Kinder unter ihrer Obhut gediehen. Bei ihnen konnte sie ihre eigenen Bedürfnisse zurückstecken, und das ließ den Kleinen Raum, sich zu entfalten. Ihre übertriebene Sorge und Aufmerksamkeit wirkte sich – anders als bei ihrer Ehe – bei den Kindern nicht negativ aus. Es war für Anna und Ben wie die Luft zum Atmen und der Boden unter ihren Füßen. Es war lebensnotwendig und blieb doch unbemerkt.

Luke hatte immer gewußt, daß er ihnen nicht das geben konnte, was Jackie ihnen gab. Sie war für sie wie das Sonnenlicht. Eine Zeitlang hatte er gewünscht, daß auch er etwas davon abbekam, aber er hätte nie gewollt, daß es seinen Kindern deshalb abgezogen wurde. Es waren wunderbare Kinder. Sie waren intelligent und einfühlsam und an ihrer Umwelt interessiert. Dafür konnten sie ihrer Mutter wirklich dankbar sein. Und dafür war er Jackie dankbar.

Er hatte den Baumständer aus dem Keller geholt und kämpfte mit der Riesentanne, bis sie halbwegs gerade stand. Der Geruch von Tannennadeln erfüllte den Raum, und durch die Zweige konnte er Jackie mit geschlossenen Augen begierig den Duft der Nadeln einziehen sehen. Er hatte sie immer damit aufgezogen, daß sie glaubte, etwas nur richtig riechen, hören oder schmecken zu können, wenn sie die Augen schloß. Auch wenn sie miteinander schliefen, hielt sie die Augen immer geschlossen.

»Er ist wunderschön«, sagte sie, als sie bemerkte, daß er sie beobachtete.

»Steht er so gerade?«, fragte Luke und trat einen Schritt zurück, um sich selbst davon zu überzeugen.

»Bißchen mehr nach links«, sagte sie.

Luke rückte den Baum gerade, und dann standen sie beide ganz andächtig davor. Als ob ihm gleich Lichter wachsen und überall Dekoration sprießen würde und als ob er plötzlich anfinge, zu funkeln, weil ein Engel an ihm hochgeflogen war und sich auf die Spitze gesetzt hatte. Luke stellte sich vor, daß Jackie als das wahrscheinlich gerade im Kopf herumging. Sie hatte diese Gabe.

Er sah zu ihr hinüber, und sie stand da und lächelte ihn an.

Ihm war, als ob ihm etwas an die Kehle ging, wie eine Hand, die sich um seinen Hals legte. Und seine Stimme klang ganz gepreßt, als er sagte: »Was machen wir nur ohne dich?«

»Du bist ein wunderbarer Vater«, erwiderte sie und sah zu ihm hoch. »Ich habe dir einfach nur nie die Möglichkeit gegeben, das selbst zu entdecken. Du wirst es schon hinkriegen.«

Und sie lächelte ihn an, als ob er es wirklich schaffen könnte, als sei sie völlig davon überzeugt und versuchte, ihm diesen Glauben an sich wie einen Segen zuteil werden zu lassen. Einen dauerhaften Segen.

ISABEL

Als Isabel nach Nyack fuhr, machte sie sich auf das Schlimmste gefaßt. Jackie hatte sie angerufen, um sich mit ihr in der Taverne zu treffen. Und Isabel wußte, was das zu bedeuten hatte: Sie mußten noch einmal über diese kleine Episode mit Anna und dem Modell für Herrenunterwäsche reden.

Isabel nannte ihn immer nur den armen Paul, der das Glück hatte gut auszusehen. Er wohnte immer noch bei seinen Eltern in Brooklyn, die vor Jahren in die Staaten immigriert waren, und hatte sich trotzdem geweigert, Geld dafür zu nehmen, daß er ihr bei der Sache mit Anna geholfen hatte.

Als Isabel ins Lokal kam, wartete Jackie schon auf sie. Sie sah schlecht aus – ihre Wangen waren ganz eingefallen. Sie hatte schon einen Drink bestellt. Und als Isabel sich neben sie setzte, kam sofort der Kellner und wartete auf ihre Bestellung. »Bringen Sie mir einen doppelten Bourbon ohne Eis«, sagte sie zu ihm. Diese Unterhaltung würde bestimmt ganz fruchtbar werden, und da konnte sie ein bißchen Trost gut gebrauchen.

»Was gibt's?«, wandte sie sich schließlich an Jackie und versuchte, tapfer zu sein und unbeschwert zu klingen.

Jackie schien zunächst gar nicht zu wissen, was sie sagen sollte. Erst nachdem sie Isabel eine ganze Zeitlang angesehen hatte, sagte sie gefaßt: »Letztes Jahr habe ich Ben verloren.«

»Was?«, fragte Isabel verwundert und ein wenig zu enthusiastisch.

Jackie nickte. »In einem Supermarkt.«

Isabel war verblüfft. Bestimmt spielte Jackie nur mit ihr und wollte sie mit dieser Geschichte quälen. Jedesmal wenn Jackie ihr die Tür einen winzigen Spalt breit öffnete, geschah es nur, um sie ihr dann umso lauter wieder vor der Nase zuzuschlagen. *Hier, komm rein und mach Bilder und hör dir an, wie sie als Babys waren. Und jetzt raus! Wums. Hier, hilf mir, wenn ich zum Arzt muß, aber dann nimm das – kawumm! – Wie kannst du es wagen, mit der zerbrechlichen Psyche meiner Tochter solche Spielchen zu treiben?*

Doch Isabel sagte nur: »Sie lügen.«

Jackie schüttelte den Kopf und erklärte: »Ich habe ihn verloren und war total in Panik.«

»Das glaube ich nicht«, sagte Isabel. »Sie haben den Jungen für keine Sekunde verloren. Sie würden ihn noch im Koma wiederfinden.«

Jackie hielt Isabels Blick stand und sagte: »Das ist die Wahrheit.«

Was hatte Jackie bloß mit ihr vor? Isabel suchte einen Grund für Jackies Offenbarung, um ihr Weltbild wieder in Ordnung zu bringen. Und sie sagte: »Ben hat mir nie davon erzählt.«

Jackie lächelte schwach. »Er erinnert sich nur daran, daß ich ihn wiedergefunden habe.«

»Warum haben *Sie* mir dann nicht davon erzählt?«

Jackie sah ihr in die Augen und fragte: »Was glauben Sie wohl, warum nicht?«

Der Kellner brachte Isabels Getränk. Sie nahm langsam einen großen Schluck und versuchte dabei, sich zu beruhigen. Es gab nur eine Erklärung für all das: Jackie wurde allmählich *menschlich.* Jackie ließ sie herein.

Aber irgendwie war das noch schlimmer als vorher. Isabel wußte nicht, ob sie es wirklich ertragen konnte, daß man sie jetzt hereinließ, jetzt, wo es eigentlich schon Zeit war, sich zu verabschieden. Sie war sich nicht sicher, ob sie Jackies Freundlichkeit ertragen konnte, falls es das sein sollte. Jetzt nicht mehr.

Isabels Hände begannen zu zittern. Aber sie wollte Jackie wenigstens noch erzählen, daß das alles auch für sie nicht einfach gewesen war. Auch für sie war es immer noch eine Herausforderung. Und Isabel sagte: »Wissen Sie, ich wollte niemals Mutter werden. – Diese Aufgabe mit Ihnen teilen zu müssen, war eine Sache; aber es nun für den Rest meines Lebens auf mich allein zu nehmen, ist etwas völlig anderes. Und die Vorstellung, mich dabei an Ihnen messen zu müssen, ist mir unerträglich.«

Sie bezwang ihre Gefühle und schluckte die Tränen hinunter, die ihr dabei die Kehle hochgestiegen waren. Sie wollte einen Weg in Jackies Herz finden – einen Weg, wie sie Jackie begreiflich machen konnte, daß sie sehr wohl verstand, was für eine große Sache es war, Mutter zu sein, und was für ein enormer Liebesdienst. Sie wußte, was es bedeutete, weil sie es verloren hatte. Ganz früher hatte es diesen beschützenden Kokon gegeben und dieses Auge, das immer und überall auf ihr ruhte. Ob sie nun auf dem Baum hinten im Garten spielte oder untem beim Bach war oder auf dem Spielplatz. Isabel hatte immer gewußt, daß ihre Mutter sie beobachtete und auf sie aufpaßte. Auch wenn sie sie nicht sehen konnte, wußte sie doch, daß ihre Mutter da war.

Und dann war ihre Mutter auf einmal nicht mehr da.

Sie war von einem zu schnell fahrenden Wagen auf dem Fußgängerüberweg überrollt worden.

Sie war von ihr gegangen und hatte Isabels Sicherheit mit sich genommen. Damals, mit sechs, war ihre heile Welt zerbrochen. Niemand konnte das ändern, weder ihr armer Vater noch Großmama Celie mit ihren gutgemeinten baptistischen Liedern, und auch nicht ihre Geschwister. Niemand!

Und Isabel wollte, daß Jackie verstand, daß sie wußte, was die Summe all dieser Liebe war, weil man sie ihr weggenommen hatte. Aber es lag ihr fern, Jackie das vorzurechnen. Und sie hätte niemals darum gebeten, ihr etwas davon abzugeben. Sie wollte Jackie doch niemals wegnehmen, was ihr so am Herzen lag und was Isabel nie richtig gehören würde…

Deshalb sagte sie nur zu Jackie: »Es ist das James-Dean-Syndrom. Man stirbt jung und bleibt den Menschen immer so in Erinnerung, wie man in der Blüte seines Lebens ausgesehen hat. Perfekt eben. Und sie beten einen an.«

»Mich?« fragte Jackie und zog erstaunt eine Augenbraue hoch. »Diesen Schwächling, der noch nicht einmal in der Lage war, seiner Tochter zu zeigen, wie man sich wehrt?«

Isabel sah in ihr Glas. »Vielleicht habe ich da einen Fehler gemacht.«

»Mmh«, machte Jackie und hielt inne, »vielleicht auch nicht.«

Isabel stützte sich mit beiden Händen auf den Tisch, lehnte sich zu Jackie hinüber und sagte: »Ich will mir einfach nicht die nächsten zwanzig Jahre sagen müssen, daß es jemand anders besser gemacht hätte. Anders, als ich es kann.«

»Was habe ich, was Sie nicht haben?« fragte Jackie.

Und Isabel antwortete: »Sie sind die personifizierte Mutter Erde.«

»Sie haben den Vorteil der Jugend«, erwiderte Jackie.

»Sie gehen mit Anna reiten.«

»Das kann man lernen.«

Isabel sah Jackie an, schüttelte den Kopf und sagte feierlich: »Sie kennen jede Geschichte, jede Verletzung, jede Erinnerung der Kinder. Sie machen ihr ganzes Lebensglück aus. Jeden Augenblick!

Jackies Augen glänzten feucht.

Und Isabel wußte nicht, ob sie weitersprechen sollte. Nur sie selbst wußte, daß sie gerade über das sprach, was sie mit sechs Jahren verloren hatte, und daß es ihr immer noch nachging. Vor allem, wenn etwas Besonderes in ihrem Leben geschah.

»Begreifen Sie das denn nicht?«, fragte sie Jackie. »Schauen Sie doch mal nach vorn. Stellen Sie sich vor, es ist Annas Hochzeitstag. Ich bin allein mit ihr im Zimmer, stecke ihr den Schleier auf, zupfe ihr Kleid zurecht und sage ihr, daß nie eine Braut schön war als sie. Und ich habe Angst, daß sie denkt: *Ich wünschte, Mami wäre hier.*

»Und ich habe Angst, daß sie das nicht denkt«, sagte Jackie und nahm dann einen großen Schluck aus ihrem Glas, stellte es geräuschvoll wieder auf den Tisch und sah Isabel tief in die Augen, als sie weitersprach: »Aber die Wahrheit ist doch, daß sie gar nicht wählen muß.«

Isabel hielt ihrem Blick stand und Jackie fuhr fort: »Anna kann uns beide haben. Uns beide lieben.« Sie machte eine kleine Pause, um ihre Stimme wieder unter Kontrolle zu bekommen. »Und sie wird ein guter Mensch werden, weil ich es ihr beigebracht habe«, und dann lächelte sie und fügte hinzu, »und weil Sie es ihr beibringen werden.«

Isabel spürte, wie ihr Tränen in die Augen stiegen, daß ihre Finger sich ganz kalt anfühlten, ihr heiß und kalt wurde und sie Gänsehaut bekam, während Jackie das sagte.

Dann hob Jackie ihr Glas, um einen Toast auszubringen, und sagte zu Isabel: »Mir gehört ihre Vergangenheit und Ihnen ihre Zukunft – wenn Sie das wollen!«

JACKIE

Jackie saß auf ihrer Chaiselongue am Fenster und konnte die vier unten rumoren hören. Es war beinahe so, als sei sie schon ein Geist, der in dem Haus herumspukte, das sie so geliebt hatte: ein heimlicher Engel. Sie konnte Isabel mit den Kindern Weihnachtslieder singen hören und riechen, daß Luke da unten in der Küche gerade dabei war, ein ganz besonderes Frühstück vorzubereiten. In der Küche, die sie einst zusammen entworfen hatten. Ihr gemeinsamer Traum von einer Küche mit Ablageflächen aus Marmor, einer Spüle mit zwei Becken und einem großen freistehenden Herd. Die Küche war ihnen damals riesengroß vorgekommen, und tatsächlich hätte auch ihr gesamtes New Yorker Apartment darin Platz gefunden.

Während Jackie sie alle da unten hören konnte, beobachtete sie den Fluß, der sich dunkel durch die eisige Landschaft zog. Es war Weihnachten. Und einfach nur dadurch, daß man wußte, was es für ein Tag war, verwandelten sich die einfachsten Dinge. An Weihnachten bekam alles weichere Konturen und Stimmen klangen wie Glocken.

Sie schloß die Augen und konnte die Artischocken riechen, die Luke unten gerade anbriet. Und obwohl sich ihr bei diesem intensiven Geruch beinahe der Magen umdrehte, mußte sie trotzdem lächeln. Sie war glücklich, daß er hier wieder für sie kochte und wünschte nur, daß sie ein bißchen Appetit haben würde, um etwas davon probieren zu können. An Weihnachten schmeckte doch alles viel besser.

Sie war früher als sonst aufgewacht und hatte die Kinder die Treppe hinunterrennen hören. Ben hatte vor sich hingemurmelt: »Bitte eine weiße Taube, bitte eine weiße Taube« und hoffte wohl, daß dadurch sein Wunsch eher in Erfüllung ginge. Sie wußte, daß Luke ihm eine Taube gekauft hatte. Er würde mit einem leeren, zugedeckten Käfig kommen, und wenn er das Tuch abnahm, würden alle ganz begeistert rufen, was für ein wunderschöner Käfig es doch sei. Aber Ben würde sie darauf aufmerksam machen, daß der Käfig leer war. Und Luke würde das Tuch wieder darüberhängen und es dann noch einmal wegziehen. Und dieses Mal würde Bens weiße Taube im Käfig sitzen.

Jackie hatte ihre Augen noch nicht geöffnet und stellte sich ganz genau vor, wie es sein würde. Anna würde einmal vor Begeisterung in die Hände klatschen, und Isabel würde ununterbrochen Fotos machen, und Luke würde ganz überrascht tun, als wisse er auch nicht, wo diese wunderbare Taube plötzlich hergekommen war. Und ganz besonders deutlich konnte Jackie Bens Grinsen sehen.

Sie war dann aufgestanden, hatte sich Wasser ins Gesicht gespritzt, sich ein wenig zurechtgemacht und auf die Chaiselongue gesetzt. Wie eine Prinzessin saß sie nun da, in ihrem wunderschönen neuen Morgenmantel, den Isabel und Luke ihr mitgebracht hatten. Und sie hoffte, daß ein wenig von seiner Farbe auch auf ihre blassen Wangen fallen würde. Es war doch Weihnachten und sie wollte, daß ihre Kinder glücklich waren.

Ihre Geschenke für die beiden standen neben ihr am Boden. Sie hatte Luke gebeten, die Kinder einzeln nach oben zu schicken, damit sie mit ihnen ihr eigenes, kleines Weihnachten haben konnte. Das war das Einzige, was sie sich für dieses Weihnachten wünschte – ein paar Augenblicke allein mit Ben und Anna. Später wollte sie dann herunterkommen, um sich zu ihnen zu gesellen.

Sie hörte, wie Ben darauf bestand, als erster zu ihr nach oben zu gehen. Sie hörte ihn die Treppe hochpoltern und auf die Tür zurennen. Aber plötzlich hielt er inne, als habe er Angst weiterzugehen. Sie wußte, daß die Kinder Angst um sie hatten.

Als er schließlich doch die Tür öffnete, lächelte Jackie ihn an. Es war ein starkes Lächeln, denn für ihn wollte sie stark sein.

Er strahlte zurück, froh zu sehen, daß sie immer noch so aussah wie am Abend zuvor. Daß sie immer noch aussah wie seine Mami.

»Hallo, mein Schatz. Komm, setzt dich her«, bei diesen Worten klopfte sie mit der Hand auf den Platz neben sich auf der Chaiselongue. »Ich habe ein Geschenk für dich.«

Mit einem Satz war er bei ihr und setzte sich dann ganz brav hin.

Sie gab ihm ein Paket, das in sein Lieblingspapier gewickelt war. Als sie die Woche zuvor zusammen Geschenke eingepackt hatten – und sich Schleifen und Bänder und Tesafilm im ganzen Zimmer verteilten –, hatte sie ganz genau aufgepaßt, welches Geschenkpapier jeder von den beiden bevorzugte, und für ihre Geschenke ein Stück davon zurückgelegt. Das machte sie jedes Jahr so.

Ben riß das Papier herunter und merkte gar nicht, daß es sein Lieblingspapier war. Auch das war jedes Jahr so. Er besah sich das zusammengefaltete Etwas, das er da ausgewickelt hatte und hielt es hoch, damit es auseinanderfiel und er sehen konnte, was es war. »Ein echter Zauberumhang«, stieß er hervor. »Super!«

Sie hatte für den Umhang einen glänzenden Stoff verwendet, der ein bißchen magisch wirkte, und mit Isabels Hilfe Fotos auf Stoff ziehen lassen, die sie dann über den ganzen Umhang verteilt und mit Goldfaden eingefaßt hatte. Ihre ganze Vergangenheit – ihre und Bens – war da auf dem Umhang zu sehen. Ben war tief beeindruckt. Dann warf er sich den Umhang über, und sein Blick fiel besonders auf ein Bild, auf dem Jackie zu sehen war, die ihn als Neugeborenen im Arm hielt.

Während er sich das Bild genauer ansah, sagte sie: »Das sind wir beide – du und ich. Unser erstes gemeinsames Foto.«

Er sah zu ihr hoch und fragte: »Hast du mich gleich hübsch gefunden?«

Sie lächelte ihn an – ihr Baby. Dann nahm sie sein Gesicht in die Hände, sah ihm ganz tief in seine wunderschönen braunen Augen und sagte: »Du warst viel hübscher als ich es mir vorgestellt habe.« Und dann küßte sie ihn ganz sacht auf die Lippen. *Wie oft noch?* dachte sie dabei. *Wie viele Küsse habe ich noch?*

Ben sah sie an, und sie konnte sehen, wie er später als Mann einmal aussehen würde. Schon jetzt war er dabei, dieser Mann zu werden, dachte sie, als er fragte: »Wirst du sterben?«

»Was glaubst du?«

»Ja«, antwortete er. »Und dann werde ich dich nicht mehr sehen.«

»Nun ja«, sagte sie, »du wirst meinen Körper nicht mehr sehen. Aber...« Sie versuchte aus Rücksicht auf ihn Haltung zu bewahren, ihre zugeschürte Kehle, den Schmerz in ihrem Herzen und das Brennen in ihren Augen zu bekämpfen.

Er wartete.

»Es ist so, als ob eine Raupe weggeht und daraus etwas anderes wird...«

»Ein Schmetterling«, sagte er.

Sie nickte. »Stell dir einfach vor, daß ich irgendwo anders herumfliege. Denn als Zauberer kennst du doch solche Geheimnisse.«

Er zuckte mit den Achseln und war sich nicht sicher, ob er sie wirklich kannte.

Sie beugte sich zu ihm, um ihm das Geheimnis zu offenbaren und flüsterte: »Nur weil du es nicht sehen kannst, bedeutet das noch lange nicht, daß es nicht da ist.«

Er lächelte nun und nickte. Jetzt teilten sie sich ein Geheimnis. Seine Mutter hatte ihn eingeweiht.

Jackie sagte: »Es mag vielleicht so aussehen, als sei ich weggegangen – aber Ben, der Zauberer, weiß es besser.«

»Und wo bist du dann?«

Auf diese Frage hatte sie schon sehr, sehr lange gewartet. Sie nahm seine kleine Hand in ihre und hielt ihre beiden Hände an seine Brust. »Hier drin«, sagte sie zu ihm. »Da drin, im Herzen des kleinen Zauberers.«

»Kann ich mit dir sprechen, wenn du da drin bist?«

»Wann immer du willst«, versprach sie. »Aber du wirst meine Stimme nicht hören. Aber tief in deinem Herzen wirst du wissen, was ich sage.«

Er sah sie an und sein Mund zitterte. Sie fürchtete, daß auch sie gleich weinen müßte und alles zunichte machte, was sie ihm so behutsam beibringen wollte. »Nein, es reicht nicht«, gestand sie ein, »wenn ich nur in deinem Herzen bin. Du willst mich doch auch sehen, nicht wahr?«

Er nickte.

»Weißt du«, sagte sie dann zu ihm, »wir machen, was wir immer gemacht haben, wenn du nicht da warst. Was wir immer geteilt haben. Weißt du noch, was das war?«

Er wußte es nicht mehr, wollte es aber wissen.

»Unsere Träume«, erklärte sie ihm. »Wir können uns dort treffen. Du kannst mit mir sprechen. Wir können spazierengehen, wenn es kalt ist, wenn es warm ist und wenn es regnet.«

Er legte ihr ganz feierlich die Arme um den Hals und

drückte sie ganz fest, als ob er sie beschützen wollte. Als ob er nun an der Reihe war, Verantwortung für sie zu übernehmen. Und dann sagte er zu ihr: »Niemand liebt dich so wie ich, Mami.«

»Niemand wird das«, sagte sie und mußte sich sehr zusammenreißen, um nicht zu weinen, und dann küßte sie sein Haar, als die Tür aufging.

Es war Anna, die ihr eine Tasse heißen Tee brachte. Sie musterte Jackie.

Jackie versuchte fröhlich auszusehen und dankte Anna für den Tee. Ben sprang vom Stuhl und drehte sich mit seinem Umhang im Kreis, damit Anna ihn bewundern konnte. »Guck mal, was Mamma mir gemacht hat«, prahlte er.

Anna lachte und stellte sich hinter die Chaiselongue. Und plötzlich fühlte Jackie Annas Hände in ihrem Haar. Seit ein paar Wochen hatte sich Anna angewöhnt, ihr die Haare zu flechten. Das gab ihr die Möglichkeit, ihrer Mutter nahe zu sein, ohne offenbaren zu müssen, was ihr eigentlicher Beweggrund dafür war, in ihrer Nähe sein zu wollen: die Angst davor, daß bald der Tag kommen würde, an dem sie nicht mehr einfach die Hand ausstrecken konnte, um die Haare ihrer Mutter zu berühren. Daß sie Angst vor dem Tag hatte, an dem ihre Mutter nicht mehr da sein würde, um die Hand auszustrecken und sie zu berühren und in die Arme zu nehmen.

»Ich geh' runter und zeig' es Dad und Isabel«, sagte Ben und drehte sich noch ein paarmal, bevor er zur Tür rannte, kurz anhielt und fragte: »Oh, Mami, kannst du Papa bitte sagen, wie man eine Doppelschleife auf meine Turnschuhe bindet? So wie du es morgens vor der Schule immer machst?«

Der praktische Aspekt dieser Frage erschreckte Jackie. Er würde weiterleben und sie würde sterben. Und irgend jemand mußte ihre Aufgaben übernehmen. So unbarmherzig diese Tatsache auch war, aber er hatte es begriffen, obwohl er erst sieben Jahr alt war.

Sie nickte. Natürlich würde sie ihm diesen Gefallen tun. Sie würde alles für ihn tun.

Er fegte aus dem Zimmer, und Anna setzte sich neben sie. Jackie nahm das verbliebene Geschenk und gab es ihrer Tochter. »Frohe Weihnachten, mein Liebling«, sagte sie – wieder gefestigt.

Anna lächelte und öffnete ganz vorsichtig ihr Geschenk, damit sie auch ja nicht das schöne Papier zerriß. Auch dieses Jahr bemerkte sie das Papier, das ihre Mutter extra für sie aufgehoben hatte. Und als das Geschenk offen dalag, wie eine voll erblühte Blume, fuhr sie mit der Hand über die Fotografien auf der Patchworkdecke, die sie ausgewickelt hatte.

»Ein Bettüberwurf und Seelentröster«, erklärte ihr Jackie. »Damit du dich darin einhüllen kannst, wenn es dir einmal kalt ist oder schlecht geht. Und dann werden dich unsere Erinnerungen wärmen und trösten.«

Anna konnte ihrer Mutter nicht in die Augen sehen. Sie fühlte sich sicherer, einfach nur die Bilder von ihnen beiden zu betrachten – von ihrer Geburt bis zu einem Ausritt im letzten Monat. Bei einer ganz bestimmten Fotografie hielt sie inne: auf dem Bild war sie etwa drei Jahre alt und saß in der Badewanne.

Und dann lächelte Anna plötzlich und war nicht mehr nur traurig, sondern strahlte Wärme und Leben aus. Und Jackie dachte: *Der Seelentröster wirkt ja schon.*

»Kannst du dich noch daran erinnern, als es nur uns beide gab? Fünf Jahre lang!«, sagte Anna.

Jackie nickte. »Es war eine ganz besondere Zeit. Wir waren unzertrennlich. Du warst meine beste Freundin.«

Jackie konnte sehen, daß Anna etwas sagen wollte, aber Probleme damit hatte, es in Worte zu fassen. Schließlich sah sie ihre Mutter an und fragte: »Hast du Angst?«

»Nicht um mich«, antwortete Jackie. Und das meinte sie ernst. Sie war mit sich im Reinen und hatte schon vor einiger Zeit mit ihrem Leben abgeschlossen. »Ich habe deinetwegen Angst gehabt. Aber jetzt nicht mehr. Weil ich weiß, daß du es schon schaffen wirst.«

»Ich will nicht auf Wiedersehen sagen«, sagte Anna vorsichtig. »Ich werde dich so vermissen,« und ihre Augen füllten sich mit Tränen. Jackie weinte auch und sah ihre Tochter nur noch ganz verschwommen, wie sie sie so voller Trauer anblickte – wie man nur einen Menschen ansehen kann, den man wirklich liebt. Und Jackie zog Anna an sich und sie weinten gemeinsam auf der Chaiselongue am Fenster.

»Schon gut, Liebling«, sagte Jackie schließlich. »Du darfst mich ruhig vermissen.« Sie entzog sich Annas Armen, so daß sie sie ansehen konnte, und wischte ihr die Tränen aus dem Gesicht. »Du darfst mich vermissen und du darfst mich mit dir nehmen. Und wenn du Probleme hast, werde ich da sein. Und wenn du dich verliebst. Ich werde da sein, wann immer du es willst!«

Sie sahen sich auch weiter in die Augen, als Jackie fortfuhr: »Und ich werde in dir weiterleben. Für immer!«

Anna schluckte schwer, aber sie wollte tapfer sein.

Auch Jackie kämpfte ihre Tränen zurück und fügte hinzu: »Ich will da sein, wenn du deinen Abschluß machst, wenn du heiratest und wenn du Kinder bekommst. Willst du mich dann bei dir haben?«

»Ja, Mama, immer immer«, Annas Stimme klang ganz feierlich, als würde sie ihrer Mutter einen Eid schwören, den sie niemals brechen wollte.

Sie lächelten und Jackie berührte sanft die Wange ihrer Tochter und sagte: »Du hast mein Leben so schön gemacht.«

Anna sah sie nur an.

»Vergiß das nie«, sagte Jackie.

Und dann kam Anna wieder in ihre Arme, zurück in die Arme ihrer Mutter, und es wurde ganz still um sie her. Es war eine weihnachtliche Stille, aber gleichzeitig auch die Stille ihrer letzten Augenblicke miteinander. Jakkie fühlte, daß ihre Herzen im Takt schlugen, daß es nur einen einzigen Herzschlag gab und man nicht hätte sagen können, ob es nun ihrer oder der ihrer Tochter war. Und er würde immer weiterschlagen, auch wenn sie nicht mehr da war.

Epilog

Es gibt ein Foto von diesem letzten gemeinsamen Weihnachten: ein Familienfoto.

Es wird immer bei Anna auf dem Nachttisch stehen, während sie erwachsen wird. Und wenn sie ins College kommt und dort mit einem anderen Mädchen das Zimmer teilt, wird das Bild dort auf ihrem Nachttisch stehen, und auch, wenn sie in ihr erstes Apartment zieht und später in ihr erstes Haus.

Ben wird es in der Schublade bei seinen Socken haben und es jeden Morgen ansehen.

Auf dem Porträt sitzen Luke und Jackie mit ihren Kindern auf der Couch und alle lächeln, obwohl sie wissen, daß es eine der letzten Aufnahmen ist, auf der sie alle zu sehen sind.

Isabel ist auch auf dem Bild. Sie sitzt außen auf dem Sofa, neben Jackie. Sie sitzt dort, weil Jackie gesagt hat: »Wir machen jetzt ein Bild von der ganzen Familie.«

Sie hatte Isabel zu verstehen gegeben, daß auch sie damit gemeint war. Also hatte Isabel den Selbstauslöser betätigt und Jackie hatte Platz für sie gemacht.

Auf diesem Foto hat Jackie ihren Arm um Isabel gelegt und ihre Hand liegt auf Isabels Schulter. Und Isabel faßt nach oben, um Jackies Hand zu halten. Wenn man genau hinsieht, stellt man fest, daß Isabel mit den Tränen kämpft.

Wenn Anna und Ben später an ihre Mutter zurückdenken, werden sie sie meistens so sehen: zusammen mit Isabel. Und wo sie auch hingehen, Jackie und Isabel werden immer bei ihnen sein.

HEYNE BÜCHER

Olivia Goldsmith

»Ihre Romane sind geistreich, energiegeladen... und manchmal auch bissig.«

PUBLISHERS WEEKLY

01/9561

Der Club der Teufelinnen
01/9117

Die schönen Hyänen
01/9446

Die Rache der Frauen
01/9561

Heyne-Taschenbücher